公爵の無垢な花嫁はまだ愛を知らない

ミリー・アダムズ 作

深山ちひろ 訳

ハーレクイン・ヒストリカル・スペシャル

東京・ロンドン・トロント・パリ・ニューヨーク・アムステルダム
ハンブルク・ストックホルム・ミラノ・シドニー・マドリッド・ワルシャワ
ブダペスト・リオデジャネイロ・ルクセンブルク・フリブール・ムンバイ

MARRIAGE DEAL WITH THE DEVILISH DUKE

by Millie Adams

Published by Harlequin Japan, a Division of K.K. HarperCollins Japan, 2023

ミリー・アダムズ

昔からずっと本が大好き。自分のことを『赤毛のアン』の主人公アン・シャーリーと、19 世紀に優雅な令嬢の生活から冒険とスリル満点の船上の世界へと突然投げこまれた物語の主人公シャーロット・ドイルを混ぜ合わせたような存在だと考えている。森の端にある小さな家に住み、ふと気づけば息抜きに本のページをめくって読書にふける生活を送る。情熱的で傲慢なヒーローに立ち向かうヒロインという組み合わせに目がない。

主要登場人物

ベアトリス・アッシュフォース……レディ。愛称ビー。
ヒュー・アッシュフォース……ベアトリスの兄。ケンダル公爵。
ジェームス……ベアトリスの友人。
エレノア・ヘイスティングス……ベアトリスの友人。ヒューの被後見人。
フィリップ・バイロン……ヒューの友人。ブリガム公爵。愛称ブリッグス。
ウィリアム……フィリップの息子。七歳。
セレナ……フィリップの亡妻。
アリス……ウィリアムの家庭教師。

1

一八一八年

女にとって、この世はままならないところだ。女の人生を翻弄するもの、それは運命の嵐よりも男の気まぐれだ。

だがあるとき、レディ・ベアトリス・アッシュフォースは決意した。自分自身の女王になれないのなら、いっそ自分自身を破滅させてしまおうと。

長い目で見れば、どちらも結局は同じことだろう。

彼女の兄、ケンダル公爵ヒュー・アッシュフォースは、自分の支配は盤石だと思っているかもしれないが、それはベアトリスがおとなしくしている間だけだ。

ベアトリスはもう、おとなしくしているのには飽き飽きだった。ヒューが彼女に望んでいるのは、バイビー・ハウスの地所を覆う霧のように、果てしない灰色の人生を生き長らえることだ。ヒューの言いなりになっている限り、彼女は一生バイビー・ハウスから出られない。

一生社交シーズンを楽しめない。そして一生……結婚できない。お前は結婚など考えるな、というのがヒューの命令だった。

お前の面倒は私がみてやる、というのがその理由だった。

ヒューはベアトリスの担当医に妹の健康維持の手段について尋ね、医者はお産は命取りになると答えた。

それを聞いたヒューは、妹は自分の保護下に留《とど》まるべきだと即決した。

結婚など考えるなと言われたベアトリスは、自分の自由について考えるようになった。

ベアトリスは子供時代をほぼバイビー・ハウスの屋根の下で過ごした。新鮮な空気や雨、強すぎる日差しなどは体の毒になると禁じられていた。

父が亡くなると、ベアトリスの健康面の問題も、ヒューが引き受けることになった。ヒューは何事も中途半端にはしない人間だ。

彼は妹が幸せでいられるようそつなく気を配り、妹が望めばいつでもロンドンからお菓子や、新しいドレスや、きれいな髪留めを取りよせた。

だからこそ、ベアトリスは今度の計画を立てたのだ。まだこのことは誰にも話していない――兄の被後見人のエレノアにさえ。

いや、ひとりだけ話した相手がいる。計画の共犯者だ。

ジェームスは信頼できる相手だった。四年前、彼の家族がバイビー・ハウスの近所に越してきて以来、二人は奇妙な友情を育んできた。

ベアトリスは異性と友情を結ぶことになるとは夢にも思っていなかったし、それが未婚のレディにふさわしくない友情であることもわかっていた。だが彼女はこっそり家を抜け出す達人だった。それが子供時代の唯一の楽しみであり、寝室を出る唯一の機会でもあった。

子供ながら本能的にわかっていたのだ……力をつけたければ外に出るしかないと。ベッドに寝たきりで、何かというと瀉血《しやけつ》をされ、薄暗い部屋に閉じこめられたままでいると、自分が萎《しな》びていく気がした。土と雨と太陽に飢えた花のように。

外に出るようになって、ベアトリスは自分にもともと備わっていた力に気づいた。秘密の外出を重ねるうちに、のちに兄の婚約者になるペニーに出会い、さらにジェームスとも知り合って友情を育んだ。

二人は友達どうしとして、結婚について話し合った。ジェームスの側にも結婚を困難にする事情があった。彼は妻が欲しいとは微塵《みじん》も思っていなかったので、すべてを打ち明けこそしなかったが——何か言いかけて口ごもり、僕を信じられるかいとだけきいた——二人は問題を解決するための策を練った。

計画が成功すれば、自由が手に入る。本物の人生が。兄に庇護《ひご》される妹としてただ生き長らえるだけでなく、ひとりの女性として生きられる人生が。

今夜バイビー・ハウスで開かれるパーティーには、ベアトリスも出席を許されている。とはいえ正式な人数には入っていない。ダンスを踊ることは許されず、ダンスカードももらえない。そもそもベアトリスは社交界デビューさえしていなかった。

妹を結婚させる気がないヒューには、妹を社交界デビューさせようという発想すらないのだった。それがベアトリスにはたまらなく悲しかった。さみしかった。でも結婚してしまえば、舞踏会への出席を禁じられたりしない。危険な計画であることはわかっている。自分の名誉をナイフの切っ先に置くようなものだ。少しでも予定が狂えば計画は破綻し、ベアトリスは世間から爪はじきにされる身の上になる。とはいえ、今のままの人数に入れてもらえない存在でいるよりは、破滅するほうがましだった。

「よく似合ってるわ」エレノアが言った。

隅の長椅子《セティ》でくつろいでいる友人は、きらめく星々を刺繍《ししゅう》した繊細な銀色のドレスを着ている。エレノアは今年の社交シーズンにデビューする予定だ。父親が貴族でないため王宮での拝謁は叶《かな》わないが。ヒューとエレノアの家族がどういう関係なのか、ベアトリスは詳しく知らない。知っているのはヒューが後見人としてエレノアを保護しているということだけだ。

「ありがとう」ベアトリスは鏡を見ながら答えた。

確かにこのドレスも嫌いではないが、エレノアのような美しさは出せない。エレノアは女らしく装うことを許されている。

それにひきかえ自分は……洗練された舞踏会用のドレスも着られないし、高く結いあげる髪型も許されていない。でも構うものですか、とベアトリスは思った。自分の道は自分で切り開いてみせる。兄は公爵で、支配者だ。そして何よりも体面を重視する人間だ。

一年前、ヒューは伯爵令嬢ペニーと婚約していた。だが彼女とスコットランド人兵士との関係が噂《うわさ》になると、冷酷な態度で婚約を破棄した。兄が善人であることはベアトリスも知っている。けれどヒューは不道徳に対してあまりに不寛容すぎる。父の母に対する仕打ちを見て育ったせいだ。名誉をないがしろにする父を、ヒューは軽蔑していた。

だから今夜の計画は危険なのだ。うまくいけばヒューは私とジェームスの結婚を了承するだろう。でも……きっと私にひどく落胆する。兄は私を理解しようとはしないだろう。この家のあるじ、一族の当主として、正義と真実と必然性の権化であろうとし続ける限り。要するにヒューは傲慢な人間なのだ、頭のてっぺんから足の爪先まで。

公爵であるヒューに異を唱える者はいない。彼の親友で、みんなにブリッグスというあだ名で呼ばれるブリガム公爵を除いては。

ヒューとブリッグスはこれ以上ないほどかけ離れている。爵位こそ同等だが、品行や人生観は正反対だ。

ブリッグスなら理解してくれるかもしれない。私が説明する機会を与えられれば。つまり、兄に殺されなければということだけれど。

だがベアトリスは、殺されはしないだろうと計算していた。そもそも兄が自分をここまで追い詰めたのは、早死にさせまいという気遣いからなのだから。

「なんだかうわの空ね」エレノアが言った。

「ちょっとね。今夜のことを考えていたの……」ベアトリスはそこで言葉に詰まった。「楽しいといいなって」

自分の人生をひっくり返す瀬戸際だというのに、なんて馬鹿げた言い草だろう。

エレノアはほほ笑んだが、どこかさみしい笑みだった。「きっと楽しいわ。あなたのお兄様は私に夫を見つけてくれるつもりでいるんですって」

「なんだかあまりうれしくなさそうな声ね」

エレノアは笑顔を崩さなかったが、目は笑っていなかった。「私が欲しいのは、望んではいけないものだから」

ベアトリスの胸は痛んだ。エレノアが兄を想《おも》っているのは知っている。

そしてそれが真実の、心からの想いだとしても、叶うはずがないことも。ヒューがエレノアの気持ちに応えることは……絶対にない。理由はいくらでもある。体面、爵位……兄が求めるのは文句のつけようのない完璧な公爵夫人だ。ヒューは何事にも細心の注意を払うが、エレノアや彼女の想いはその対象に入らない。

兄は誰かの気持ちを汲《く》んだりしないのだ。正しいと思ったことを実行するだけ。元婚約者のペニーはベアトリスに真相を打ち明けた――スコットランド人兵士と関係など持っていないこと。父の伯爵が借金とひきかえに自分をスコットランド人に売ったこと――ベアトリスは彼女を信じた。兄は信じたにせよ信じなかったにせよ……婚約破棄という判断を覆しはしなかった。噂が広まった以上、ペニーは傷物になったも同然だからだ。結局ペニーはスコットランド人と結婚してハイランド地方に発《た》った。ヒューにとっては真相など意味がなかった。ヒューの中でペニーは落伍者《らくごしゃ》の烙印《らくいん》を押されたも同然だった。

ヒューは一度期待外れだと思った相手には、二度と敬意を払わない。

自分も今夜限りで兄に縁を切られるかもしれない。

それでもあえて危険を冒そうと、ベアトリスは決めたのだった。

「そろそろ下に行く？」

「ええ」ベアトリスは答えた。「行きましょう」

ちょうどお客が集まりはじめるころだ。ベアトリスはジェームスの到着を見逃さないよう、舞踏室の隅の位置を確保しておきたかった。

深く息を吸って覚悟を決め、エレノアと一緒に階段を下りていく。赤紫の贅沢《ぜいたく》な絨毯《じゅうたん》が二人の足音を吸いこむ。玄関ホールではイタリア産の大理石の床が、天井から吊《つ》られた優美なシャンデリアの光を受けて輝いている。繰形《モールディング》には複雑な渦巻き模様が彫りこまれている。

だがそれも舞踏室の華やかさとは比較にならない。この部屋の大理石は境目が金色に塗られており、壁と天井には天使と悪魔の天界戦争の一瞬を切りとったフレスコ画が描かれている。

玄関ホールから舞踏室に入ると、ベアトリスはまっ先にパンチボウルに目をやった。すでに飲み物が用意され、客もちらほらいるのを見て、ほっとする。まもなく兄も姿を見せるだろう。遅すぎも早すぎもしない予定どおりの時間に。兄は洗練されたふるまいよりも、約束を守ることを重視する。

ジェームスの姿はまだ見えないが、必ず来るはずだ。それも、まもなく。兄が姿を見せ、客と挨拶を交わしながら、部屋の奥へとやってきた。

「舞踏会の感想は？」ヒューが尋ねた。

「楽しいわ。いつもどおり」ベアトリスは答えながら、手を神経質にねじり合わせたい衝動を抑えた。緊張している様子を見せたら、どうかしたのかときかれてしまう。尋常でない勘の鋭さも、兄の欠点のひとつだ。

ヒューの視線が背後に飛んだ。「エレノアは？」

「ダンスを申しこまれたみたい」

「そうなのか？」

「ええ」

ヒューの視線が険しくなる。

ベアトリスは兄の関心が自分からそれたのを感じた。妹を求婚者の群れから守る必要は感じていないのだろう。そもそも求婚者が現れるとすら思っていない。

兄は自分を、病弱な子供としか見ていないのだ。

そう思うとひどく悲しくなった。ときどき、こうして絶望がこみあげてくると……。

胸のあたりが重苦しくなる。呼吸ができないという焦りに襲われ、ベアトリスはいつものこつに集中した。病人として過ごした長い日々に身につけたこつだ。狭くなった気道が呼吸を阻んでいるのか、恐怖のあまりそう錯覚しているだけなのかは、気持ちをゆったりと落ち着かせさえすれば、判断できる。ベアトリスは肩の力を抜き、呼吸を深くした。そして握りこぶしを作ると、手のひらに爪を食いこませた。小さな痛みは神経を静めてくれる。

痛みは興味深いものだ。

少なくとも、ベアトリスの考えではそうだった。痛みを嫌う人もいるが、本来痛みとはそうあるべきものだろう。痛みは危険の警告者、引き返せと教えてくれる存在だ。

だが子供時代のベアトリスには引き返す選択肢がなかった。痛みは彼女の命を救うもの、医者が施す治療法のひとつだった。

だからベアトリスは痛みとうまくつきあう方法を編み出さなくてはならなかった。

さまざまな段階を踏みつつ、ベアトリスは痛みと向き合ってきた。いい痛みもあれば、悪い痛みもあった。子供時代、頻繁に施された瀉血は耐えがたい種類の痛みだった。ほかの治療法も、たいていは苦痛をともなった。

やがて自然の中を探検できるほど元気になると、自由と一緒に無数の痛みが見つかった。蜂の針の痛み。転んですりむいたひざの痛み。木から落ちる痛み。

ときどき……痛みに懐かしさを覚えることもあった。それについては誰にも話したことがない。一度も。自分自身にさえ説明がつかなかったからだ。ともかく、ベアトリスは神経が動揺すると、手のひらの痛みでバランスを取るようになった。痛みは安心を与えてくれた。

そして力の感覚を。

それは自分を知る感覚、みんなが思っているよりも私はずっと忍耐強いという自覚だった。おかげで自分に自信を持てるようになった。

ベアトリスはうなじのあたりがちりちりするのを感じた。振り向くと、ちょうどブリッグスが入ってくるところだった。

ブリガム公爵。

彼の入室と同時に、舞踏室に波紋が広がった。ブリッグスはどこに行っても注目の的になる。

黒の上着に黒いベスト、白い幅広ネクタイ《クラバット》をつけた彼は磁力を発揮していた。鹿革のひざ下丈のズボン《ブリーチズ》に黒いヘシアンブーツ。室内には同じような格好の男性が大勢いるのに、服の仕立てが上等なせいか、服の下の肉体が上等なせいか、ブリッグスは誰よりも目立っていた。

ブリッグスはベアトリスが知る中で最も美しい男性だ。誰にとってもそうだろうということは、室内にいる人々の反応を見ればわかる。ブリッグスは外見だけが優れているわけではない——少しウェーブが出るくらいに伸ばした黒髪や、見透かすような青い目が男性的魅力の頂点を極めているのは確かだが。

彼の雰囲気が人を惹《ひ》きつけるのだ。

ブリッグスには真の支配者の雰囲気が備わっている。ヒューとは似て非なるタイプだ。ブリッグスは名誉に縛られていない。それでも彼の自制心の強さに疑問を持つ者はいない。

社交界は彼に夢中だった。結婚適齢期の娘を持つ母親は特に。彼に欠点があるとすれば、すでに跡継ぎがいることくらいだろうか。だが前の結婚は短く、ずっと昔に終わったので、今ではふたたび独身貴族の地位を確立している。

放蕩《ほうとう》者としての評判も。

同時にブリッグスは……やさしい人間でもあった。ベアトリスは彼の前ではいつも楽な気持ちになれた。まるで友達のように話しやすい。もちろん向こうはこちらを友達だとは思っていないだろうけれど。子供としか思われていないのはわかっている。それでもベアトリスはブリッグスに深い憧れを抱いていたし、それは理屈や分別を超えた絶対的な感情だった。

彼の言葉のひとつひとつに星がぶら下がり、彼の吐く息のひとつひとつが太陽を輝かせているのではと思えるときさえあった。この気持ちはエレノアがヒューに寄せている熱い想いとは違う気がしていた。ブリッグスは自分よりも尊い存在なのだ。簡単に言えば……ブリッグスがいない人生は想像できない。そういう意味でも、彼は太陽であり星だった。手を伸ばしても届かないけれど、そのぬくもり、その存在なしの人生など想像できない。

ブリッグスは彼女に気づいた様子を見せなかった。少なくとも表向きは。そして部屋を横切って女性のグループに近づいていった。未婚女性《デビュタント》のグループではない。

未亡人たちのほうに。

ブリッグスのような男性は未亡人のほうを好むも

のらしい。若い令嬢に対するような遠慮がいらないから、ということだ。ベアトリスにはその微妙なニュアンスはわからなかったが、それでも彼が未亡人たちに話しかけるのを見ていると、ぞくぞくするような奇妙な感覚を覚えた。そのときブリッグスが、ほんのわずかに振り返り、部屋の反対側から彼女と視線を合わせた。

そしてウィンクした。

心臓がどきんと跳ねあがり、ベアトリスはそっぽを向いた。あまり見られてはいけない。ブリッグスなら自分が何か企《たくら》んでいることを見抜きかねないし、彼に現場を押さえられるのだけは絶対に避けたい。

ジェームスの姿を見つけたときは、安堵《あんど》のあまり気絶しそうだった。洗練されたグレーの上着に青いベストという装いは、黒を基調にしたブリッグスの装いに比べるとずっとおとなしい。

ジェームスはやさしい顔立ちの天使のようでハンサムだ。首元でカールした金髪、淡い青色の瞳。

ベアトリスは……彼には磁力を感じなかった。ジェームスには目をそらせなくなるようなところはない。彼に感じるのは気楽さ。

そして友情だ。

二人の間には本物の深い友情がある。そして今、友情で結ばれた二人が求めているのは、破滅だった。

兄には私を結婚させる気がないのだから、そうせざるを得ない状況に持ちこむしかない。兄が何より嫌うもの、それはスキャンダルだ。つまり……私がそれを作り出すしかない。

ジェームスがパンチのグラスを持って近づいてきた。

「喉が渇かないかい？」

ベアトリスは彼の思いやりのしるしを受けとった。

ジェームスはいつもやさしい。

「ありがとう」

「今夜の計画は詰めてある？」

「あとは、どこで誰に目撃されればいいかを決めるだけよ。理詰めで考えると、私たちの現場を押さえるのはヒューであるべきね」

「なるほど。じゃあ彼の寝室で待とうか」

「寝室？　寝室まで行く意味があるかしら？」

ジェームスの顔に浮かんだのは……哀れみに近い表情だった。「どうかな」

「レディは散歩する小道を一本まちがえただけで破滅しかねないものよ」ベアトリスは指摘した。「お目付け役《シャペロン》なしであなたの家を訪ねて、あなたの応接間で一緒にお茶をしたことが知られたら、私はとっくに破滅していたかもしれない」

「君の計画には、単なる散歩以上の要素が必要だと思うけどな。お茶以上のものが。目撃される現場に疑いの余地があってはいけないから」ジェームスは目を伏せた。

　ベアトリスはジェームスを見つめるしかなかった。ジェームスがほのめかそうとしている事柄が、彼女にはぴんと来ないのだ。

　ベアトリスは過保護に育てられた箱入り娘だ。図書室にある本で、絵を何枚か見たことはある。美しい娘の姿をした裸のニンフが、求愛者に追いかけ回される絵を。それを見るたびにベアトリスは落ち着かない気持ちになった。どういうわけか、今その絵のことが思い出されて……。

「私が思うに……私は……」

　ジェームスは思いやりのこもった笑みを見せた。

「無理強いはしないよ、ベアトリス。引き返したいなら、手遅れにならないうちにそう言ってくれ」

「これはあなたのための計画でもあるのよ」ベアトリスは言った。「気持ちは同じだもの……あなたも思いどおりの人生を生きたいと思っているんでしょう。あなたは私にとって大事な人よ。あなたの力になれるのなら、私はやりたいわ」

　なぜジェームスが本物の結婚を望まないのか、その理由をベアトリスが正確に理解できる日は永遠に来ないだろう。そして二人ともある種の事柄はあきらめて暮らすことになるだろう。でも二人には友情がある。そして結婚のもたらす自由が。

　それに……ベアトリスはジェームスに同情していた。彼は男性だが、次男だから、ヒューのような支配力は持てない。それでいて家族からは圧力をかけられる。望まない生き方を押しつけられる辛《つら》さは、よくわかる。

「大丈夫」ベアトリスは言った。「どうすればいいかは心得てるわ。目撃者は多ければ多いほどいい、でも同時に私たちが二人きりで会える場所を探していたように見えなくちゃいけないのよね。うってつけの場所があるわ。私たちが兄だけでなく、その連れにも目撃されるような場所」その連れの中にブリッグスがいたら、と思っただけで頬が熱くなった。恥ずかしいのはそれだけだ。「兄はパーティーの最中に図書室で休憩を取るの。私たちはその場にうまく居合わせて……それで……」

「抱き合っていればじゅうぶんだ」ジェームスが言った。「それで事足りるよ」

　ベアトリスはいくらか気が休まる気がした。抱擁だけならそこまでひどい堕落ではないだろう。社交界にはそう見られるとしても。

「ええ、私もそう思う」

「じゃあ図書室で待ち合わせようか」

「いいわ。それまでは怪しまれないように行動しましょうね」

　ベアトリスは待った。兄が舞踏室を出ていく時間が近づいてくる。兄の先回りをしなくてはならない。それも、ほんの少しだけ。

ジェームスの姿はすでに舞踏室にはなかった。

ベアトリスはこっそり舞踏室を出ると、足音を忍ばせて階段を上がり、兄の図書室に向かった。

図書室の明かりは、暖炉の炎だけだった。

隅のほうに人の気配を感じ、ベアトリスはそちらを見た。胃が緊張で締めつけられ、体中に不自然なほどの気力がみなぎってくる。同時に、廊下からこちらへ近づいてくる足音が聞こえた。考える前に、体が動いていた。ベアトリスは隅にいる人影の胸に勢いよく飛びこみ、相手の背に腕を回した。相手は思っていたよりずっと背が高い気がした。

そしてずっと筋肉質だ。

人影……その男性が……後ずさったので、ベアトリスはうしろに転びかけた。相手はすかさず手を伸ばし、彼女のお尻の丸みをつかんだ。ベアトリスは、その手がジェームスにしては大きすぎることに気づいた。

恐怖が体を貫いたが、ちょうどそのとき、図書室の扉が開き、隙間から明かりが流れこんできた。

「そこで何をしている」

扉のほうを見たベアトリスは……計画の破綻を悟った。そこにいたのは兄と数人の連れどころではない。兄は客全員を引き連れて、邸内を見学させていたのだ。社交界きっての意地悪なゴシップ屋の姿も見える。

ベアトリスは顔を上げ、自分を抱いている男性のほうを見た。見覚えのある青い目。

星。太陽。

〝ブリックス〟

彼の手はまだしっかりとベアトリスのお尻を支えている。突然、彼のぬくもりが炎のような熱さに変わり、彼女を支える手に思いがけない力強さが加わった。

呼吸が止まりそうだった。

〝息をするのよ、ベアトリス。誰かのために呼吸を忘れたりしてはだめ〟

　心の声はそうささやいたが、手遅れだった……。

「今すぐ説明してもらおうか。いやだと言うなら決闘を申しこむしかないな」兄の目には確かな殺意があり、その言葉が冗談でないのがわかった。

「別に何も起きていないんだけどな」ブリッグスはベアトリスが倒れないように、ゆっくりと手を離した。

「いや、ここにいる全員がとある事態を目撃した」

「それは僕の落ち度だ。僕が……」

「そこに疑問の余地はない。こうなれば、やるべきことをやるまでだ」

　ベアトリスはもう一度ブリッグスを見あげた。彼が見つめているのは、目に憤怒をたぎらせている兄だ。「まあ、そうなるだろうな」

「どうする。夜明けのピストルか？」

「いや」ブリッグスはきっぱりと言った。「結婚だ」

2

ブリガム公爵フィリップ・バイロンは、他人に軽んじられるような人間ではない。簡単に出し抜かれるような人間でもなければ、決闘を挑まれておじけづくような人間でもない。だが今彼は、子供じみた小娘に完全に出し抜かれていた。明らかな殺意を目に浮かべて彼をにらんでいるのは、彼がこの世で唯一無二の親友だと思っている相手だった。妹の名誉を守るためとあらば、ケンダルが殺しを厭《いと》わないことはわかっている。

ケンダルはけっして堅物ではない。ときには放蕩《ほうとう》にふけることもある。ブリッグスはそれを誰よりもよく知っていた。二人はクラブや賭博場の常連だし、行きつけの娼館《しょうかん》もいくつかある。だが、遊びは遊びだ。ケンダルは生理的な快楽と家族を切り離しているし、レディには手を出さない。それはブリッグスも同じだ。よりによって親友の妹に手を出す気など、絶対になかった。抱きついてきたのは彼女のほうだ。だが今はそれを言うべき場ではない。

ブリッグスはじっとケンダルを見つめた。「妹さんを部屋に戻らせてから、二人で話さないか？」

「いやよ」ベアトリスが彼から遠ざかりながら言った。「部屋には戻らない。私の話を聞いて、ヒュー、これには事情があって……」

「話しかけるな」ケンダルが言った。「二人とも私に話しかけるな」

「申し訳ないが」ケンダルは客に向かって話しはじめた。「邸内見学はここで打ち切りだ。引き続きパーティーを楽しんでいただきたい。ただし、今ここで目撃された事態については、当事者間で決着がつくまで、他言無用でお願いしたい」

　客たちはおとなしくケンダルの指示に従って出ていった。公爵という地位がものを言ったわけだ。だが口止めは無理だろう、とブリッグスは思っていた。人の口に戸は立てられない。傷はもうついてしまったのだ。真相がどうだったかは関係ない。

「ヒュー……」

「行け。部屋に戻れ。お前とはあとで話す」ケンダルが言った。

「今話したいの」

「今お前の話は聞きたくない」

「お願いだから……」

　ケンダルが片手を上げる。ブリッグスにはベアトリスが選択肢を天秤《てんびん》にかけているのがわかった。ひとつは食い下がる選択肢だ。兄の拒絶の合間を縫って、自分の主張を伝えるというもの。もうひとつは兄の頭が冷えるまで待つ選択肢だ。ベアトリスが引き下がると、ブリッグスは賢明な選択だと思った。

　ベアトリスが図書室を出ていくと、ケンダルは扉を閉めた。

「説明しろ」

「僕はただここに立っていた。妹さんが僕を誰とまちがえたのか知らないが、誓って言うよ、僕はこれまでも、これからも、けっして……」

「もういい」ケンダルが言った。「お前の遊び方はよく知っている。妹とからめて想像したくない」

「心配無用だ、公爵閣下。君の妹に食指を動かしたことはないよ」

　あたりに漂う不穏な空気は消える気配がなかった。

「お前にはもう跡継ぎがいるんだったな」ケンダルはじっと彼を見つめて言った。

　息子の話題が出ると、ブリッグスは居心地の悪さを感じた。確かに跡継ぎはいる。彼はすでに人生最大の使命を果たしていた。息子をもうけ、血統を次世代につないだ。世間が気にするのはその点だけだ。かつての自分と似た難しい子供であるその跡継ぎへの接し方がわからず、途方に暮れていることは誰も気にしない。少なくとも手厚い世話と上等な教育は与えているのだが。

それ以上、どうしろというんだ？

「妹と結婚してもらうぞ」ケンダルが続けた。

「僕が彼女に手を出していないことは信じたんだな」それは譲れないところだ。ブリッグスには友人と呼べる人間が少ない。

彼は十四歳になるまで学校に入ることを許されなかった。父は彼のふるまいをひどく恥じ、強く当たることで自分が支配できる対象、自分が理解できる対象に矯正しようとした。

入学を許されたのは父が亡くなってからだ。

それは母のはからいだった。

〝あなたはいまや公爵なのよ〟父に気を遣い続けた長い年月のなごりで、母の声はか細かった。〝もうただのフィリップではないの〟

それ以来、彼はフィリップではなくなった。

彼はブリガム公爵になった。そして生まれ変わった。ブリッグスとして。

皮肉にも、暴君だった父の願いは、死後にようやく叶《かな》ったわけだ。

ブリッグスは一夜で誕生したわけではない。学校生活は困難だった。友達といえば……たったひとりきり。

それがヒューだ。

ヒューはため息をついて目をそらし、考えをまとめているようだ。ひょっとするとブリッグスの顔面を殴りたいという欲求をこらえているのかもしれないが。

「そうだな。お前は名誉を重んじる人間だ。罪深い人間だとはいえ、犯した罪に対してだんまりを決めこみはしないだろう」

「僕が手を出さなかったというのが信じられないなら、僕が清純な乙女に好かれる人間じゃないということを思い出してくれ。かつて僕の妻だったレディは、僕に耐えられなかった」ブリッグスはふだんはけっして触れない話題を持ち出した。それほど今が例外的な状況だということだ。

「セレナのことはお前のせいじゃない……」

「慰めてどうするんだ、ケンダル。今お前は僕に結婚か弾丸かの二択を迫っているところだろう。矛盾しているんじゃないか?」

「お前は私の親友だ、撃ってやりたいと思っているのも確かだが。名誉はすべてに優先するからな」

「わかっているよ。お前がそういう人生観を持つに至った理由も知っているつもりだ。お前の父上は生前、道徳という道徳を踏みつけにしていたからな。だからといって妹さんに自分の人生観を押しつけるのは……」

「名ばかりの結婚でいい」ケンダルが言った。「体面が保たれれば、内実はどうあろうとかまわない。お前はいつも妹にやさしかった。私の代わりに、妹を守ってやってくれ」

「妹さんの言い分を聞いてやろうとは思わないのか? 名ばかりの結婚に追いやる気か?」

だが代案は思いつかなかった。若くして父を亡くしたブリッグスは、できるだけ早く結婚して跡継ぎをもうけようと決意した。セレナと結婚したのは二十一歳のとき。失ったのは二十三歳のときだった。

結婚当初はのぼせあがり、信じきっていた……二人の間に愛が芽生えると。少なくとも友情は芽生えると。

若さとは愚かなものだ。

彼はセレナの気まぐれな性格を刺激的と解釈した。彼女の気分の波はまるで潮の満ち引きのようだった。

高低差がはっきりしているので、わかりやすいとも言えた。

だがその差はどんどん激しくなった。上機嫌も、不機嫌も、極端すぎて不安になるほどだった。やがて極端な状態が長く続くようになり、ついにどちらかに振り切れたままになった。

結婚生活が破綻し、セレナが口をきこうともしなくなってから、彼はやっと気づいた……自分が愚かな夢を見ていたことに。セレナにならありのままの自分を見せられると、そんな馬鹿げたことを考えていたのだ。

ベアトリスに初めて会ったのは、彼女がほんの子供のときだ。寝室の囚人のような病弱な子供は、即座にブリッグスを惹《ひ》きつけた。彼は周囲の人間に何かしてやろうと思ったことがほとんどない。公爵というのは世話を焼かれる立場の人間だ。

だが、ベアトリスを前にすると……。

笑顔を見たくなった。世界はこの少女を笑顔にさせまいと固く決意しているようだった。

自分で選んだわけではない人生、自分の好みに合わない人生を与えられ、縛られる辛さをブリッグスは知っていた。だから機会を見つけては、ロンドン土産のお菓子を持って彼女を訪ねた。

ベアトリスの瞳に反抗心を見いだすと、親近感を覚えた。自分も同じだったからだ。性に合わない人生。性に合わない家族。性に合わない血統。公爵になりたいと思ったことなど一度もない。

彼女は性に合わない体に押しこめられていた。自由奔放な魂を入れるにはあまりに壊れやすい体に。だからブリッグスは心をこめて世話をしたのだ。

その結果、こうして罠《わな》にかけられた。

それでもあの哀れな子供を、自分との結婚に追いやるのは気が進まない。

自分はゆがみだらけの人間だが、そのひとつが女性に対する嗜好《しこう》だ。若く愚かだった頃は、何も知らずに嫁いできた妻にも丁寧に手ほどきすれば、じきに一緒に楽しめるようになると思っていた。

なんという馬鹿な夢を見ていたのだろう。

妻の死後、数え切れない女たちが彼のベッドで楽しんだ。だが彼女たちはレディではない。

レディ。結婚。

そういうものは、過去に置いてきたつもりだったのだが。

「お前は今までどおりの暮らしを続ければいい」ケンダルが言葉を継いだ。妻など些末《さまつ》な付属品に過ぎないと言わんばかりの口ぶりだ。「お前にはもう跡継ぎがいる。ベアトリスも……かわいがってやれる子供を持てるわけだ。あいつはどうしても子供が欲しいらしくてな。医者に子供は作らないほうがいいと言われたとき、ひどく落ちこんでいた」

「子供ができない体なのか？」ブリッグスにとっては初耳だった。

「妊娠や出産が危険なんだ。だから心配なんだよ。できないわけではないからな。子供時代のベアトリスの病弱さはお前もよく知っているだろう。医学の専門家も危険だと言っている。社交シーズンにベアトリスをデビューさせなかったのも、そういうわけだ」

「それは本人にも話したのか？」ブリッグスは尋ねた。

「ああ」

「正確にはなんと言ったんだ、ケンダル？」

「お前は結婚しなくていいと言ったよ。結婚はするな、お前の面倒は私がみてやるからと。もちろん本気だ。私はベアトリスの保護者だ。妹の健康には私が責任を持つ」

親友は自分が何をしでかしたかわかっていないのだ、とブリッグスは思った。そして……妹のこともわかっていないらしい。

確かにベアトリスは愛らしい乙女だ。だが芯は強い。それに見た目の半分も従順ではない。バイビー・ハウスにたびたび滞在するうちに気づいたのだが、ベアトリスがケンダルの思っている場所にいないことはしょっちゅうあった。彼女が息を切らし、寒い屋外にいたかのように頬を上気させてディナーの席に現れたのも見たことがある。栗色《くりいろ》の髪に葉っぱがくっついていたこともあった。

親友の最大の欠点は、自分の威信を疑わないところだ。

彼の被後見人エレノアは、ケンダルの言葉を金科玉条のように守っている。

だが妹のほうは……。

「状況が見えてきたぞ」ブリッグスは言った。「お前は自分でこの事態を招いておきながら、他人のせいにしているんだ」

「私が招いただと？」ケンダルは本気で憤慨していた。

「お前は妹に終身刑を宣告したんだよ。田舎屋敷に生きながら閉じこめ、社交界も、友人も、自由も与えない。脱獄の道具に僕を選んだ理由はよくわからないが、とにかく彼女は出口を突破したんだ」

「何を言っているのかわからんぞ、ブリッグス」

「お前が追い払ってしまったから本人に聞くことはできないが、考えてもみろ。ベアトリスは自分の評判とひきかえに主導権を握ろうとしたんじゃないか？　僕は彼女と結婚しなかったら、面目を失う。お前の場合は、僕に決闘を申しこまなかったら、やはり面目を失う。ベアトリスの場合は、僕と結婚しなかったら……社交界での立場を失うだろうか？　失わないさ、お前が最初から与えていないんだから。この三人の中で、一番失うものが少ないのは彼女なんだ」

「まさか……」

「もう一度言うが、僕はお前の妹に手を出していない。だがどういうわけか、彼女は僕の胸に飛びこんできた。こういうパーティーの晩に、お前がよく使うこの図書室で」

ブリッグスには、親友が頭を忙しく回転させているのがわかった。

「意外だったかもしれないが」ブリッグスは言い添えた。「お前を全知全能だと思っていない人間もいるということさ」

「ベアトリス」ケンダルが言った。

その名前はかすかな殺意と共に発音された。ケンダルがくるりと踵《きびす》を返して図書室から出ていくと、ブリッグスはそのあとを追った。今さら何を気にすることがある？　自分は世間的には彼女の身を汚したことになっているのだから、兄と一緒に寝室へ行って悪いわけがあるだろうか。


二人は広大な屋敷に張りめぐらされた迷宮のような廊下を進んでいった。大理石に反響するケンダルの靴音には怒りが感じられる。ケンダルが妹の寝室の扉を開け放つと、暖炉の前にひざをついていたメイドがあわてて退出した。

長椅子《セティ》にもたれたベアトリスの憔悴《しょうすい》ぶりを見て、ブリッグスは胸が締めつけられるような感覚に襲われた。知り合ったときの彼女は十四歳かそこらで、病気が一番重かった時期はすでに過ぎていた。だが今の彼女を見れば、当時がどんな風だったのか想像がつく。青ざめ、ぐったりして、いつもの生命力はどこかへ消えてしまったようだ。

ベアトリスが体を起こした。まぶたが腫れ、目が真っ赤になっている。絵に描いたような落ちこみぶりは、こんなときでなければ、笑いを誘ったかもしれない。

「ブリッグス」彼女が口を開いた。「どうかこれだけは知っておいて、私はけっして……」

「罠にはめるつもりはなかったと言いたいのか」ケンダルがきいた。「だったらどこの誰をはめるつもりだったんだ？」

「ヒュー……」

「私を甘くみるな、ビー、お前の計画だということはわかっている」

僕に教えてもらうまでわかっていなかったぞ、とブリッグスは思ったが、今はそれを言うのに適した折ではなさそうだった。

ケンダルが続ける。「誰を罠にはめて結婚するつもりだったんだ、ベアトリス？」

「相手がブリッグスじゃなくてジェームスだったら、兄さんも信じたでしょう……」

ケンダルは口元をゆがめた。「ジェームス。ジェームスだと。隣の領地の坊やか？」

ベアトリスはきっと顔を上げ、威厳を示そうとしたが、鼻が真っ赤なので効果のほうはいまいちだった。「そうよ」

「商売人の息子だぞ」ケンダルが言った。

「伯爵の息子よ。兄さんが結婚するつもりだったペニーだって伯爵の娘じゃない」

元婚約者の名前を出されると、ケンダルの表情は石のようにこわばった。「それはどうでもいい。私の場合は問題にならないが、お前の場合は問題になるんだ」

ベアトリスは長椅子の端から足を投げだした。すばやい、まったくレディらしくない仕草だった。

「結婚させる気はなかったくせに、相手の称号は気になるの？」

「そこを言い争っても仕方ないんじゃないか」ブリッグスは口を挟んだ。「ケンダルは君を結婚させる気がなかったし、君も今となっては結婚できないんだから。その……なんとかいう坊やとは」

「ごめんなさい」ベアトリスはブリッグスのほうを向いて言った。「図書室にいるのがあなただとは思わなかったの。てっきりジェームスだとばかり。でも……あなたがいた」

「危ない真似《まね》をしてくれたものだ」ケンダルが言った。「しかも愚かしい。お前は自分がどんな危険な綱渡りをしたのかわかっていない。ひとつまちがえれば……本当に破滅していたかもしれないんだぞ。こうなった以上はブリッグスと結婚させるしかないが、それで社交界がお前を許すと思ったら大まちがいだ。お前は男に抱かれている姿を見られた。運の悪いことに、下世話で有名なゴシップ屋どもにな。私が立っていたところからは、あの抱擁はひどく破廉恥に見えた」

ブリッグスは鼻で笑った。ケンダルの言うことは芝居がかってきている。「あれくらいのことを破廉恥だと思うなんて意外だな、ケンダル。妹の前では堅物を演じているのかもしれないが、お前が目撃したどころか体を張って参加した退廃的な午後のお茶会を忘れたとは言わせないぞ。無人の応接室で行われた夜会のこともな」

とはいえ、ベアトリスの肉感的な丸みの感触はまだ彼の手に残っていたし、正直に言えばその感触が呼び覚ました反応は破廉恥なものだった。

「あのときは」ケンダルは思わず口走った。「レディが相手だったわけじゃない」

「ベアトリスは僕の公爵夫人にふさわしい女性だ」ブリッグスは言った。「社交界であれ、この部屋の中であれ、彼女に無礼な口をきく者がいれば、この僕が許さない」

なぜ彼女をかばうのか、自分でもわからなかった。

彼女がしでかした行為のせいかもしれない。

愚かで、そして勇敢な行為だ。ベアトリスは兄に勝つために危険を冒した。

彼女はそれを愛のためにやったのだろうか？　ジェームスとかいう坊やのために？

ブリッグスはベアトリスの顔を見た。

いや、そうではない。彼女は悲しんでいるのではない。怒っているのだ。

ベアトリスはケンダルにひと泡吹かせるためにやったのだ。ブリッグスは尊敬の念を抱かずにはいられなかった。ベアトリスはケンダルを、彼女にしかできない方法で負かしたわけだ。

そして結婚の承諾を引き出した。

ブリッグスの憤りはベアトリスよりもむしろ親友に向けられていた。ベアトリスの心情はよくわかる。自分の人生を生きたい、自分で選びたいという想《おも》いだ。それを彼女の周囲は理解できなかった。

ブリッグスの場合、周囲はさらに侮蔑を向けてきたのだが。

「公爵夫人ですって」ベアトリスが言いだした。「私はそんなものになりたいわけじゃない。ジェームスと結婚したいだけ。自由になりたいのよ。自分の人生を生きたい。この屋敷で一生を終えたくない。壁に囲まれて暮らすのはいや。ヒュー、あなたは結婚を禁じたことで、私からすべてを取り上げたのよ。王宮での拝謁も、社交界へのデビューも……。私は……自分の人生を選ぶことが許されなかった。死んだように生きるのには耐えられないと言ったのに、あなたは聞く耳を持たなかった。そして今は私をブリッグスに押しつけようとしている……」

「僕と結婚すれば君の名誉は守られる」ブリッグスはそう言いながらも、この状況に現実味を感じられずにいた。この先どうなるのか見当もつかない。ベアトリスが妻になる。後妻をもらう……そんなつもりはまったくなかったのに。

〝ウィリアムには母親が要るかもしれない〟

いや、ウィリアムには家庭教師をつけてある。ウイリアム……。

誰よりも怒りっぽく気難しい子供。夜中に泣き叫び、おもちゃを全部壊してしまうような子供。しゃべり方が不自然で、気分のむらが激しい。今のところ大きな問題が起きていないのは、有能な家庭教師を雇えたからだ。家庭教師は経験豊富な、がっしりした体格の女性だった。彼女に言わせると、ウィリアムは成長すれば世間でやっていけるようになるだろうが、まわりからは浮いた存在でい続けるだろうとのことだった。

ウィリアムは実母に愛情を与えられなかった。

ブリッグス自身も、実の父に嫌われていた。

だが少なくとも自分は息子を愛している。

〝家庭教師に預けっぱなしにしているくせに〟と心の声が責めた。

だとしても息子を侮蔑してはいない。

それだけでもましじゃないか。

「僕は君の名誉を守るために最善を尽くす」ブリッグスは言った。「同時に僕の名誉もだ。君は僕に選択の余地をくれなかったんだよ、ベアトリス」

「結婚特別許可証は私が用意しよう」とケンダル。

ブリッグスは鼻で笑った。「僕に用意できないと思っているのか、ケンダル。僕が同じ爵位を持っていることを忘れたのか？」

彼は親友の視線を受けとめ、目をそらさなかった。

ときどき、ヒューは忘れているのかもしれないと思うことがある。二人がもう学生ではないことを。自分がもうヒューの保護も助言も必要としていないことを。

「まだあなたと結婚するとは言ってないわ」ベアトリスが口を挟んだ。

ブリッグスは彼女を見おろし、その目にたまった涙を見た。自分の読み違いだったのだろうか。

「君はジェームスを愛しているつもりでいたの

か？」ブリッグスは尋ねた。彼女は答えなかったが、苦しそうな顔をした。彼は思わず同情しそうになった。「すぐに立ち直れるさ」

「少し寝ておけ」ケンダルが言った。「明日は結婚式の計画を立てるぞ」

3

すっかり気落ちしたベアトリスは、昼用の居間《モーニング・ルーム》に力なく座りこんでいた。冷肉と卵料理のほかに慰めと言えるものはなかった。

そこに母が入ってきた。

「ベアトリス、あなた泣いていたのね」

ベアトリスは自分の頬に触れてみた。いつのまにか涙が流れていた。

「ブリッグスにいやな目に遭わされたの？」近づいてきた母が、ベアトリスの手に自分の手を重ねた。「何か……無理強いされたの？　私はあなたに不幸な結婚をさせたくないのよ。ヒューはそうするしかないと言っているけれど、でも……」

ベアトリスは首を横に振った。「いやな目に遭ったわけじゃないわ」ブリッグスに抱きとめられていやな思いはしなかった。むしろその反対だった。なるべく思い出さないようにしてきたあの瞬間が、今はっきりとよみがえってきた。「私が全部悪いの。私が仕組んだんだもの」

母はじっと彼女を見つめた。「いったいあなたは何をしたの」

ベアトリスは母に昨晩の計画を説明した。ヒューに対する強烈なしっぺ返しを。「誰にも話せなかったの、反対されるのはわかっていたから。でも私……みんなが思うほど弱い人間じゃないのよ。私には……夢がたくさんあるのよ。夢があったから子供時代を生き延びられたんだわ。何度死にかけても、そのたびに持ちこたえた。だからこのバイビー・ハウスに閉じこめられて一生を終えるくらいなら……」

「まあ、ベアトリス」母は娘の手を握った。「ヒューはあなたを苦しめたいわけじゃないのよ。あの子はあなたを心配しているだけ」

母が自分を愛していることを、ベアトリスはよく知っていた。母が父との関係に長年苦しんできたことも。

父の生前、母は部屋に引きこもりがちだった。父がおおっぴらに不貞を働くたび、母は自分の部屋にこもって何日も出てこなかった。アヘンに慰めを求めることさえあった。

ベアトリスは母と友人の会話を漏れ聞いたことがあった。母はこう言っていた。嫌悪と欲望を同時に感じたりしないですむのなら、ここまで悲惨な結婚生活にはならなかったのに。

母の言葉の意味はわからなかった。いまだにわからない。

だが父が亡くなってから、母はずいぶん元気になった。前よりずっと幸せそうでもある。その母の幸せを壊すようなことは絶対にしたくなかった。

「わかってる。でも兄さんは過保護すぎるのよ。だから自分の道は自分で切り開かなきゃと思ったの」

「いい縁組みなのは確かよ」母が言った。「彼は公爵だもの。社交界でも人気があるし……」

「そうね」

理由はわからないが、ベアトリスはブリッグスに恐れも感じていた。心の深い部分では、怖い人だと思っている。でもそれと同じくらい憧れている。だからこんなことに巻きこみたくなかったのに。

「ブリッグスにはもっとふさわしい人がいるわ。私なんかより」

彼は妻と死別していた。最初の公爵夫人がどんな病で亡くなったのかは知らないが、彼はまたもや病弱な妻を迎えることになってしまった。私のせいでブリッグスは幸せになれる可能性を失ってしまうかもしれない。ジェームスとはその点も話し合って、おたがいに了解ができていた。何も知らなかったブリッグスを巻きこむのはあまりに申し訳ない。

「彼は名誉を重んじる人だから、あなたを見捨てたりできないのよ」

「見捨ててよかったのに」ベアトリスは自分に腹が立って仕方がなかった。「私……本当に申し訳ないの。ブリッグスは本当にいい人だもの、こんな……こんな運命を背負わせたくなかった」

「ベアトリス、あなたに話しておかないといけないことがあるのよ。あなたは三日後には結婚するわけだけど……」

「それで？」

「女性は結婚すると、ある義務を果たさなくてはいけないの。いわゆる……妻の務めというものを」

ベアトリスは公爵と結婚する女性の務めについて想像を働かせた。公爵家には大勢の使用人がいるものだ。母も大所帯の切り回しに忙しくしている。

「家政を取りしきるんでしょう」

「それもあるけれど、私が言いたいのは別のことよ。あなたの義務というのはね……」

「なあに？」

「夫婦のちぎりよ」母は一瞬、遠くを見るような顔をした。その目に愛情と悲しみと怒りが同時に浮かんだ。

見ているほうが辛《つら》くなるほどの激しい感情は、ある一点を過ぎると、ふっとやわらいだ。

「夫と妻が寝室でする行為よ」母が続けた。

〝寝室〟。ジェームスは寝室で目撃されたほうがいいと言っていた。ベアトリスはまたニンフの絵を思い出した。

それから自分についた家庭教師たちを。みんな若くてきれいで軽薄で、ベアトリスよりも父に関心を持っているようだった。

「まあ」

「それほどいやなことではないのよ。きっとブリッグスが……リードしてくれるわ」

「ダンスみたいに？」ベアトリスは聞いた。

ダンスのレッスンなら受けたことがある。

母はほっとしたようだ。「そうね。ダンスみたいなものね。ブリッグスなら全部面倒をみてくれるわ。あなたの言うとおり、いい人だから」

「私は……私は何をすればいいの？」

少しでもいいから……予備知識が欲しかった。目の前に広大な空白が広がっていて、手がかりは断片的なイメージや概念しかない。ベアトリスが欲しいのは明確な答えだった。

〝本物の結婚とはなんなのか〟

〝寝室でする行為とはなんなのか〟

〝なぜ女性は簡単に傷物になるのか〟

〝なぜ彼に抱きしめられたとき、自分は今まで感じ

たことのないような気持ちになったのか〞

　全部つながっているような気がするのに、どうつながるのかはわからない。誰も教えてくれないのが、もどかしくてたまらなかった。

「別のことを考えていればいいのよ」母が言った。「楽しいことを」

　それなら刺《し》繍《しゅう》をしなければならないときにいつもしている。退屈を紛らせるために、縫っている図案以外のことならなんでも考えている。

　どうやら夫婦のちぎりというのは、楽しいものではなさそうだった。ジェームスと結婚していれば、そんなことはせずにすんだのに。

　ジェームス。

　ああ、彼と話さなければ。この状況は彼の耳にも入っているはず。

　モーニング・ルームの扉が開き、執事が入ってきた。「ブリガム公爵閣下がレディ・ベアトリスにお会いしたいとのことです」

　心臓の鼓動が一拍飛んだ。

「本来なら私がお目付け役を務めるところだけど、今さら遅いわね。いいわ、二人でお話しなさい」

　ベアトリスは母を呼びとめたかった。行かないでと言いたかった。今はブリッグスと二人きりになりたくない。今日の彼はお菓子を持ってくるような気分ではないはずだ。

　ブリッグスが入ってきた。昨晩とは違う上着だが、色はやはり黒だ。まるで嵐のような人、とベアトリスは思った。体が動かなくなってしまう。息ができない。

　母が軽く頭を下げた。「ごきげんよう、公爵閣下」

「ごきげんよう、公爵夫人」彼が返した。

　母はベアトリスを残して出ていった。扉が閉められた。

「ブリッグス……」

「君と話しておかなくてはと思ってね。今の僕らの状況について、率直なところを」

「そうね、あなたには言いたいことがたくさんあるわよね。本当に申し訳なくて……」

「僕を怖がる必要はないよ。君の事情はわかっている」

「私の事情？」

「ケンダルから聞いた。子供を作ってはいけないそうだね」

「それは……」

「僕にはもう跡継ぎがいる。だからそのことは考えなくていい」

　それを聞くとベアトリスの胸は潰れそうに痛んだが、どうして悲しいのかは自分でもわからなかった。ジェームスとの間に子供を持つ予定はなかった。二人は名ばかりの結婚をするつもりだったからだ。本物の結婚はしない、とジェームスは言っていた。ベアトリスにはその正確な意味はわからなかったが、子作りに関係することらしいという程度の察しはついた。

「心配そうな顔だね」

「ジェームスのことが気になって……」

「ああ、それか。彼を愛していたとでも言うつもりかい？」

「言ったらどうするの？」

「信じない。君はあまりに簡単に僕の胸に飛びこみ、僕の腕に抱かれた。僕が愛している男でないことに気づいた様子がなかった」彼女を見つめるブリッグスの瞳の色が濃くなった。「愛している男なら、その腕の感触くらい知っているはずだよ、ベアトリス」

　ベアトリスはそのときの感触を思い出した。ブリッグスに腰をつかまれると、全身が燃えるように熱くなったことを。

少しだけ、手がかりがつかめた気がした。

だがブリッグスには本物の結婚をするつもりはない。彼にはもう跡継ぎがいる。

名ばかりの結婚でいいのなら、ジェームスが夫になった場合と何も変わらないはずだ。

それなのにブリッグスが夫になる場合は、何かが違ってくる気がした。

「ジェームスはお友達よ。彼のほうも便宜結婚をしたがっていたの」

「どんな結婚だって便宜的だよ。そうでない結婚なんて不便なだけだ」

「恋愛結婚をする人たちもいるわ」

だがベアトリスは実際に恋愛結婚をした夫婦を一組も知らなかった。エレノアがヒューを愛しているのは知っているが、それは報われない愛だ。彼らが結婚するはずがない。

「それはごく希《まれ》なケースだよ、ベアトリス。それに恋愛結婚は往々にして……長続きしない」

前の結婚のことを言っているのかしら、とベアトリスは思った。ブリッグスの最初の結婚は長続きしなかった。前妻はもうこの世の人ではない。ベアトリスは彼女に会ったことがなかった。ブリッグスの結婚期間中は彼と会う機会がなかった。夫妻は主にロンドンで過ごしていたのだ。ベアトリスはブリッグスの息子にも会ったことがなかった。

奇妙な、胃がよじれるような感覚に襲われた。彼の息子。

私がその子の母親になるの？

めまぐるしい変化に気持ちが追いつかない。ジェームスとの結婚生活なら、はっきりと頭の中に思い描いていた。ジェームスは外国を見て回りたいと言っていて、ベアトリスもその案には大賛成だった。パリやイタリアを見物する。生活の拠点をロンドンに置く。過保護で孤独な暮らしの中で我慢していたことを全部やってみる。夫婦で社交上の催しに積極的に顔を出す。大好きなジェームスとなら、楽しく暮らせるはずだった。もちろんブリッグスのことも好きだ。ずっと好きだった。でもジェームスに対する気持ちとブリッグスに対する気持ちは、同じものではない。

ブリッグスに対する特別な想《おも》い。

それはベアトリスが名前を知らないもののひとつだった。

「ケンダルはここで結婚式を挙げてほしいと言っている。ここの教会で」

ベアトリスはうなずいた。「そうね。それで……それでいいわ」結婚式を挙げる場所なんて考えてもみなかった。ジェームスと話し合ったときもそんな話題は出なかった。結婚後の暮らしについてはあれこれ夢を膨らませていたのに、結婚に伴う現実的な事柄については真剣に考えていなかった。ヒューの怒りを受ける心構えはできていたけれど、そのほかの事柄については、まったく考えもしなかったのだ。

ベアトリスは握りこぶしを作って手のひらに爪を食いこませると同時に、頬の内側を噛《か》んだ。痛みを乗り越えたあとにやってくる安心を待った。

だがそのとき、あごを強くつかまれ、強引に上を向かされた。目の前に彼の瞳がある。翳《かげ》りを帯びた、青い瞳。そのときベアトリスが感じたのは……。

安堵《あんど》と、静けさだった。

まるで彼の手の感触が、胸の中の嵐を静めてくれたようだった。

「僕のことは怖がらなくていいんだ」

「わかってるわ」ベアトリスは答えた。

呼吸が止まり、心臓の鼓動も止まった。ブリッグスが離れると、世界はふたたび動きだした。

「怖がっているように見えるけどね」

「怖がってなんかない」

嘘《うそ》だった。

彼の瞳が責めるような冷酷な色を帯びた。この瞳には見覚えがない。ベアトリスの記憶の中のブリッグスはいつも上機嫌な顔をしていた。でもそれは単に、ほかの顔を見る機会がなかっただけかもしれない。こんな目をした彼を見るのは初めてだ。それなのに、こういう目をする人だということは、ずっと昔から知っていた気がする。

「嘘をついているね」ブリッグスが言った。

私の心が読めるのかしら。

「ごめんなさい」ベアトリスは目を伏せた。「嘘をつくつもりはなかったの」

まつげの下から見あげると、彼の瞳に何かがよぎった。それもまた彼女が名前を知らないもののひとつだ。下腹部の奥に不思議な感覚が走った。「嘘はいけないな」ブリッグスが言った。「僕にはいつも正直に話しなさい、ベアトリス。大事な約束だよ」

「約束するわ。正直に言うと怖かったわ。だって私……」ベアトリスはこの場にふさわしい言葉を探したが、ひとつしか見つからなかった。「何も知らないから」

ブリッグスはくすりと笑った。「君は何も心配しなくていいさ」

「あなたはどうして怒らないの？」

どう考えても腑《ふ》に落ちない。なぜ彼は怒りをぶつけてこないのだろう。私は彼を望まない結婚に追いこんでしまったのに。

「僕の暮らしは何も変わらないからだよ、ベアトリス。君ひとり養ったところで僕の懐は痛まない」

「でも、ほかの人と再婚できなくなるわ……」

「どうでもいいさ」ブリッグスはそっけない口調で言った。「僕にはすでに跡継ぎがいる。再婚する理由はないし、したいとも思っていなかった。君に対しては、後見人として接するつもりだよ」

「あなたが……私の後見人？」

「そう。ケンダルから君の健康状態の話を聞いて、そう決めた」

「結局、私は自由になれないのね」

ブリッグスは哀れむような目を向けた。「かわいそうなベアトリス、君は永久に自由にはなれないんだよ。兄でなければ夫の所有物になるしかない。世の中はそういうふうにできているんだ」

そう言うと、ブリッグスは部屋を出ていった。残されたベアトリスは、冷たい水を浴びせられたような思いだった。彼の言うとおりだ。いくら自由を求めたところで……自分のものは何ひとつ持てない。自分の生き方を選ぶこともできない。私は別の人間の所有物になることで、自由になろうとしていたけれど……。

それは本当の自由とは呼べない。

気づけばベアトリスは領地を飛び出し、ジェームスの元に向かっていた。

ジェームスの屋敷に着いたとき、ベアトリスの手は泥だらけで、髪も乱れ放題だった。そんなことは気にしていられなかった。家政婦が居間に案内してくれた。彼女は最初からベアトリスの味方で、彼女とジェームスの友情を応援し、支えてくれた。なぜなのかベアトリスにはわからなかったが。

ジェームスはすぐに居間にやってきた。

「怖い目に遭わなかった？」

「大丈夫よ。でも婚約させられたの。それが怖いことのように思えてしかたない」

「なんてことだ、ベアトリス……」

「ごめんなさい。私、いろんな人に迷惑をかけてしまったわ」

「馬鹿を言うなよ。僕のことを言ってるんじゃない。君が心配なんだよ。無理やり結婚させられそうになってるのは僕じゃない」

「それを考えると怖くてたまらないのよ……」

「ベアトリス、座ろうか」

「そうね」ベアトリスは座ったが、すぐにまた立ちあがった。「だめ。興奮しすぎて座っていられない」

「わかった。なら僕も立っておこう。ベアトリス、僕は……いや、その前に聞かせてくれ。君を信じていいかい？」

「当たり前じゃない。私たち、結婚する予定だったのよ」

「ああ、そのとおりだ。その計画を実行する前に、君に話しておかなければいけないことがあったんだよ。でも君という友達を失うのが恐ろしくて話せなかった」

「私はお友達をやめる気はないわよ」

「今はそうだろうね。でもこれを話したらどうかな……ベアトリス、僕が本物の結婚をしたくなかった理由はね……僕が女性を愛せないからなんだ」

「なぜそう思うの？」

「それは……自分の生き方について考えるとき、僕が一緒に幸せを育める相手として思い描くのは……いつも男性だからだ」

ベアトリスは……途方に暮れた。どう受けとめればいいのかまったくわからなかった。

「でも、それは叶《かな》わない夢なのね」

「叶わない。王の定めた法律にそむくから。僕はそのせいで投獄されるかもしれない。死刑になる恐れさえある」

「そんな」ベアトリスはまたもや自分の無知を思い知らされた。ジェームスが誰に心を捧《ささ》げるかは、他人が口を出していい問題なのだろうか？　どうして法律がそこまで踏みこむのだろう？　理不尽としか思えない。「どうしてそんなことがまかり通るのかしら。みんながそれぞれに自分の幸せを探してはいけないの？　いけないとしたら、どうして？　今日ブリッグスに言われたわ、私は永久に自由になれないって。私に渡されるお金はすべてお情け。私が住む家の名義は男性のもの。ブリッグスは私と結婚したら……私の後見人になるつもりなんですって。私は彼の妻じゃないんですって。彼がそう決めたのよ、なぜなら……彼は男性だから。でもジェームス、あなたは男性なのに。それなのにあなたも自由になれないのね？」

「ベアトリス……」

「ひと握りの人しか幸せになることを許されないのはどうしてなの？」

「ベアトリス、どうして世界がそういうふうになっているのかは、僕にもわからないよ。だが、これだけは言える。絶対に幸せになるという覚悟があれば、君や僕だって道を切り開けるはずだ。誰の許しもいらないんだよ。僕の友達でいてくれてありがとう。君は僕から目をそむけなかった。裁きもしなかった。それどころか僕の妻になろうとしてくれた」

「今でもなれたらいいのにと思ってるわ」

「君はブリッグスが好きなんだよ」ジェームスが言った。「自分で思っているよりもずっとね」

「どういう意味？」

「君は彼を目で追わずにはいられないだろう。彼が同じ部屋にいればいつでもそうだ。そのことで君を責めるわけにはいかないな、あんなにハンサムなんだもの」ジェームスはほほ笑み、頬を少し赤くした。「君は彼を憎からず思っているんだ」

「それはそうよ。いつも親切にしてくれたもの」

「それだけじゃないんだよ」

「何が言いたいの？」

ジェームスが哀れむような笑みを浮かべると、ベアトリスはむっとした。私のことを私以上に知っているつもりの男性陣には、心底うんざりさせられる。

「いずれわかるよ。彼と一緒に暮らしはじめたら。ブリッグスとなら、僕とでは無理だったものが手に入るかもしれないよ」

「そうは思えないわ。彼はヒューの要望どおり名ばかりの結婚をするつもりでいるんだから」

「彼が我慢しきれるかな」

「まったく苛々《いらいら》するわ、あなたが何を言っているのかさっぱりわからないんだもの。ほのめかされたり、におわされたりしても、私にはぴんと来ないことばかり」

「ああ、ごめんよ。どうかこれからも友達でいておくれ。僕はロンドンに行こうと思っているんだ。君がいないなら……ここに留《とど》まる理由もないからね」

「ジェームス……」

「君は僕の大事な人だよ、ベアトリス」ジェームスはまたほほ笑んだ。「夫婦の関係にはなれなくてもね」

「私も同じ気持ちよ」ベアトリスは言った。夫婦の関係にはなれなくても、と言おうとしてやめた。意味がわからないからだ。でも……わかっていないということはわかっている。

「何かあったらいつでも駆けつけるよ。友達として」

「ありがとう」

　このさき何が起きようと、自分にはジェームスという親友がいるのだと思うと心強かった。だがその親友がブリッグスについて、そして彼に対する自分の感情についてほのめかした言葉は、ベアトリスの心に新たな疑問を投げかけていた。

　いくら考えても、答えは見つかりそうになかった。

4

式の前夜、ブリッグスは寝つけずにいた。結婚式が彼にとって非常な重大事だというわけではない。

ベアトリスにとってもそうだろう。

ベアトリス……。

世間知らずなかわいい娘。だがそんな退屈な言葉では形容できない娘でもある。

彼女の顔、怒った表情が、頭の中を占めた。顔だけではすまなかった。感触までよみがえってきた。

崖から飛びおりるように、腕の中に飛びこんできた彼女。思い切りよく、覚悟を決めて。

なんという勇敢さだろう。

やわらかく……女らしい丸みに富んだ体。

ブリッグスは歯を食いしばり、こぶしを握りしめた。

ベアトリスはかわいいだけの娘ではない。彼女が自由を得るために何をしたか考えてみろ。

哀れな娘だ。

彼女はこの僕に縛りつけられることになった。僕自身は生き方を変えるつもりはないが……彼女の人生は一変する。

いや、違う。彼女の人生は大体において、今までと変わらないものになるだろう。ただ彼女が抱いていた夢は叶《かな》わないというだけだ。

ベアトリスが求めていた人生は、自分との結婚では得られないのだから。

彼は椅子から立ちあがり、窓辺まで歩いていって、ケンダルの領地を眺めた。闇の中でこずえがざわめいている。木陰の奥に、ちらっと動くものが見えた。

風にはためく白いもの。

ブリッグスはしばらくその奇妙な、幽霊じみた動きを観察した。

気づいた時には寝室を出て、階段を下りていた。靴音が響かないよう、できるだけ静かに足を運ぶ。玄関から外に出ると、右に折れ、広大な屋敷の壁沿いに進んでいく。夜空には雲ひとつなく、空気は肌を刺すほど冷たい。彼は自分にもわからない理由から、寝室の窓から見えた幽霊を追わずにはいられなかった。

自分の身の内に巣くう幽霊よりも、外の幽霊のほうがましだからだろうか？

ブリッグスは木立の手前で立ちどまった。はためく白いものはまだそこにいた。前に、うしろに、揺れている。近づいてきては、遠ざかる。彼は一歩踏みだした。そしてまた一歩。そこで気づいた。

「風邪をひくぞ」彼は声をかけた。

「ブリッグス？」

やはりそうだ。ベアトリス。星明かりのような、銀色の声はまちがえようがない。

近づいてみると、窓から見えた奇妙な光景の謎が解けた。ベアトリスは木の枝に吊《つ》るしたぶらんこを漕《こ》いでいたのだ。

「運がいいな。僕が強盗だったら、君が身につけている高価な品や貞操を奪うところだぞ」

ベアトリスの貞操。

そのことは考えるな、とブリッグスは自分に言い聞かせた。

だが考えずにいるのは難しかった。ケンダルは妹の妊娠を心配していたが、妊娠を避けて快楽を味わう方法はいくらでもある……。

白いナイトガウン姿のベアトリスは、初夜を想像させる。

彼女を自分の足元にひざまずかせ……。

〝快楽の技法をベアトリスに教えようなどと思う

な〟と心の声が忠告した。

ベアトリスはきっと嫌悪する。悲鳴をあげて兄のもとに逃げ帰り、自分は残りの人生を宦官《かんがん》として過ごすはめになるかもしれない。

「窓から幽霊が見えた気がしてね」

「幽霊なんかじゃないわ」ベアトリスが言った。「ただのベアトリスよ」

「それなら安心だ」

ベアトリスが髪をおろしている姿を見るのは初めてだった。たっぷりとした巻き毛が肩に垂れている。月光を浴びた彼女は青白く、いかにも純真に見えた。まるで神に捧《ささ》げる人身御供《ひとみごくう》だ。

僕に捧げられたものではない。

「私ね……あなたの奴隷としての人生を考えていたのよ、公爵閣下」

「奴隷？」

「私には自由がないんでしょう。あなたがそう言ったんじゃなかった？」

「僕と結婚すれば、今までよりは自由になるさ」ブリッグスはそう言いながらも自分の言葉に疑問を抱いた。「既婚のレディは守られた存在だ。そう簡単にスキャンダルの餌食になったりしない」

だがベアトリスの体のことを考えると……健康な女性と同じ自由は手に入らないだろう。だが、そこまで言う気にはならなかった。少なくとも今は。今は彼女を慰めたい。僕には分不相応な役柄だが。僕は誰かの慰めになるような人間ではない。

「どんな自由が手に入るの？」

「君は何がしたい、ベアトリス？」

彼女は目を閉じた。「あちこち見て回りたいわ、ここ以外の場所を。私、こんなものを望んだ覚えはないの。こんな病弱な体。こんなひ弱な体。屈辱だわ、私の心がこんな体に押しこめられているなんて。だって私はいつも……」ベアトリスが頭をのけぞらせると、月光がその肌を輝かせた。そして薄いナイトガウンは……透きとおった。

　薄明かりの中でも、ブリッグスには彼女の乳首の輪郭や、脚の間のかすかな茂みが見えた。

　まるで女神だ。なんという美しさだろう。触れてはいけないもののようだ。

　そう、いくら夫になるとはいえ、自分などが触れてはいけないものなのだ。

　前妻もどこか彼女に似ていた。セレナは華奢《きやしゃ》で、美しく、純潔だった。彼のような夫を受けいれる覚悟はできていなかった。二人の結婚生活は幸せなものではなかった。それどころか、セレナをこの世を去りたくなるほどの絶望に追いやったのは、自分だったのかもしれない。

　ブリッグスは彼女を愛していたわけではなかった。だがいつか愛せるようになると思っていたし、そのための努力は惜しまなかった。

　だが結局は、彼女を嫌悪させただけだった。ブリッグスは変わると誓った。自分の欲望が満たされなくてもかまわないと約束した。

　セレナの答えはつれなかった。知ってしまった以上、あなたを前と同じ目では見られない。

　こんな行為には耐えられない。

「本を読む時はいつも、自分が主人公になったつもりになるの。ドラゴンをほふり、敵の軍勢をなぎ払い、馬を駆って風より速く草原を進み、そして……恋に落ちる。でもその体では無理だと言われてしまう……こんな不公平なことってあるかしら？　どうして私は内気なおとなしい性格に生まれてこなかったの？　家にいるのが幸せだという女性は大勢いるのに。それに子供を……」ベアトリスは首を横に振った。「子供を持てないことを幸せだと思う女性はあまりいないでしょうね」

「子供がいないからこそ自由でいられると考える人

はいるさ」ブリッグスは言った。

「どういうこと？」

ベアトリスの悲しみや、夢破れた挫折感、そして……これからは彼の奴隷として生きるのだというあきらめ。それをブリッグスは見過ごせなかった。たとえ自分の心の傷に触れることになろうと、話さずにはいられなかった。

「子供を持つと、常に子供のことが頭を離れなくなる。人生が自分だけのものではなくなるんだ。常に別の人間のことが念頭にあり、心臓の鼓動さえ自分ひとりのものではなくなる」ブリッグスは大きく息を吸った。「少なくとも僕の経験ではそうだ」彼が父性について語るのは珍しいことだった。語れば……過酷な子供時代を思い出してしまうからだ。そして今の自分の欠点を意識せずにはいられなくなるからだ。彼はときどき、息子にどう接していいかわからなくなるのだった。

「そんなふうに人を愛するってすてきでしょうね」ベアトリスが言った。

「すてきという言葉は、僕なら使わないな」

「私にはそんな機会は来ないのよね。でも私……あなたの息子さんを大事にするわ。きっとそうする。約束するわ。お母さんとして……ごめんなさい、前の奥様のことを思い出させてしまったでしょうね。悲しい思いをさせてしまって……」

「僕はセレナのことを今も悲しんでいるわけじゃない。気遣いは無用だ」

「奥様の思い出を上書きしたいなんて思ってるわけじゃないのよ」

「ウィリアムが母親を忘れたとしたら、それはセレナの自業自得だ」

ベアトリスはとまどったような顔をしたが、それ以上何もきいてこなかった。ブリッグスも説明しなかった。公爵夫人の自殺は社交界の噂《うわさ》になったはずだが、ベアトリスの耳には入らなかったのだろう。

セレナは風呂で手首を切った。発見したメイドの悲鳴が屋敷中に悲報を伝えた。

ブリッグスはセレナを風呂の中から抱きあげた……湯と彼女の血にまみれて。

悲しみにまみれて。

それは人をこれほどまでに失望させた自分への悲しみだった。

セレナだけではない、ウィリアムも失望させているだろう。

セレナの実家は遺体を教会の墓地に埋葬しようと奔走した。ブリッグス自身はそこまでする気にはなれなかった。彼は悲しみと同じくらい怒りを感じていたし、最も頭を悩ませたのは妻をどこに埋葬するかではなく、息子にどう話すかだった。

セレナの実家は体面しか気にしていなかった。彼らは大金を使い、溺死と診断させた。事故死だと。

だが社交界は噂で持ちきりになった。扇の陰でこそこそと、地獄の火に焼かれる公爵夫人の噂がささやかれた。

連中はけっしておおっぴらに話そうとはしない。

何よりもブリッグスを苛立《いらだ》たせたのは、彼らの臆病さだった。彼らは自分たちの陰険さを堂々と示す程度の覚悟さえ持っていない。

「私、息子さんを大事にするわ」ベアトリスは決意をこめて言った。

「あの子は……強情な子でね」ブリッグスは言った。「人なつっこい子供だとは言えない。君の手には負えないかもしれないよ」

こんなことを言うのは息子に対して不誠実な気がしたが、事実は事実だ。もしもベアトリスが自分の子供を持てない空虚さを手軽に埋めたいのであれば、埋め草は家庭以外に求めたほうがいいだろう。

「子供を持つってどんなものか、私には想像もつかないわ」ベアトリスが言った。「無理だと言われていたから、考えないようにしてきたのよ。だから息子さんがどんな子供だろうと、好きになれないはずないと思うの。子供はこうあるべきだという理想が、私の頭の中にはないんだもの」

彼女の言葉はまるで天啓のようだった。幸福の最大の敵は、報われない期待なのかもしれない。

報われない期待、それはブリッグスにはなじみ深いものだった。

彼はベアトリスの背中に近づき、ぶらんこの綱を握ってうしろに引いた。彼女の髪がこぶしをかすめた。やわらかな絹のような感触。肌のにおいが鼻をくすぐった。薔薇《ばら》水と、正体はわからないが繊細な女らしい香り。

これが彼女の素肌の香りなのだろうか。

手を離すと、ベアトリスはふわりと前に飛んでいき、髪がうしろになびいた。ぶらんこが戻ってくると、ブリッグスはまた綱を握り、頭をかがめて彼女の耳元でささやいた。「僕らはうまくやっていけるさ、そうだろう？」

また手を離す。今までベアトリスの存在をこれほど……身近に感じたことがあっただろうか。

二人きりになったことは何度もある。バイビー・ハウスの中では、堅苦しい礼儀は必要なかった。ケンダルは彼を全面的に信用していたし、彼も信頼を裏切るような真似《まね》はしなかった。今後もするつもりはない。だが、名ばかりとはいえ結婚するとなると、ベアトリスとの関係は今までとは違うものになる。自分が彼女を見る目も。

ベアトリスはひとりの女だ。

「そうかしら？」ベアトリスがこちらを振り向くと、唇が危険なほど近づいてきた。ふっくらとしたやわらかそうな唇。これは悲劇だ、とブリッグスは思った。彼女を守ろうとする者は、この唇には触れられないのだ。

この体の奥に存在するはずの情熱を呼び覚ますこともできない。それは確実に存在するはずなのに。だから自分はずっと彼女に好意を持っていたのかもしれない。ロンドン土産の菓子を持って訪ねていたのかもしれない。

暇を見ては彼女に話しかけていたのかもしれない。バイビー・ハウスの囚人であるベアトリスは、彼女自身では昇華しきれないほどの情熱を秘めていた。体の奥の嵐を解放することを、彼女は許されていなかった。ブリッグスを見つめてくる彼女の瞳には、彼には答えることのできない疑問が満ちている。

そして彼女の怒りも伝わってくる。答えを与えられないことへの怒りだ。

哀れなベアトリス。

「君にみじめな思いはさせないよ」

「じゃあ私を敵の軍勢のところへ連れていってくれる？」

「それは前提に問題があるな」ブリッグスは手を離し、ぶらんこと彼女を空中に送り出してやってから、またつかまえた。「敵の軍勢とやらがどこにいるのか、僕は知らないよ」

「あなたなら見つけられるわ、ブリッグス。私、あなたの手腕を信頼してるの」

「戦争を始める手腕を？」

「そうよ」

「君は僕のトロイのヘレンになりたいのかな、ベアトリス？」ブリッグスは彼女の背中を自分の胸に引きつけ、耳のすぐそばでささやいた。彼女の香りが鼻をくすぐる。「君のために大艦隊を出撃させてほしいのか？」

そしてまたベアトリスを前に送り出した。「私、じっと座って待っているのはいやだわ」彼女は離れていきながら振り返った。「自分で戦いたいのよ」

「どちらでも結局は同じことだろう？　ひとりの女のための戦争だ」

「私、あなたと兄の間に戦争を起こしかけたんじゃないかしら？」

ブリッグスは彼女の背中を押してやり、飛ばせてやった。ずっと遠く、そして高くへ。

「ケンダルはすぐに僕を信じたよ」

「兄は私に本当の逢引《あいびき》なんてできるはずないと思ったのね」

「僕を信頼しているからだ」ブリッグスはそう言った直後、自分は親友の信頼に値する人間だろうかと自問した。ぶらんことベアトリスが戻ってくると、彼女の体のぬくもりを自分の体に押しあてずにはいられないというのに。

あごをくすぐるやわらかな髪。ロンドンに戻ったら、娼館《しょうかん》を訪れずにはいられないだろう。

娼館を訪れる新郎。

ブリッグスは口元をゆがめそうになった。われながらなんという汚らわしさだ。

だが、それが現実的な対処というものだ。今の自分を誇りに思っているわけではないが、生まれつきの性分に戦を仕掛けようとは思わない。

娼館を訪れるのは、むしろ新妻へのいたわりと言っていい。

理由はいくつでも挙げられる。

「ごめんなさい」ベアトリスが言った。「あなたの言うとおりだわ。私は自分のことばかり考えていた」ベアトリスが長いため息をつき、ブリッグスは彼女が姿勢を変えるのを感じた。のけぞった頭が、彼の胸に触れる。彼女は漕《こ》ぎ出そうとしたが、ぶらんこは動かなかった。ブリッグスが手の皮膚が裂けそうなほどきつく綱を握りしめ、彼女をそこに留《とど》めておいたからだ。「私を身勝手だと思う？」

ブリッグスの胸は締めつけられた。そして別の場所は……固くなった。

「身勝手かもしれないな」声がかすれた。「でも、そうでない人間なんているだろうか。世間が男の身勝手を大目に見るだけだ。君は自分がすべきだと思ったことをしたんだろう」

「いっそあなたが怒ってくれたら気が楽になるのに」

ブリッグスは笑った。「ご希望に添えなくて申し訳ない」

手を離すと、ベアトリスは小さな驚きをあげて、離れていった。だがこの胸の高鳴りを彼女に聞かせるわけにはいかないのだ。あれ以上体を密着させるわけにもいかなかった。

「どうして怒らないの？」

「僕の自由に影響はないからだ。僕は自分の好きなように暮らし続ける。これまでと同じように」

ベアトリスはやさしく笑った。「それは無理だって、さっき自分で言ったじゃない。あなたには子供がいる。あなたの心臓の鼓動は、あなたひとりのものじゃないんでしょう」

ブリッグスは何も言えず、彼女の背中を押して飛ばせてやった。

ベアトリスは息苦しさを感じていた。どうして息ができないのかわからない。この苦しさは、子供時代の発作とは違う種類の苦しさだった。

ブリッグスがぶらんこの綱を引きよせると、彼の熱が伝わってきた。自分の体も熱くなっていく。

心臓が痛いほどに高鳴る。彼の手が動き、指先が肩に触れると、ベアトリスは震えた。彼のたくましい肉体に、自分の体を預けてみたくなる。

目の奥がつんとする。今押しよせてくるこの感覚、それに完全に身を浸すことが、私には永久に許されれないなんて。

完全に理解できる日が永久に来ないなんて。

ベアトリスはもう一度振り向いて彼のほうを見た。前にも感じたことのある、ぞくぞくする感覚を、必死で追い求めた。ぶらんこに乗ったまま振り返ると、彼の顔はすぐそこにあった。男性にこんなに近づくのは生まれて初めてだ。

「私、自由の味を知るためだったら、なんだって差し出すわ」ベアトリスは小声で言った。「何と引き換えでもかまわない」

「人はさまざまな行為を通じて……知ろうとするものだ」ブリッグスの低い声が、ベアトリスの肌に伝わり、心まで震わせた。「限界まで追いこまれる感覚を。その感覚が人を絶頂に到達させる。だがそれに耐えられない人間もいる」

「誰がそれを決めるの？」ベアトリスはささやいた。

「君の安全に配慮する立場の人間だ」

「ときどき思うの、生きることと安全を天秤《てんびん》にかけなきゃいけない時もあるんじゃないかって。男性はそういう選択を迫られることが少ないのよ。あったとしても、自分の責任で判断していいんだわ」

「自分の保護者を信頼すべき場合だってあるさ。君自身が選ぶより、君のためになる道を選んでくれるだろう」

ブリッグスは本心からそう言っていた。自分は彼女のためになる道を選ぶつもりだ。

「どうして信頼しなくちゃいけないの？」

「それは僕には答えられないな、ベアトリス」

「がっかりだわ。あなたは怒ってもくれないし、答えてもくれないのね」

「ああ、そのとおりだ」

「私たち、明日結婚するんでしょう」

「そうだよ」ブリッグスは答えた。

「妻になるってどういうことか、私は知らないのよ」

「必要なことは全部、僕が教えてあげよう」

不確かなことだらけの世界にいるベアトリスにとって、その言葉は心を慰めてくれるものだった。すがれそうなものはそれしかない。ベアトリスは彼の言葉を心の中で抱きしめた。

5

ブリッグスはいったん自分の領地に帰り、結婚特別許可証を手に入れてから、バイビー・ハウスにとんぼ返りしたが、領地を出る前、家政婦のブラウン夫人がウィリアムを結婚式に参列させないのかときいてきた。

「ウィリアムの予定を狂わせたくない」

「坊ちゃまがお父上の結婚を見たがるとは思いませんの？」

ブラウン夫人がこんな差し出口をきけるのは、ブリッグスが子供の頃からこの家にいる人間だからだ。そして両親より多くの時間をブリッグスと過ごしてきたからだ。

「思わないね」と彼は答えた。「あの子には退屈だろうし、旅は疲れるばかりだ」

そして今ブリッグスは、バイビー・ハウスの教会にいる。

参列者は少ないはずだ。まずはベアトリスの母。そしてケンダルの被後見人で、ベアトリスの友人でもあるエレノア。それから当然ケンダル本人。あとは牧師だけかもしれない。

教会にはまだ誰もいない。ブリッグスは教会の裏口から小さな庭に出た。石の小さなベンチに、花嫁が座っていた。

昨夜、ぶらんこに乗っていたベアトリスは、月光のベールに覆われていた。

昼の光はすべてを照らし出す。

彼はベアトリスの姿をはっきりと見ながら、昨夜の親密な記憶を重ねた。あの香り。密着した体のぬくもり。

ベアトリスが着ている淡い薔薇色《ばらいろ》のドレスは襟ぐりが深い。今の流行だが、ベアトリスが流行の服を着ているところは初めて見る。彼女は……。

絵のように美しい。優雅な首筋。白い肌にこぼれおちる濃い茶色の巻き毛。そしてあの胸……。

ふとベアトリスが顔を上げ、目をみはった。「ブリッグス」

「こんなところで何をしているんだ」

「こっそり抜け出してきたのよ」

「正直に話してくれたね」

ブリッグスは驚いた。図書室で彼女の瞳に浮かんだもの……それが今もまた浮かんでいる。ベアトリスは彼を喜ばせたがっている。彼に指図されたがっている。

だがそれに調子づいてはならない。

レディに自分の嗜好《しこう》をぶつけるような馬鹿な真似《まね》をしてはならない。最初の結婚で試してみた結果、夫婦のベッドはそういう行為にふさわしい場所ではないことがはっきりした。自分のような特殊な嗜好を持つ男の欲求を満たしてくれる場所、それは娼《しょう》館《かん》だ。娼婦たちはあらゆることを心得ている。それを愉《たの》しみさえする。自分の特殊な欲望は、そういうたぐいのものだ。一筋縄ではいかず、妥協を知らない。

　ブリッグスは支配する側として、お仕置きを与えることを好む。だが女性の服従を愉しめるのは、相手が望んでそうする場合だけだった。

　そして女性がその行為から喜びを得る場合だけだった。

　ベアトリスには永久に理解されないだろう。

　男と女の営みについて、彼女が多少なりとも理解を示したら、かえってそのほうが驚きだ。レディは過保護に育てられるものだ。それは最初の妻との経験で、身に染みてわかっていた。そしてベアトリスは……並みのレディよりずっと過保護に育てられたはずだ。田舎に閉じこもって暮らし、家族は彼女を結婚させる気がなかったのだから。

「あなたが正直に話しなさいって言ってたでしょう。だから私、一生懸命正直になろうとしてるのよ」

「いい子だね」

　ベアトリスの頬が上気した。上気した頬の愛らしさは無視できなかった。

「私たち、これからはどこで暮らすの？」

「メイナード・パークだ。僕の先祖代々の領地だよ」

「そうなのね」

「シーズンにはロンドンへ行く。貴族院の仕事があるからね」

　ブリッグスにとっての社交シーズンは、仕事と放《ほう》蕩《とう》の季節だった。結婚市場に参加する気はないから、政治的な目的がない限り舞踏会にも出ない。彼は仕事に真摯に取り組んでいた。男には人生の目的が必要だ。でなければ生きるかいがない。彼ほどの地位に生まれた者であれば、無為に暮らすのは簡単だ。ありあまる権力と富を使って、ただ安楽に暮らすこともできる。

だがブリッグスはそういう生き方をよしとしなかった。善人ぶる気は毛頭ないが、他者の暮らしをよくするために尽力しないのなら、公爵という地位についた意味がない。

「まあ」ベアトリスは顔を輝かせた。「私、ロンドンでシーズンを過ごすのが憧れだったの。一度だけ、行ったことがあるけど……シーズンを通してロンドンで過ごしたことはないのよ」

「僕はロンドンに家を持っているから、そこで楽しく暮らすといい」

「すてきね」ベアトリスは小さくほほ笑んだ。「おかしいと思う？　こんなことで喜ぶなんて」

「君は終身刑を宣告された身だろう、ベアトリス。絞首台に送られるのをただ待つよりは……地下牢《ちかろう》での時間を楽しんだほうがいいんじゃないか」

われながら、なんという言葉を選んだものか。

「私、楽しめるように精いっぱい努力するわ」

だがベアトリスは少し青ざめて不安そうに見えた。

ブリッグスは足音を聞く前から親友の存在を感じとった。振り向くと、ケンダルが不機嫌そうな顔で立っていた。

「そろそろ始めるか」

「準備はできたのか？」ブリッグスは皮肉めかして聞いた。自分の結婚は、自分自身ではなく、他人が決めたものだとほのめかすように。

しょせんは名ばかりの結婚だ。

ブリッグスは自分の妻になる女性の曲線美に目をやった。

名ばかりの妻だ。

そしてもう一度ケンダルを見て言った。「では、いよいよ投獄というわけだ」

それを聞いたベアトリスは少し傷ついた顔をしたが、ブリッグスは慰めようとはしなかった。

これは彼女自身が計画して招いた破滅だ。

彼女が傷つこうと、知ったことではない。自分には関係のないことだ。

娼館の門は常に開かれている。新郎に対しても。

教会の門をくぐりながら娼館に思いをはせていたブリッグスは、非難がましい顔つきの牧師を見て奇妙な罪悪感を覚えた。この僕に罪悪感を覚えさせるとは、この牧師はなかなか優秀らしい。

ブリッグスは地獄の火に足元をあぶられているような気がした。

あいにく、僕は地獄の火さえ楽しめる恥知らずだ。

特に、ある分野においては。

思ったとおり、参列者は少なかった。ベアトリスの母と、ケンダルの被後見人エレノアだけだ。

エレノアは心配そうに目を見開いている。悪魔のような公爵と結婚する親友の行く末を案じているのだろう。

祈祷《きとう》書を読みあげる牧師の前で、ブリッグスは自分をまたも祭壇に立たせた運命の不思議さについて考えていた。

今回も、隣には若く愛らしい令嬢が立っている。

だが自分は前回と同じ人間ではない。昔とはまるで違う心構えで結婚に臨もうとしている。

前回は、少なくとも友情で結ばれた夫婦にはなれると思っていた。

自分の両親のような冷えきった関係になるはずがないと。

だが結局は、無残に失敗した。

自分は身近な人間とうまく関係を築けたためしがない。ケンダルが唯一の例外だったが、それも今となっては少々怪しい。

式はすぐに終わった。伝統と法律。重視されるのはそれだけだ。彼らは教会の目から見て結婚した。社交界も迅速な結婚に文句はつけられないだろう。

こんなものですべてが一変するとは驚きだ。これまで知り合いに過ぎなかった二人が、誓いの言葉を交わすだけで、一生をおたがいに縛られてしまうとは。

そして今、二人は馬車に乗りこみ、メイナード・パークまで三時間の旅の最中だった。教会の裏庭で話して以来、口をきくのは初めてだ。

「必要なものがあれば言ってくれ」ブリッグスが口を開いた。

「たとえばどんなもの？」

「服だね。シーズンが始まったら、出たいんだろう……舞踏会に」

ベアトリスは驚いたようにまばたきした。「あなたは舞踏会が嫌いなんだと思ってたわ」

「好きじゃないさ」ブリッグスが言った。「でも僕は君の後見人であって看守じゃない。勘違いさせるようなことを言ったかもしれないが」

「私はあなたの被後見人じゃないわよ」ベアトリスはやんわりと否定した。

「そう考えるのが一番いいんだ」

昨夜はそうは考えられず、誘惑に負けそうになったが。

「わかったわ」ベアトリスが目をそらした。「そうね、ドレスが何枚か要ると思う。今着ているドレスはエレノアからもらったものなの。エレノアは社交シーズン用のドレスを何枚か作らせたんだけど、私は作らなかったのよ」

「すぐに手を打とう」

「ありがとう」

「気にするな」

「あなたが怒ってるかどうか、私には判断がつかないわ。正直でいなければならないという決まりは私だけに適用されるの？　あなたにも当てはまる？」

「君だけだ」ベアトリスは明らかにその答えを面白く思わなかったようだ。「これは君を守るための決まりだよ」ブリッグスはつけ加えた。「僕は君の欲求や、欲しいものを知っておかなければならない。でないと行き届いた世話ができないだろう？」

「あなたが正直に話してくれないと、私はいつまでも何も知らないままでいることになるわ」

「僕はこれまでどおりの関係を続けるつもりでいるよ」

「あなたは私の兄のお友達でしょう。私たち二人だけで話す機会はそんなに多くなかったわ。ときどき、あなたがお菓子を持ってきてくれただけ」

「それを変える必要があるとは思わない」

ベアトリスがため息をついた。「ところで……あなたのことはフィリップと呼べばいいの？」

ブリッグスの胸の奥で悲鳴のような声があがった。その名前を最後に耳にしてから何年たっただろう。

「だめだ」彼は言った。

「結婚したんだから……」

「ブリッグスでいい。公爵閣下と呼ぶ必要がない場合はね」その名前を懇願するように呼ぶベアトリスを想像するのはなんとたやすいことだろう。そのとき彼女はひざまずいているはずだ。

真っ白な胸をあらわにして……。

彼は歯を食いしばった。

「あなたは私をどう呼ぶの……」

「ビー」彼は答えた。「ベアトリスを縮めて。今までと同じだよ。お菓子もあげよう、今までどおりに……」

「今までどおりに生きろということ？　主人が替わ

るだけ？　私はヒューじゃなくあなたの奴隷になるの？」

　彼女の主人としての自分を想像するのはまずい。血がたぎってしまう。清らかなナイトガウンを着た彼女を思い出してしまう。自分に捧《ささ》げられた生《い》け贄《にえ》の乙女。

　思い描いた瞬間、ブリッグスは骨の髄まで自分を嫌悪した。

　セレナをどれだけ嫌悪させたか知っていながら、ベアトリスに同じ欲望を抱かずにおれないほど、自分の倒錯は根深いのだろうか？

　娼婦しか抱かなくなったのは、理由あってのことだというのに。

「どういう関係にしたいかは君しだいだよ、ベアトリス」

「違うわ」とベアトリスは言った。「私じゃない。今までと同じで、兄しだいなんだわ」

「友達と名ばかりの結婚をしたところで、君の生活は変わらなかったはずだろう」ブリッグスは二人の間に生まれかけているものを無視して言った。だがそれはそこに存在した。灰に埋めても消えない火のように。

　ブリッグスにはそれが気に入らなかった。

「息子さんはおいくつ？」ベアトリスはため息をついてからきいた。話題を変えるしかないとあきらめたようだ。

　ウィリアムの話はしたくない。ブリッグスは反射的にそう思った。

　どうせあと少しすればウィリアムがいる屋敷に着いてしまう。それでも……息子を守らねばという気持ちがこみあげてくる。

　世の中には配慮に欠ける人間がいるのだ。

　息子だけは守りたい……息子の弱みを見つけ、そこにつけこもうとする連中から。

ウィリアムを誰にもぞんざいに扱わせたりするものか。なぜこんな激しい衝動が突きあげるのか、ブリッグス自身にも説明がつかなかった。もしかすると……これが父性というものなのだろうか。

だとしたらブリッグス自身の父には父性がなかったのだ。父は彼の弱みを見つけると、容赦なく突き刺した。

弱みにつけこみ、打ちのめし、いたぶった。

「七歳だ」

「私、子供と過ごした経験がないの」ベアトリスが言った。「自分の……自分の子供が持てないのは本当に残念だわ」

「気持ちはわかるよ」ブリッグスは心からそう言った。

かろうじて地に足が着いた暮らしができているのは、父になれたからだ。ウィリアムがいなければどうなっていたことか。おそらく娼館に入りびたりだ。独り者で、収入のために働く必要がなく、責任を持つ相手がひとりもいなかったら……。

酒色に溺れ、二度と浮かびあがれなくなっていただろう。

ウィリアムがそれを防いでくれた。

ウィリアムは彼が道を踏み外さずにいる理由だった。彼自身は父に誇りも愛情も感じたことがなかったが、ウィリアムには両方とも感じてほしかった。

「世話を焼く相手がいるってすてきなことよね」ベアトリスはそこで考えこんだ。「その点では、ジェームスでなくあなたと結婚できてよかったと思うわ」

「その点だけかい？」ブリッグスはベアトリスを見つめ、その坊やに抱いていた感情が本当に友情だけなのか、見極めようとした。

ベアトリス自身はそう言っていたが、本人が気づかずに恋愛感情を抱いている場合もある。

「いいえ。ジェームスは……気楽に付き合えて、やさしくて、一緒にいて楽しい人よ」

「僕は……？」ブリッグスはきかずにはいられなかった。

「あなたにはやさしい面もあるけれど、気楽に付き合えるとは言えないわ」

ブリッグスは足を前に投げだし、肩の力を抜いてみせた。「そうかな？」

「あなたはとても……あなたらしい人よ、ブリッグス。ほかにどう言えばいいかわからない」

「それで」ブリッグスは彼女の言葉には答えずに続けた。「ジェームスのほうは君に恋していたのか？」

「いいえ。ジェームスのほうにも……私と結婚したい理由があったのは確かだけど、それは恋愛感情ではなかったわ」

男が偽装結婚をしたがる理由はそう多くないが、この場合はひとつに絞れそうだ。ベアトリスはジェームスと結婚できればよかったのに、とブリッグスは心の底から思った。二人なら似合いの一対になっただろうに。

「私、どんな気持ちでいればいいのかわからない」ベアトリスがつぶやいた。「あなたの妻と呼ばれる立場にはなったけど、本当の妻ではないんだもの。いつも私だけ答えを知らないまま。私に見えている世界は謎だらけ。あなたが私を妻ではなく、被後見人として扱うからだわ」

ベアトリスは危険な領域に踏みこんでいるが、本人はその領域に関する知識がまったくない。

ベアトリスが強い言葉を使うのは、彼女がずっと病人扱いされていたことと関係があるのだろうか。自分は弱くないと証明したがっているように見える。

「世の中には知らないほうがいいこともある」

「そんなことが言えるのは」ベアトリスの頬は薔薇色を帯びた。はにかんだせいなのか、怒りのせいなのかはわからない。おそらく両方だろう。「あなたが男性で、何も禁じられていないからよ。何をすれば傷物になるのかも知らないのに、自分を傷物にする計画を立てる情けなさは言葉では言い尽くせないわ。男性と二人きりでいるのを見つかれば傷物になる。あなたに抱きしめられても傷物になる。でも抱きしめられたあとのことはまるで知らないのよ。子供のことだってそう。子供を持つには結婚しなくちゃいけないのは知ってるわ。でも具体的にどうすれば子供ができるのかは知らない。結婚の誓いだけじゃできないのはわかってるわ、だったら兄があんなにあっさり結婚を許すはずがないもの。いくら私が破滅する瀬戸際にいたとはいえ」

「僕の屋敷に参考文献があるよ」ブリッグスは言った。自分で渡してやる気はなかったが。もしも彼女が図書室をあされば……。

　教育的ではない官能小説が見つかるだろう。

「あなたって本当に頭にくる人ね。男性は全員そうだけど」

　ブリッグスはくすりと笑った。「その意見には賛成だな」

　ベアトリスが向かいの座席にもたれると、ブリッグスは彼女から目が離せなくなった。明るい乳白色の肌。豊かな曲線。すねた愛らしい口元。今まで気づかなかったものばかりだ。そしてこちらを見つめる視線。特別なまなざしだ。一見おとなしく見えるが、けっしてそうではない。

　ベアトリスが背筋を伸ばすと、その視線が鋭くなった。ブリッグスは身構えた。「今なら時間があるわ。本なんか勧めないで、あなたが教えてくれたらどうなの？」

　その言葉は火薬樽《だる》が爆発したような威力で彼を襲った。

　誘惑するつもりで言ったのではないことはわかって

いる。ベアトリスは誘惑のなんたるかを知らない。女が男の気をそそってはいけない理由も、お目付け役なしで男女が二人きりになってはいけない理由も知らないのだ。

何ひとつ。

恐るべき無知。それが余計にブリッグスの欲望に火を注いだ。

「君はずっと田舎暮らしをしていたんだろう」

「ええ」

きっと後悔することになる。だがベアトリスはもう自分のものだ。胸の奥に奇妙なざわめきが生まれた。

錠前に差しこまれた鍵が回りだす。

彼女は僕のものだ。僕の保護下にある。大事に世話をしてやろう。上等なドレスを着せ、望みはすべて叶《かな》えてやる。僕と一緒にいれば彼女は幸せになる。バイビト・ハウスにいたときよりも。

そして彼女が僕のものなら、何を知るべきで、何を知らなくていいかも、僕が決めていいはずだ。彼女は自由を求めている。彼女はもう人妻なのだ。完全な意味でそう言えるかどうかは別にして。

ブリッグスはそこまで考えて歯を食いしばった。

ベアトリス。

彼女は美しい。だが美しさだけが性欲をそそるわけではない。

美しい女なら大勢いる。

彼は金で買える美しい娼婦たちが好きだった。心のやりとりがいらない、体だけの取り引きが。

そうだ、ベアトリスは確かに美しいが、それだけで僕が自制心を失うことはない。

「動物の行為を見たことは？」

ああ、踏みこんではいけないところに踏みこんでしまった。だがもう止められない。

衝動を抑えるのは常に難しい。

相手が女性でも、蘭《らん》でもそうだった。どちらも彼の関心を引いてやまず、ほかの対象には発揮できないほどの集中力を引き出すものだった。

「動物？」

「見たことはないかな、動物の……交尾を」

ベアトリスは目をぱちくりさせた。「ないわ」

そこに期待していたのに。好色なハリネズミが伏線を敷いておいてくれたのではないかと。

ブリッグスは役立たずなハリネズミに八つ当たりしたい気分だった。

「忘れてくれ」

「子供時代はほとんど外に出なかったの。田舎で育ったのは確かだけど、バイビー・ハウスの中で育ったようなものだわ。子供時代はほとんど寝たきりだったから」

蘭だ。

その考えがブリッグスの頭の中で花開き、根を張った。

美しく、か弱い蘭。

確かな導きの手を必要としている。

「君はどこが悪かったんだ？」

その点はケンダルに聞いていなかった。たいして興味もなかったのだ。だが今は違う。「話してくれ。君の世話をするために、ぜひ知っておきたい」

「私はもう何年も元気に暮らしてるのよ、公爵閣下」

「僕には重要なことなんだ。僕は自分のものは大事に世話するたちでね」

「私は……あなたのものじゃないわ」

「イングランド国教会の見解は違う」

「呼吸器系よ。発作が起きると気管が狭くなって、息が詰まりそうになるの。あとは肺の病気にかかるといつも……ひどく悪化したわ。高熱が出て……瀉《しゃ》血《けつ》しなければならなかった」

「今も？」

「今はもう大丈夫。最後に深刻な発作が起きたのは、もう何年も前のことよ」

「瀉血は子供には酷な体験だ」

「私は好きになろうとしたの」ベアトリスの表情が真剣になった。「はじめは瀉血なんて大嫌いだった。でもそのおかげで丈夫になれると思うようにしたのよ。これで悪い血が抜けていく、この痛みが私を強くしてくれるんだって」瞳が遠くを見るような色を帯びた。「初めて家を抜け出したときのことを思い出すわ。せっかくだから禁じられていたことをやってみようと思って、野原を走ったわ。息苦しくなったけど我慢した。むしろ苦しさを楽しんだわ。それは自由の証《あかし》だったから。走っている間に転んだわ、でもその痛みはものすごく生々しかった。地面が皮膚に食いこむ痛みは、私が犯した罪への報いだった。私のものだった。それが……すばらしいと思えたの」

ブリッグスは凍りついた。不安になったからではない。

彼は時間の流れを止め、この火花のような瞬間の中に留《とど》まりたいとさえ思った。自分の胸に火をつけた瞬間に。

ベアトリスは痛みについて語った。自分を変えるものとして。

自分に力を与えたものとして。

その感覚は知っている。受ける側ではなく、与える側だが。絶対的な支配の感覚――それは、かつての彼が感じていたのとは真逆の感覚だった。

かつての彼にとって世界は居心地の悪い場所だった。わけのわからないものだらけだった。自分の気持ちすら手に負えなかった。唯一の慰めが植物学と花の栽培だった。繊細で気難しいものを自分の手で育てていると、気持ちが癒やされた。

もう少し大きくなると、女性を空想するようになった。蘭の咲く時期を支配するのと同じように、彼女たちの快感を空想の中で支配した。

ベアトリスがその感覚を理解できるとは夢にも思っていなかった。だが今ベアトリスは、自分が体験した痛みについて、ブリッグスがほかの誰の口からも聞いたことのないような言葉で表現したのだ。

ブリッグスは動けなかった。

ベアトリスの顔に浮かんだ不思議な表情、大きな口を開けた飢えは、彼自身の中にもあるものだ。

「今の体調は？」ブリッグスは自分を叱咤《しった》して火花のような瞬間から抜け出した。「悪いところはあるのか？」

「医者には肺の弱さが心配だと言われているわ。だから……身ごもったり、出産したりすれば……命にかかわるだろうって」

「ひ弱なたちなんだろうな」

「そうなんでしょうね」ベアトリスは他人事《ひとごと》のように答えた。「たぶん」

「だから君はさかりのついたハリネズミを見たことがないわけだ」

ベアトリスは眉間にしわを寄せた。「さかり。あまり上品な響きじゃないわね」

「上品じゃないさ。それを観察する側も」

ブリッグスは自分が危険な綱渡りをしているのを自覚していた。

昨夜、彼女を抱きよせたときと同じだ。

「そういう営みを」と彼は言った。「子作りと同一視してしまうのは、あまりに単純な考え方だ」

「でも同じようなことなんでしょう」ベアトリスは食い下がった。「そうであってほしいわ、知らないことは少ないほうが気分がいいもの」

彼女にはまるでわかっていないのだ。

「実際は知らないことだらけじゃないか」

「それじゃ気分がよくないわ」

「キスをしたことは？」ないはずだ、とブリッグスは確信していた。

「ないわ」頬が上気した。

「ジェームスとも？」

彼女は目をそらした。「言ったでしょう、彼に恋してたわけじゃないって」

「恋をしていない相手に魅力を感じることだってある」

「複雑ね」

「そうさ」と彼は言った。「複雑だから面白い。軽蔑している相手に欲望を感じることもある。触れてはいけない相手が欲しくなることもある」一線を越えかけているぞ、ブリッグス。「ジェームスは君を熱くさせたのか？」

ベアトリスは目を丸くした。「熱くって？」

ブリッグスは自分を呪いつつ、彼女の隣の席に移った。「ジェームスのそばにいると」彼は声を低くした。「体がほてったり、顔が熱くなったりしたかい？」

ベアトリスは身を引き、その目はいよいよ大きく見開かれた。「ないわ」

ブリッグスはその答えに意地の悪い満足感を覚えた。「だったら、ジェームスは君の友達だ」

「だからそう言ったじゃない」ベアトリスの声はかすれている。

これは卑怯《ひきょう》な戦いだ。筋金入りの放蕩者が、無《む》垢《く》な乙女と、自分自身の自制心を崖っぷちに追い詰めている。

世間並みの性癖を持っていたら、自分は堕《お》ちるところまで堕ちていたかもしれない。特殊な性癖のせいで、相手選びには慎重にならざるを得なかった。女性に自分を求めさせる方法なら知っている。ベアトリスに教えてやることもできる。だが、そんなことをしてどうなる？　彼女の体は……。自分は彼女を守れと託されたのだ。

「あなたが近くにいると、体が熱くなるわ」ベアトリスが言った。

くそっ。

「今も？」

「いつも」ベアトリスはたった今気づいたようにささやいた。

ブリッグスは彼女のお尻に触れた瞬間を思い出すまいとした。丸みも、やわらかさも。それが自分の手のひらにしっくりと収まった感触も。

ぶらんこに乗った彼女が自分にもたれかかってきた感触も。

ドレスの襟ぐりからのぞいていた胸のふくらみも。

「もし僕がキスしたら」ブリッグスは言った。「君の体はもっと熱くなる。今よりもずっと。そうすると君にもわかるだろう。もっと近づきたい、もっと近づいてほしいという気持ちが。余計なものはすべて取り払ってしまいたいと思うようになる」

「余計なものって……」

「服だよ」どうして自分を責めさいなむようなことを言ってしまうのか、ブリッグスにはわからなかった。

自分は苦痛を与える側だ。受ける側ではない。

「裸のニンフはそういうことだったのね」ベアトリスは熱に浮かされたような目で彼を見あげた。

「裸のニンフ？」

「本で見たの。父の図書室で。父が集めていた本があって。そこに……」ベアトリスの頬が紅潮した。「裸の女性の絵が載っていたの。ニンフよ。男の人たちから逃げ回っていた」

ブリッグスは慎重に言葉を選べと自分に言い聞かせた。なぜ自制が必要なのかを思い出せ。「ああ、そうだ。ニンフたちが逃げ回っていたのは貞操を守るためだ。男たちに捕まったら、思いを遂げられてしまう……」

「あいまいな言い方はやめて。思いを遂げるって、結局何をするの？　私は具体的に知りたいの」

「男と女の体はどこが違うか知っているかい？」

セレナは結婚前に母親から基本的なことは教わっていたため、ブリッグスがすべてを説明する必要はなかった。ベアトリスには……初夜を迎える前に自分が説明するべきところだったのだろう。自分たち夫婦には初夜の予定がないのだが。

だがブリッグスは火と戯れるのが好きだった。

「人体の構造なら知ってますとも」ベアトリスは誇らしげに言った。「医学書の挿絵で見たもの。それから……石像を」

なるほど、石像の萎えたものを。ではベアトリスには本物の男のそれは想像もつかないだろう。少なくとも僕のものは。

「男と女の体は結合するようにできている」ブリッグスは言った。「子供を作るときは、体と体を結合させる。だが子作りだけがその行為の目的じゃない」

ベアトリスの目が見開かれ、口元も少し開いた。

「ほかにも？」

魅せられた、恍惚《こうこつ》とした声だった。

「快楽だよ」ブリッグスは彼女をじっと見つめた。「そして痛み。その二つはとてもよく似ている場合がある」

ベアトリスの青い瞳が、強い興味を示してきらりと輝いた。ブリッグスは目をそらそうと思ったが、できなかった。「そうなの？」

「そうだとも」

「ブリッグス……」

そのとき馬車がメイナード・パークに到着し、二人ははっとわれに返った。ブリッグスは神の助けというものをたいして信じていないが、このときばかりは信じてみてもいいと思った。

メイナード・パークは由緒ある広大な領地だが、ブリッグスにとっては心落ち着く場所ではなかった。ここで過ごした子供時代は幸せなものではなかった。青年時代の初期も。その後、彼は屋敷の内装を一新し、庭を改造させ、新たに温室を建てさせた。

それでも、ここで育まれた記憶は完全には消せなかった。

〝そこにお前は息子を閉じこめている。かつての自分がそうだったように、囚人として〟

彼は心の声を払いのけた。

父と自分は違う。

馬車は大理石の壮麗な柱が並んだ表玄関の前に到着した。趣味に合わない建物だが、ブリッグスの所有物ではある。まるで彼の人生を象徴しているようだった。性に合わないものだらけの人生を。

ブリッグスは妻に手を貸して馬車を降りるのを手伝った。従僕に触れさせる気にはならなかった。彼はめったに独占欲を感じない。ベッドでは別だ。独占欲が介在しない男女の営みなどない。だが服を着ているときに独占欲を感じるのは珍しい……自分はこういう行為に満足感を見いだしているのかもしれない。ベアトリスの面倒を見て、彼女を独占することに。

せめてもの代償として。

ベアトリスを連れて玄関の前に立つと、いかめしい顔つきの執事が中から扉を開けた。

家政婦のブラウン夫人の、ほがらかな笑みを浮かべた顔も見えた。「おかえりなさいませ、ご主人様」そしてベアトリスのほうを向いて、彼女の手を握った。「お初にお目にかかります、奥様」

「はじめまして」ベアトリスは緊張し、はにかんでいるようだ。

「大丈夫だよ」

そう声をかけると、彼女が落ち着くのがわかった。

「私、家政婦のブラウンと申します」

「会えてうれしいわ」ベアトリスは言った。

そのとき、玄関ホールに遠吠《とおぼ》えのような声が響いてきた。ベアトリスがびくっとした。

「ご心配はいりませんわ」ブラウン夫人が笑顔でとりなした。「お夕食の前に坊ちゃまを着替えさせなくてはいけませんのですが、坊ちゃまは自分のしていることを中断されるのがお嫌いでして」

「ウィリアムだ」ブリッグスは言い添えた。「僕の息子だよ」

「具合が悪いのかしら？」

「いいえ」ブラウン夫人が答えた。「坊ちゃまは健康そのものでいらっしゃいます。私が保証いたしますよ」

だが、家政婦の目の奥には不安があり、それを見てとったブリッグスは不愉快になった。

それと同時に……息子に対する苛立《いらだ》ちが、心の奥底の何かを刺激した。

「ようこそ、メイナード・パークへ」

6

ベアトリスは夜中にはっと目を覚ました。心臓が早鐘のように打っている。自分がどこにいるかを思い出すのに少し時間がかかった。ここはブリッグスの屋敷。私はブリッグスの妻になったのだ。

彼女はひとりで眠っていた。見慣れない寝室で。遠《とお》吠《ぼ》えのような声が聞こえてくる。

ベアトリスは寝返りを打ち、枕で耳をふさいでその声を遠ざけようとした。現実が入り混じった夢の中で、彼女は幽霊に追われて湿原《ムーア》を逃げ回った。

朝が来てもまぶたを開けるのが辛《つら》く、体が重かった。

ベアトリスは昼用の居間《モーニング・ルーム》で朝食をとったが、ブリッグスには会えなかった。

玄関に近いホールで、立ったままブラウン夫人と今週の献立について打ち合わせた。

それは思っていたより楽しい仕事で、ベアトリスはメイナード・パークの料理が自分の口に合うことを願った。味にうるさいほうではないが、おいしいものを食べるのは大好きだ。

ベアトリスは娯楽の少ない人生を送ってきたが、そのひとつひとつを深く楽しんできた。

それから図書室に行き、『エマ』を見つけた。前にも読んだことがあるが、とても楽しめた小説だ。それを小脇に抱えたあと、きれいな挿絵が入った小型の鳥類図鑑に目が留まり、二冊とも借りていくことにした。

本を持って自室に戻ると、室内を見回した。優雅な寝室だ。青い絹の壁紙。ベッドカバーもやはり青い絹で、金色の縁取りがしてあった。寝台の華麗な天蓋には厚いカーテンが垂らしてあるが、自分とメイドしか出入りしない部屋にどうしてこんな目隠しが必要なのか、ベアトリスにはわからなかった。

ベッドの端に本を置くと、ベアトリスはまた廊下に出た。

そこで初めて彼を見た。

男の子だ。

癖の強い茶色の髪、薄い肩。華奢《きゃしゃ》な体格に、すねた表情。

きっとこの子がウィリアムだ。

男の子はさっと背中を向けると、廊下の奥へと戻っていった。昨夜の遠吠えが聞こえてきた方向だ、とベアトリスは思った。

それから数日が過ぎ、ベアトリスはウィリアムを屋敷内で何度か見かけたものの、ブリッグスには一度も会わなかった。きっと朝早くから書斎にこもって、ベアトリスが寝室に引き取ってから出てくるのだろう。

夜にはときどき、あの遠吠えのような声が聞こえた。

ウィリアムを見かけるたび、ベアトリスはある言葉を連想した。

〝孤独〟

それがどんなものか、彼女はよく知っていた。今もそれをひしひしと感じながら暮らしていた。

メイナード・パークに来て四日目、つまり結婚して四日目の夜、ベアトリスはベッドに入ると、『エマ』を開いた。だがどうしても集中できなかった。

小説に出てくる言葉は……ベアトリスの実感とはほど遠いものばかりだった。恋しさ。愛情。いくらページをめくっても……感情移入できない。

ブリッグスは私を求めていない。私がメイナード・パークにいようと、バイビー・ハウスにいようと、ブリッグスにはどうでもいいことなのだ。

ベアトリスは結婚に喜びを感じられなかったし、小説に登場する娘たちの縁談に興味をもつこともできなかった。

本を横に置き、天蓋の装飾を見あげ、金色の輪郭を視線でなぞった。

これが私の人生なの？　バイビー・ハウスにいたときと代わりばえのしない、この暮らしが？

いやだわ。こんな人生を……送るのはいや。

そう思ったとき、あの遠吠えが聞こえてきた。

ベアトリスは無意識のうちにベッドを下り、扉に駆けよった。扉を少しだけ開けて、耳をすます。遠吠えは大きくなる一方だ。ベアトリスは寝室を出ると、広い廊下を歩きだした。この屋敷は広さの点ではバイビー・ハウスと似ているが、様式は違う。向こうのほうがギリシア様式寄りだ。ベアトリスは壁に描かれたフレスコ画の違いに気づいていた。バイビー・ハウスよりもこの屋敷のフレスコ画のほうが、色鮮やかだ。

だが今ベアトリスの関心を占めているのはフレスコ画ではなく、傷ついた動物の咆哮《ほうこう》のような声だった。

ウィリアム。あれはウィリアムの声だ。

ベアトリスは考える前に駆けだし、声が聞こえてくる部屋にたどり着いた。扉を押し開けると、そこはやはり子供部屋だった。当の子供は寝間着姿で床に横たわり、泣きながら手足をばたつかせている。

ベアトリスはまだウィリアムに正式に紹介されていなかった。遠くからおたがいを見ただけだ。ベアトリスはためらった。彼にとって自分は他人同然だ。でも、この部屋にはほかに誰もいない。

ベアトリスは彼に駆けより、ひざをついた。「ウィリアム」と声をかける。

返事はなかった。ウィリアムは泣き叫びながら、身をよじって彼女から遠ざかろうとしている。ベアトリスは彼が眠っているのに気がついた。眠っている子供に言葉は通じない。どうしてあげればいいのだろう。

「ウィリアム」ベアトリスはやさしく名前を呼びながら彼のほうに手を伸ばした。胸が痛いほど締めつけられた。

　ベアトリス自身は今のウィリアムのような状態になったことはない。だが子供の頃、激しい苦痛に苦しみもだえた経験ならある。そんなときは同じ部屋にいる人でさえ、遠く離れた存在に思えたものだ。自分ひとりだけが苦痛しか存在しない空間に閉じこめられているような気がした。子供時代のベアトリスは、その空間から逃げようとしないほうがいいことに気づいた。そのほうが耐えるのが楽になる。だがそれでも孤独に変わりはなかった。手を差し伸べてくれる人はいなかった。安らげる場所もなかった。ただひたすら、耐えるしかなかった。

　ベアトリスはウィリアムのために涙を流した。あの孤独を今経験しているこの子のために。

　独りぼっちのウィリアム。

　ベアトリスが触れようとすると、ウィリアムは避けるように体をそらせて壁に思い切りぶつかった。ベアトリスは彼の体を引きよせ、両方の腕で抱きしめて、暴れられないようにした。

「落ち着いて」ベアトリスは穏やかに話しかけた。「大丈夫」きつく抱きしめてやった。「もう大丈夫よ。何も怖いことはないから」

　時間はかかったが、やがて叫び声は小さくなった。ベアトリスの腕の中でウィリアムは少しずつ力を抜いていった。

　彼はもう独りぼっちではない。

「安心していいのよ、ウィリアム」ベアトリスはささやいた。

とうとう静けさが訪れた。ウィリアムは汗びっしょりで荒い息をついている。体力を消耗しきってしまったようだ。

ベアトリスは本能的に彼の頭を自分の胸元に抱きよせ、やさしく前後に体を揺すってやった。

扉が開き、家政婦のブラウン夫人が現れた。

「まあ奥様、申し訳ございません。こんなことでお手を煩わせてしまって。私がもっと早く目を覚ましていれば……」

「こういうことはしょっちゅうあるの？」本当は聞かなくてもわかっていた。ウィリアムの叫び声を聞いたのは今夜が初めてではない。

「はい。坊ちゃまは怖い夢をご覧になるのです」

「昼間も聞こえたわ……こんなふうに泣き叫ぶ声が」

「昼はまた別の理由からです。坊ちゃまは……ご自分の予定が少しでも狂うと、かんしゃくを起こしてしまうんです」

「そうだったの」

「奥様には本当にご迷惑をお掛けしてしまいました。夜に坊ちゃまの面倒を見るのは私の仕事なんですよ、家庭教師にも休息が必要ですから。だから彼女の寝室は坊ちゃまのお部屋とは離してあるのです、一日が終わる頃にはくたびれきっていますから」

「私のことなら気にしなくていいわ」

「旦那様もちょくちょく坊ちゃまの様子を見に来てくださいますわ。今はまだ書斎にいらっしゃるようですけれど」

旦那様が書斎以外の場所にいることはあるのかしら、とベアトリスは思った。

だがブリッグスが息子の様子を見に来ると聞いて、ほっとしてもいた。父と子が一緒にいる姿はまだ見たことがない。

「私は迷惑だなんて思っていないから」ベアトリス

はウィリアムの髪を撫《な》でながら言い、ぐったりと力の抜けた体を抱きあげてベッドに戻してやった。

「ウィリアムはこのあと目を覚まさずに朝まで眠るのかしら」

「ええ。もうひと騒ぎする晩もありますけれど、たいていは一晩に一度です」

「それはよかった。でも私が気をつけておくことにしましょう」

「どうしてもと言われるなら」ブラウン夫人は新しい公爵夫人に反論したいのを精いっぱい我慢しているように見えた。

「ええ、そうするわ」

ベアトリスは生きがいを見つけたような気がしていた。私はこの子を落ち着かせることができたのだ。本当の意味でブリッグスの妻になれないとしても、この子の母親にだったら、なれるかもしれない。私は彼を理解できた。自分の子供時代とは状況も違うし、同じ症状でもないけれど……それでも理解できた。根っこの部分では同じなのだ。ウィリアムは誰の手も届かない空間に生きている。私が子供時代の大半を過ごしたのと同じ場所で。

ベアトリスは念のために少し待機したあと、もう大丈夫と判断すると自分の寝室に戻った。眠りの世界に漂っていきながら、翌日の計画を立てた。ただの被後見人として生きるつもりはない。自分の人生は自分で切り開いていく。自分は何ができて、何をしたいのか、それを見つけなければ。

翌日の朝食の時間になると、ベアトリスはウィリアムを捜しに行った。

彼は子供部屋で家庭教師と一緒に小さな机に向かっていた。機嫌はとても悪そうだった。

「ウィリアム……」家庭教師がなだめるような声を出した。

「おはよう」ベアトリスは部屋に入った。

少年はこちらを見なかった。「ウィリアム」ベアトリスは彼の名前をはっきりと発音した。「おはよう」

ウィリアムが顔を上げたが、彼の視線はベアトリスの目を避けていた。「やあ」彼が言った。

「昨日はよく眠れなかったみたいね」

ウィリアムはむっとした顔になり、そっぽを向いた。「君は誰？」

「お父様から再婚の話を聞いている？」

少年は答えない。

「お父様から再婚の話を聞いたでしょう？」ベアトリスは質問をくり返した。

少年はうなずいたが、まだそっぽを向いたままだ。

「私がお父様の新しい奥さんなの。あなたの義理の母親でもあるわ。ベアトリスと呼んでね」

少年はうつむき、朝食に注意を戻した。

ベアトリスは彼のほうに近づき、腰を下ろした。

少年はぎょっとしたように顔を上げた。一瞬視線が合ったものの、すぐにそらされる。どうやら彼にはベアトリスをまっすぐ見るのが難しいようだった。

「私はぶらんこが好きなの」ベアトリスは彼の興味を引く方法があるはずだと思いながら言った。「本を読むのも好き。お庭でかくれんぼをするのも好きよ。あなたは何が好き？」

ウィリアムは無言だった。だが立ちあがると寝台の枕元にある小机に近づき、引き出しを開けて小さな箱を取り出した。そして蓋を開けると、ベアトリスのほうに差し出した。

箱の中に入っていたのは、絵入りのカードのコレクションだった。

「これはコロセウム」少年は言った。「ローマにある。完成したのは紀元八十年。こっちがパンテオン」次のカードを見せた。

　彼はヨーロッパ各地の史跡のカードを次から次に見せてきたが、特に情熱を注いでいるのはイタリアの建造物のようだった。彼の知識は子供離れしていた。年代や位置、詳細な説明をしながら一枚ずつカードを見せるウィリアムは、とても幸せそうだった。

「あなたはこういう場所に行ってみたいと思う？」

　ベアトリスはきいた。

「うん」

「そう、じゃあこれはあなたの夢が詰まった箱なのね」ベアトリスはほほ笑みかけた。

　ウィリアムは眉間にしわを寄せた。「これはカードが入った箱だよ」

　その表情はブリッグスによく似ていた。そう気づいたとたん、ベアトリスはみぞおちの奥がねじれるような奇妙な感覚を覚えた。この子はブリッグスの血を引いた子供なのだ。こうして見るとはっきりわかる。

「ええ、とてもすてきなカードがね」

　ベアトリスはそのまま彼と一緒に座っていたが、ウィリアムはその後、朝食を終えるまで、自分からはひと言も口をきこうとしなかった。部屋の隅に立っている家庭教師は、じっとベアトリスを観察していた。好意に満ちた視線ではなかったが、彼女はこの少年を守ろうとしているのだろう、とベアトリスは思った。子供のことを何も知らない自分にも、ウィリアムが普通と違っているのはわかる。

「ウィリアム」ベアトリスは声をかけた。「私、今日はメイナード・パークの敷地内を見て回ろうと思ってるのよ。私がお庭で何をするのが好きって言ったか、覚えてる？」

「かくれんぼ」ウィリアムが答えた。

「そうよ。でも、ただ散歩するのも好きなのよ。お庭にあなたのお気に入りの場所はある？」

「ない」

「そう」ベアトリスは別の言い方を考えようとした。

「どこか興味深い場所はあるかしら?」

ウィリアムの表情が少し変わった。「ある。石像の庭があるよ。僕はそこが一番好きなんだ。ローマみたいだから」

「すばらしいわ。今日のお昼はピクニックをして、そこでお弁当を食べるのはどうかしら?」

「お外でご飯は食べない」ウィリアムが言った。

「一度試してみない?」

「お外でご飯は食べない」

「食べてみたいとは思わない?」

「わからない」

「なるほどね。だったら一回私と試してみましょうよ。もしあなたがいやだと思ったら、やめればいいんだし」

ウィリアムはじっくり考えているようだった。

「いいよ」

「じゃあ、お昼過ぎに会いましょうね」

ベアトリスは立ちあがって子供部屋を出た。うしろから家庭教師がついてくる足音が聞こえた。

「ウィリアム坊ちゃまは日課を狂わされるのがお好きじゃないんです」家庭教師が言った。

「ええ、そのようね。でも私は自分の新しい日課を作りたいのよ。その中にウィリアムと過ごす時間を取りたいの」

ベアトリスは自分の裁量で家庭を切り盛りした経験がなかったが、兄や母がそうするのを何年も見てきた。公爵夫人という自分の立場には自信がもてなかったが、ウィリアムと通じ合える自信ならあった。自分たちには孤独という共通点がある。彼女はウィリアムの孤独に共鳴したし、ウィリアムのほうも彼女の孤独に共鳴したはずだ。ベアトリスが過去に感じていた疎外感を、まちがいなくウィリアムは感じているはずだった。

「まずは公爵閣下に相談すべきではないでしょうか」

「あなたから相談してくれてかまわないわ」ベアトリスは言った。「私は彼がどこにいるのか知らないのよ。彼の日課も知らないし。私は自分の日課を作ろうとしているだけよ。ウィリアムと過ごす時間も含めてね」

家庭教師は慎重に言葉を選んだ。「坊ちゃまはときどき手に負えなくなることがありますわ」

「その話はもう何度も聞いたわ。昨日の夜中、ウィリアムが寝ながら恐怖の発作を起こしたときに対処したのは私よ。だからあなたが言いたいことはわかるわ。私が駆けつけたとき、あの子はほとんど錯乱状態だったから。だからといって手に負えないとまでは思わないわ」

「私はあの子が好きなんです」家庭教師は言った。「その点は誤解していただきたくありません」

「信じますとも」ベアトリスは言った。「あなたにも私を信じてほしいわ。私はあの子を自分の暇つぶしの道具にしたいわけじゃない。私はブリガム公爵と結婚してはいるけれど……自分がここにいる価値を作らなくてはいけないと思うの」ベアトリスは言いすぎたと思った。こんな形で自分自身を、そして自分たちの結婚の実態をさらけ出すつもりはなかった。名ばかりの結婚だということは、自分とブリッグスだけが知っていればいいことだ。

二人は新婚旅行も省略したし、新婚らしいこともしていない。

何をすれば新婚らしくなるのか、ベアトリスは知らなかったが、少なくともここ数日の自分たちの過ごし方が新婚らしくないことはわかっていた。

「私はウィリアムの母親になりたいのよ」

「お許しください、奥様」家庭教師は言った。「ウィリアムは実の母親にかまってもらえなかった子ですので、どうしても先回りして守りたくなってしまうのです」

ベアトリスの胸はぎゅっと締めつけられた。「私も父にかまわれなかった子供よ。幸い愛情深い母に恵まれたけど、親にかまってもらえない気持ちはわかるわ。親を早くに亡くしてしまう気持ちもね。ウィリアムを傷つけるようなことはしたくない。だから約束するわ、彼が動揺したら、あなたのところに連れていくって」

「ありがとうございます。奥様が坊ちゃまを見ている間、私は何をしていましょうか？」

「なんでも好きなことを。休憩を取ったらどうかしら、読書でもして」

「まあ、そんな……」

「大丈夫よ」

ベアトリスは厨房《ちゅうぼう》に行き、自分とウィリアム用のピクニック用の弁当を作るように命じた。厨房の使用人たちは何か言いたげな顔をしたが、表立って反対はしなかった。次の一時間を使って、ベアトリスは散歩用にどの服を着るかを検討した。

そしてメイドの手を借りて着替えながら、人生の思いがけなさに思いをはせた。

ベアトリスは何年も自分の人生の傍観者だった。自分より立場が上の人間の指図や気まぐれに従う側だった。彼らが愛情ゆえにそうしていたのだとしても、事実は変わらない。だがメイナード・パークに来てベアトリスは家政を切り回す側、子供の面倒を見る側になった。それは驚きの元でもあり、喜びの元でもあった。ブリッグスが何を考えているのかはさっぱりわからないけれど、そんなことは気にしないことにしよう。何もかも一週間前には想像もしなかったことだらけだ。この屋敷も、ウィリアムも。生きがいも。夫のことなんて些末《さまつ》な問題だ。制限つきの自由とはいえ、前より自由になったのは確かなのだから。というより……新しい自由、新しい生き方を手に入れたのかもしれない。ヨーロッパ周遊旅行という冒険はできなかったけれど、今朝はウィリアムと一緒に床に座るという小さな冒険をした。

　それは田舎で静かに朽ち果てていくのとは別の生き方だ。田舎で朽ち果てる結末に変わりはないとしても、ここは別の田舎だ。そう思うだけでもベアトリスは励まされた。

　空気のように軽い生地でできた青いドレスに着替えると、ベアトリスは自分の姿に満足した。開いた胸元は三角形の肩掛《フィシュー》けで覆った。舞踏会ではないのだから、これくらいでちょうどいい。

　今の自分は……一家の女主人である公爵夫人らしく見えた。一週間前の子供っぽい姿とは大違いだ。私も大人の女性になるんだわ、とベアトリスは思った。少なくとも自分のことは自分で決められる大人の女性に近づいてはいる。

　時間はあっという間に過ぎ、ベアトリスはウィリアムを迎えに行った。

　だが彼は子供部屋の隅っこに座りこんだまま、頑として動こうとしない。今朝、かわいいおしゃべりをしてくれた子供とはまるで別人のようだった。

　ウィリアムは首をちぢめ、滑稽なほどの渋面を作っている。目の下には濃いくまができていた。

「疲れたの？」

「違う」

「今日の授業が少し難しかったようですわ」

「私も授業を難しいと思うときがあったわ」ベアトリスはなんとか彼の興味を引き出そうとして言った。

手を差し出して彼の手を握ろうとしたが、ウィリアムは立ちあがるどころかうしろに下がり、床に根が生えたように動かなくなった。

「ウィリアム、このバスケットにはごちそうが入ってるのよ」

彼は無言だった。

「靴を履かせてあげましょうか？」

「いやだ」

「どうしていやなの？」

「履きたくない」

「靴は履かなくちゃいけないものよ」

ウィリアムは答えず、床にあおむけになった。

「あとは私が見ますから、奥様」家庭教師が言った。

「大丈夫よ」ベアトリスは困惑しながらも、やり遂げようと決めた。「ウィリアム」毅然《きぜん》とした口調で言う。「私はピクニックらしい食事をするつもりよ。外に行くのがいやならここで食べたっていいわ。どちらにせよ、あなたと一緒に食べたいの」

ウィリアムは彼女のほうを見ずに、体を横に向けた。

ベアトリスは腕に掛けていた布を、子供部屋の美しい絨毯《じゅうたん》の上に敷いた。躊躇《ちゅうちょ》なくその上に座り、バスケットを横に置いて、食べ物を取り出しては次々に並べていった。「お腹《なか》がぺこぺこだわ」

「いやだ」

「私はお腹がすいてるのよ」

「好きじゃない。靴は履きたくない」

「ここで食べるのなら、靴は履かなくていいのよ」

「靴は履きたくない」

「だから履かなくていいのよ」

「靴は履きたくない」

ベアトリスは途方に暮れた。ウィリアムは機嫌をそこねているが、聞く耳をもたないほどではない。彼は靴のことをさらに四度くり返してから、完全に黙りこんだ。靴を履きたくないという考えが頭の中に根を下ろしてしまったので、その件にちゃんとけりをつける時間が欲しいと要求しているように見えた。

ベアトリスは戦術を変えようと決めた。

「チーズは好き？」

ウィリアムは答えない。じっと壁紙の一点を見つめている。

「私は大好きなのよ」ベアトリスはきっぱりと、元気よく言った。

無言のウィリアムを見ていると、自分がまちがっていたのではないかという考えが頭をよぎった。この子を理解できたと思うなんて、自分は傲慢だったのかもしれない。ウィリアムはむしろ孤独でいたいと思っているのだろうか。彼は振り向きもせず、ベアトリスの提案に興味を持った様子もなかった。

でももしかしたら、この子は人との接し方を知らないだけかもしれない。

「ウィリアム、誰かと話しているときは、相手のほうを見るものよ」

ほんの一瞬だけ、ウィリアムが振り向いた。だがすぐに壁のほうに向き直った。「好きじゃない」

「人を見るのが好きじゃないの？」

「そう」

ベアトリスは気を取り直し、どうにか先へ進もうとした。「じゃあ何を見るのが好き？」

「カードならもう見せたよ」

「そうだったわね」

ベアトリスは少しチーズを食べて気持ちを落ち着けた。

廊下を歩いてくる重々しい靴音が聞こえ、やんだ。男性の使用人かもしれないが、ベアトリスの頭に浮かんだのは……。

扉を押し開けて入ってきたのは、やはり彼だった。目が合うと、彼の目に一瞬驚きが浮かんだ。それから……怒りが。

「ここで何をしている」彼がきいた。

ベアトリスはウィリアムが父を見て急いで立ちあがるはずだと思った。だが予想は外れた。ウィリアムは寝そべったまま動かなかった。彼女に背を向け、壁のほうを向いたまま。

「ウィリアムとピクニックをしているのよ」ベアトリスは笑顔を作った。「ご一緒にいかが、公爵閣下？」

彼は顔をしかめた。すでに渋面だったのに、さらに顔をしかめるという芸当をやってのけた。「ご一緒にというのは……ピクニックをか？」

「ええ」ベアトリスは明るく言った。「ところで、ずいぶん久しぶりにお会いしたわね」

ベアトリスは脚をばたばた動かしはじめたウィリアムを見たが、彼のほうはあいかわらず彼女を見ようとはしなかった。

「やあ、ウィリアム」ブリッグスが言った。「元気か？」

ウィリアムは父親に対しても無言だった。

ブリッグスがそれに驚いた様子はなかった。

「お父様にご挨拶しなくていいの？」ベアトリスがうながした。

「いいんだよ」ブリッグスが言った。「ウィリアムは挨拶したくない気分なんだろう」

ベアトリスは彼がウィリアムの態度をあっさり受けいれたことに驚いた。

困惑しながらもベアトリスは体を動かし、敷き布の上にもうひとり座れる場所を作ろうとした。「あなたもどうぞ。お昼はまだなんでしょう？」

「まだだ。でも床に座りたくない」

「まあ、偶然ね、さっきはウィリアムが〝お外でご飯は食べない〟って言ってたのよ」座る位置を調整しているベアトリスのお尻の上でドレスの布地がぴんと張りつめると、ブリッグスの視線は不自然なほどの長時間、その一点に引きつけられた。

「それに対して君はなんと言ったんだ？」

「一度試してみましょうよと誘ったわ」ベアトリスは落ち着き払って答えた。

ブリッグスは眉を上げた。「だが今は子供部屋の床で食事をしているわけか」

「食堂の大きなテーブルをここまで運び上げるより、このほうがずっと簡単でしょう？」

「息子は言いくるめられなかったが、僕なら言いくるめられると思っているのか？」

「そうよ」

「ピクニックしてよ」ウィリアムは初めてブリッグスに対する反応を見せた。

ブリッグスとベアトリスは同時に彼を見つめた。ウィリアムの表情は真剣だった。

「ピクニックしてよ」ウィリアムはくり返した。

「ほらね」ベアトリスはほほ笑んでブリッグスを見あげた。「ウィリアムもあなたにピクニックしてほしいって」

7

ブリッグスは……唖然《あぜん》とした。息子の部屋に入ると、そこには予想もしていなかった光景があった。ベアトリスが決意に満ちた明るい表情で、絨毯《じゅうたん》に敷いた布の上に座ってピクニック用の弁当を食べていたのだ。

　彼女のそばに寝そべって、じっと壁をにらんでいるウィリアムの姿もまた、予想外だった。ベアトリスはウィリアムの態度を傲慢さの現れと解釈するかもしれないが、ブリッグスはそうではないと知っていた。もしベアトリスの存在に不満があるなら、息子はそれを知らせずにはおかないはずだ。黙って寝そべっているだけですむはずがない。

　ブリッグスはずっとベアトリスを避けていた。

　それはまぎれもない事実だ。臆病とは縁がないはずの自分が、がらにもなくおじけづいていたことは認めざるを得ない。避けるのはベアトリスのためだ、とブリッグスは自分に言い聞かせていた。馬車での会話がなまめかしい方向に脱線したため、名ばかりの結婚という当初の心づもりが揺らぎはじめていた。だからといってベアトリスを放置したことは正当化できない。自分は彼女の面倒をみて、守るという責任を引き受けたのだから。

　そのベアトリスがこうしてウィリアムと一緒にいるとは、まったく驚きだった。ブリッグスは……なぜか弱点をさらけ出したような気になり、憤りを感じた。ベアトリスが自分の中にかき立てた感情が腹立たしかった。

　しかも気づけばこうして彼女と一緒に座りこんでいる。敷き布の上に。ベアトリスの勧めに従うのは腹立たしかったが、息子の気持ちをむげにはできない。息子は彼にピクニックをしてと頼んできたのだ。

「さっきカードのコレクションを見せてもらったのよ」

「ウィリアムに？」

「ええ。いろいろ教えてもらって楽しかったわ」

「この子の知識量の凄《すご》さは、長くつきあってみないとわからないさ。本当に博識なんだ」ブリッグスはそう言いながら誇らしさを感じている自分を少し意外に思った。ウィリアムの知識は底なしだ。ほかの話題では、いくらこちらが頑張ってもおしゃべりを引き出せないが、ローマのコロセウムの話題なら、いくらでも逸話を披露してくれる。

「そうでしょうね」ベアトリスが答えた。

ウィリアムはこの会話に興味を引かれたらしく、ごろりと体を反転させて二人のほうを向いた。ブリッグスは思わず頬をゆるめた。

「あなたって本当に物知りよね、ウィリアム」

「コロセウムのことなら僕はなんでも知ってる」ウィリアムが言った。

「ロンドンに興味はある？」

「ロンドンは興味深い」ウィリアムは言った。「ウエストミンスターにセント・ジェームズ宮殿」

「まあ、なんて賢いんでしょう。お父様と私と一緒にロンドンに行ってみたくない？」

「ウィリアムは行かないさ」ブリッグスが答えた。

ウィリアムは無反応だった。

「どうして？」ベアトリスが聞いた。

「旅行がきらいだからだ。馬車の旅はこの子には退屈だし、予定が狂うと怒りっぽくなる」

「あら、私だって予定が狂ったら怒りっぽくなるわ」ベアトリスは言った。「どちらかというと気難しい性格だし。だからといってやりたいことをあきらめたりしないわ」

「ウィリアムはロンドンに行きたがっていない」

「ロンドンにはウェストミンスター寺院がある。セント・ジェームス宮殿がある。グローブナー・スクエアがある」

　ウィリアムが自分の意見を伝える代わりに事実を列挙しても、ブリッグスは驚きはしなかった。ウィリアムはこちらの言葉を踏まえた返事をすることもあるが、そうでないときは、こちらがいくら頑張っても会話が成立しない。

　彼はいつでも息子の好きなように話させることにしていた。

　だがベアトリスに息子のそういう姿を見られるといい気持ちはしなかった。息子を批判されるのではないかという不安が頭をよぎったが、ベアトリスは何も言わなかった。

「ベアトリス、ウィリアムのことは、まず僕に相談してもらいたい」

「この人は僕の友達だよ」ウィリアムが言った。

　ブリッグスはあっけに取られて一瞬反応が遅れた。

「友達だって？」

「僕には今まで友達がいなかった」ウィリアムが言った。

「家庭教師がいるじゃないか」

「家庭教師は家庭教師だよ。このレディは僕の友達だ」

「それならそれでいいが」

　ベアトリスは嬉《うれ》しそうにほほ笑んでいた。

　彼らは無言で食事を続けた。食事が終わる頃に家庭教師が戻ってきて、そろそろお勉強の時間ですと有無を言わさぬ口調で告げた。

　ブリッグスが子供部屋を出ると、ベアトリスもあとからついてきた。

「なぜウィリアムをロンドンに連れていかないの？」

「なぜ息子の人生に首を突っこむんだ？」

「あの子と私には共通点があるからよ。私は孤独だわ。あの子だって絶対にそうよ」

「君にはあの子が孤独に見えるのか？」ウィリアムは同じ部屋にいる人間をろくに見ようともしないのに。

「ウィリアムの感情表現は、私やあなたの感情表現とは違うんじゃないかしら。表には出さなくても、彼が何も感じていないとは限らないわ」

ブリッグスは彼女の直観の鋭さに驚いた。彼自身もそうではないかと思うときがあるのだ。それが事実かどうかは、ウィリアム自身を含めて、誰にも確認できないのだが。

「その点は君の言うとおりだが、だからといってウィリアムが孤独だということにはならない。彼がロンドンに行きたがっているということにもならない。ウィリアムと一緒に過ごしてくれたのはありがたいと思っている。君は親切だ。だが少しばかり一緒に過ごしたからといって、あの子の難しさをわかった気にならないでもらいたい」

「昨夜、ウィリアムの部屋へ行ったわ。あの子が怯《おび》えて泣き叫んでいたから」

罪悪感が胸を突き刺した。自分が駆けつけてやるべきだったのに、書斎にこもっていて泣き声に気づかなかったのだ。ベアトリスをメイナード・パークに連れてきて以来、ブリッグスはほとんどの時間を書斎で過ごしていた。夜になるたび彼女との初夜を、自分の前にひざまずくベアトリスを想像しないで済むように……。

「それもあの子の難しさのひとつだ。昼間でもそうなる。気分の波が激しいんだ。何が引き金になるかわからない……唐突にかんしゃくを起こして、衝動が抑えられなくなる。他人を傷つけたことはないし、今後もしないとは思うが。ともかく僕はあの子がロンドンを楽しめるとは思っていない。ロンドンは騒々しい混沌《こんとん》とした街だし、行くまでの旅がひと苦労だ。いいかい、僕はあの子の父親なんだ。自分の都合であの子を連れていかないわけじゃない。そういう単純な話じゃないんだ。自分の都合で決めたのなら、うしろめたさを感じたりはしないさ。僕は父親としての義務と、貴族院議員としての義務に引き裂かれるような気持ちでいる」

　ベアトリスは怒りに燃える目で彼をにらんだ。

「公爵閣下、ご子息に対するあなたの献身的態度を疑う気はないけれど、私は私の意見を言わせていただくわ。ウィリアムは世界を見たいと夢見ているのよ。確かに旅は彼の神経に障るかもしれない、でも誰にだって神経が立って眠れない夜があるでしょう。不愉快な感情を完全に排除して、保護してやろうなんて土台無理な話よ」

「なぜだ？　なぜ守ってはいけないんだ？　君だって保護される恩恵を享受してきた立場じゃないか。君はそれを自分から捨ててしまったが。兄の保護から逃れた結果、こうして僕の保護下に入ったんだ。だから僕の命令に従ってもらうぞ」

　ベアトリスは頼みもしないのに僕と息子との関係に介入している。誰にも見せたくない、痛々しい絆《きずな》に。ウィリアムのためならこの命は惜しくないし、誰かを殺すことも厭《いと》わない。

　ベアトリスは頼みもしないのにこの家に入りこみ、僕を魅了し、切望させる。触れたい。味わいたい。服従させたい、と。

　僕の落ち度ではない、ベアトリスの落ち度だ。

　この屋敷のやり方が気に食わないのなら、最初から僕の胸に飛びこんでこなければよかったのだ。

「それがあなたのやり方なの、公爵閣下？」

「僕はいつからブリッグスではなく公爵閣下になったんだ？」

「あなたが私のお友達をやめた瞬間からよ。私はお友達だと信じていたわ、公爵閣下。あなたのことが大好きだった。でも今のあなたは書斎に閉じこもって顔も見せてくれないじゃない」

「これが僕の暮らしなんだよ、ベアトリス。君は今まで義務や責任を離れた僕しか見たことがなかったんだ。メイナード・パークを離れた僕しかね。これが僕の人生だ。僕には小作人に対して最善を尽くす義務がある。息子もいる、僕には息子の人生を……幸せなものにする義務があるんだよ、ベアトリス。でもその方法が僕にはわからない。道しるべがないからだ。もちろん完全な地図を持っている親なんていやしないとも。だがウィリアムのような子供、ほかの子供たちとは似ても似つかないような子を、どうやって幸せにしてやればいいんだ？　おもちゃよりも絵入りのカードを喜ぶ子供、喜んでいても笑顔になるとは限らない子供。そんな子供にいったいどう接すればいいんだ？

偉そうに僕に指図するのはやめてもらいたい。この状況は君が招いたものなのに、僕のほうが君を拒絶したようなことを言われるのも心外だ。君は以前、いっそ怒ってほしいと言ったな、ああ、今僕は怒っているさ。君の望みどおりというわけだ。君は自分の家から逃げおおせた代わりに、僕の人生に踏みこんできたんだ。言っておくが、僕は自分の人生を君にかき回されるつもりはない」

ベアトリスの傷ついた表情を見てブリッグスは後悔した。だが個人的な問題に口出ししてきたのは彼女のほうだ。見た目は一人前の女でも、中身は子供同然だ。過保護に育てられた世間知らずだ。

「私もウィリアムのような子供だったわ。原因は違うかもしれないけれど」ベアトリスの声は確信に満ちていた。「似たような子供時代を送ったのよ。親は途方に暮れていた。ヒューも私にはお手上げだった。私は人と違うせいで隔離され、独りぼっちにされてきた。家族が心配しすぎたせいで。愛情がそうさせたのかもしれないけれど、結果は同じことだわ。私は独りぼっちだった。管理されていた。そして……自分はいつ死んでもおかしくないんだと思っていた。周囲がいつも不安がっていたから、私も気づかずにはいられなかったのよ、自分が死と隣り合わせのところにいることに。目が覚めて生きていることに驚くような日だってあったわ。私は大の男でも涙を流すような痛みに耐えてきたわ。恐怖を感じずに耐えるこつを自分で身につけたのよ。人と違う境遇に生まれた者を弱者だと決めつけないで。私は弱くない。あなたの息子だって弱くないのよ」

「僕は弱いなんて言っていない」

「失敗するチャンスを与えないのは、弱者扱いしているのと同じよ」

「ベアトリス、君は家の中しか知らずに生きてきた。子供もいない。僕が何に耐えてきたか、あの子にとって一番いい父親であるために何を犠牲にしてきたか、そんな君にわかるはずがないだろう」

「それは否定しないわ」ベアトリスが言った。「あなたはきっと……ウィリアムの親であるために、さまざまな困難や苦痛に耐えてきたのね。でも……だからといってあなたに反論するのをやめようとは思わないわ」

「たった数時間一緒に過ごしたくらいで、僕の息子をわかったつもりにならないでくれ」ブリッグスはそう言いながらも後ろめたさを感じていた。今までベアトリスの言葉に耳を貸そうとしてこなかったという自覚が胸を刺した。

ベアトリスの内に秘めた強さを知りながら、それに目をそむけ、彼女の弱さにばかり注目してきた。だが、そうしてきたのはベアトリスのためだ。

〝お前自身のためではないのか?〟

ブリッグスは心の声を聞くまいとした。言い争ったところで何も変わらない。ベアトリスはメイナード・パークにいるのだ。自分の妻として。自分は結婚生活を支配し、自分の子供を自分のいいと思う方法で育てる。ベアトリスがなんと言おうと。

「君は善意からそう言ってくれるんだね、ベアトリス」ブリッグスは言った。「わかっているとも。君はやさしい、かわいい子だ……」

「子猫に話しかけるような言い方ね。やさしい子、かわいい子って。でもお忘れかしら、公爵閣下。子猫にだって爪はあるのよ。私の爪も甘くみないで」

そう言い捨てて立ち去ろうとしたベアトリスの腕を、ブリッグスはつかんだ。

ベアトリスはその行為に驚いたようだ。目が大きく見開かれ、頬が紅潮した。ブリッグスが最初に意識したのはそれだった。次に意識したのは、つかんだ腕のやわらかさとぬくもりだった。彼はバイビー・ハウスの庭に引き戻された。ベアトリスが美しい大人の女性になっていたことに気づかされた瞬間に。あの瞬間がなかったなら、今、彼女を遠ざけることもできただろう。すべてを彼女の未熟さのせいにして。子供だと片づけることができたなら、手を触れずにいるのも簡単だっただろう。

「確かに君は爪を持っているかもしれないな、子猫ちゃん」ブリッグスは落ち着きと同時に厳しさを感じさせる声で言った。「でも忘れるな、僕はその気になれば、片手で君の首根っこをつまみあげられる。君はなかなかの猛獣だが、僕も鉄の手を持っているからね」

「それは脅し？」

「なにも命を取ると言っているわけじゃないさ」ブリッグスは自分の道徳心と戦いながら言った。「だが君にはお仕置きが必要なのかもしれないな。ヒューは君を屋敷の中に閉じこめておいた代わりに、君にはとても甘かったから」

　ベアトリスの唇が開き、呼吸が速くなった。「あなたは自分が何を言ってるかわかってないんだわ」

「そうかもしれない。でも僕は君が思うより、君のことを知っているよ」

「少しでも私を知っていたら、こんな扱いはしないはずよ。何日もずっと無視して。私なんて棚の上でほこりをかぶった骨董品《こっとうひん》も同然だと思っているんでしょう」

　ベアトリスは身をよじって彼から離れた。「いくらあなたに権力があったって、物を罰することはできないでしょう」

「僕にはなんでも好きなものを罰する権利がある」

「あら、そう。でも自分を律することのできない権力者に栄光なんてあるかしら？　そんな人間の権力は取り上げるべきだわ」

　その言葉はブリッグスの痛いところを突いた。それは否定しようもない真実だった。服従する者がそれを望んでいない場合、権力を振りかざしても喜びは生まれない。だがこれは寝室の遊戯ではないのだ。これは……なんだろう？　答えはブリッグスにもわからなかった。

　ベアトリスにもわかっていないのは確かだった。彼女の目は怒りと興奮に輝いている。どうしてこの舌戦が自分を興奮させるのか、彼女にはわかっていないはずだった。ブリッグスは自分の昂《たか》ぶりを意識していた。そして自分の自制心のなさに軽蔑を感じてもいた。この状況は自分が招いた結果だ。自分が意図的に仕掛けたものだ。ベアトリスの内なる炎をかき立てるために。限界に挑み、どこまでいけるか確かめるために。ベアトリスはおとなしいだけの令嬢ではない。ブリッグスを昂ぶらせるのは彼女の強情さだった。ベアトリスは戦いを好む。それは本人が自覚していない最大の特性だ。

ベアトリスは彼から離れ、安全な位置まで逃れた。賢明だ。そのほうがいい。ここで終えたほうが君のためだ。

「あなたの言うことにも一理あるわ。私はあなたのふだんの暮らしぶりを見たことがなかった。兄の友達としてのあなたしか知らなかった。本当のあなたを知らないのよ。だからあなたのことをとやかく言うのはやめる。でも、ウィリアムのことは黙っていられないのよ」

「なぜ？」

「昔の自分を見ているようだから。ばかばかしいと思うでしょうね、信じる気にもなれないでしょう、でも本当よ。過保護の代償はなんだと思う、ブリッグス？」

「ウィリアムは過保護では……」

「私の周囲にいた人たちは、私のためを思って過保護なくらいに守ってくれた。父は違ったかもしれないけれど、母や兄は私のために用心の上にも用心を重ねていたのよ。でも私の安全を願うあまり、危険が人生の一部であることを忘れていた。危険を排除してはいけないのよ。私はこんなにも無知で、こんなにも世間知らずな人間になってしまった。人は生き長らえて、息をするだけでは満足できない生き物なのよ。それは私が身をもって証明するわ」

「だが一番大事なのは生き長らえて、息をすることじゃないか」

「ロンドンまで旅をしたからといってウィリアムは死にやしない。辛《つら》い思いをするかもしれないけど、それだけよ」

「僕は君の話をしているつもりだったが」

「私のためを思ってくださって恐縮だわ」とベアトリスは言った。「でも私はもう守られることには飽き飽きしてるの」

そう言って立ち去る彼女の後ろ姿を見つめながら、

ブリッグスは自分が過去の過ちをくり返しかけているのではないかと考えていた。自分は少しも成長していない……セレナと結婚していたときのままだ。ベアトリスがバイビー・ハウスにいた頃より幸せになれると思ったのは、まちがいだったかもしれない。そう思うと、暗澹《あんたん》とした気持ちが襲ってきた。

8

ひと晩ぐっすり眠れる夜はもう二度と来ないのかもしれない、とベアトリスは思った。眠ろうとしてもウィリアムが気になって、泣き叫ぶ声が聞こえるのではないかと耳をすまさずにはいられなかった。ブリッグスとはあいかわらずほとんど顔を合わせていない。

孤独な昼と孤独な夜をくり返すうちに、ベアトリスは、これではバイビー・ハウスにいた頃と変わらないと思うようになった。

ただ母がいないだけだ。メイナード・パークにはベアトリスに関心を抱いてくれる人がいない。

ウィリアムは別として、と言いたいが、それもはっきりとは言い切れない。彼は機嫌のいい顔を見せる日もあるのだが……怒って暴れる日のほうが多い。特に午後はウィリアムには耐えがたいようだった。

ベアトリスはブリッグスが息子を過保護に守りたがる気持ちを理解できた一方で、これだけ聡明《そうめい》で才能のある子供が、かつての自分と同じように、ひとりで隔離されているのはまちがっているとも思った。

バイビー・ハウスで暮らしていた頃、ベアトリスは無知という繭に閉じこもっていた。世間というものを深く知ろうとはしなかった。

フレスコ画の明るい色彩だけを眺めて、剥離《はくり》やひび割れに目を留めようとはしなかった。

両親の生活や行動の奥にあるものを探ろうとはしなかった。ベアトリスは自分ひとりの世界に集中していた。庭でひとり遊び、内緒の友人と会う世界に。

空想の世界に。

結婚を強行するという決断は、空想から現実の世界に移る第一歩だったのかもしれない。

ただし、ジェームスのいる現実にゆるやかに着地するつもりが……墜落してしまった。

よりにもよって、ブリッグスのいる場所に。

現実は厳しい世界だった。ベアトリスは脱皮しているような気分だった。過酷な真実から自分を守ってくれていた皮がはがれていく。

それが好きかどうかは、自分でもわからなかった。だがここで背を向けたら、ウィリアムを助けることはできない。

ウィリアムのロンドン行きの話をどうやってブリッグスに切り出そうかと、バターロールとジャムを食べながら悩んでいると、執事のゲイツが入ってきた。

「奥様、サー・ジェームス・プレスコットがおいでになりました。ご在宅だとお伝えしますか？」

胸がどきんと跳ねた。

ジェームス。

親友に会えると思っただけで心が躍る。

執事は男性の訪問を受ける公爵夫人に対する評価を内心では下げたかもしれないが、態度には出さなかった。

ジェームスが部屋に入ってくると、陽射《ひざ》しが彼の淡い青色の瞳と金髪を二倍も輝かせているような気がした。金色の太陽を思わせるジェームス。ベアトリスは誰かがほほ笑みかけてくれる喜びを久しぶりに思い出した。

執事は一礼すると、扉を大きく開けたまま、部屋を出ていった。

「ジェームス」ベアトリスは言った。「訪ねてきてくれて本当にうれしいわ。さあ座って、お茶を持ってこさせるから」

「ありがとう、ビー」ジェームスは座ると、真剣な表情でこちらを見た。自分をよく知り理解してくれる親友がすぐそばにいて、自分を見つめてくれている。ブリッグスに無視され続けてきたベアトリスの目に涙が浮かぶと、ジェームスがいぶかしむような顔になった。「大丈夫かい？ 彼が辛《つら》く当たるんじゃないだろうね？」

ベアトリスは自分に苛立《いらだ》ち、勢いよくまばたきした。「彼って、私の夫のこと？」頬を転がりおちた不届きな涙を急いでぬぐう。

「そうだよ」

「どうして彼が辛く当たると思ったの？」

「君が憂鬱そうだから」

「どうして私の憂鬱の原因が……夫だと思うの？」

ジェームスはためらってから答えた。「ブリガム公爵はなにかと噂《うわさ》の多い人だからだよ。彼の……その、癖が。そういう噂に耳を貸すのは下品なことだけどね」

ベアトリスはぽかんとした。また自分にはわからない話題だ。

「できるだけ上品な言い方をすると、彼は風変わりな趣味の持ち主らしい。倒錯者だという人もいるけれど、僕はその言葉は使いたくない」

ブリッグスが？　倒錯者？

ベアトリスはその言葉の正確な意味までは知らなかったが、ひねくれてゆがんだ人間を指す言葉だということは知っていた。それが本当なら、兄がブリッグスと友達になるはずがない。

ましてや、自分との結婚を許すはずもない。

でも私は妻ではなくて、被後見人だ……。

「私は夫のそんな面を見たことはないわ」ベアトリスは無理に笑顔を作りながら言った。

「そのほうがいいのかもしれないな」

「どういう意味？」

ジェームスはため息をついた。「君はあいかわらず無邪気だという意味だよ。ブリガム公爵とは違って」

「どういうこと？　私のどこを見てそう言ってるの？」

「それは……」

「自分では未熟なままだと思ってるわ。知り合いもろくにいないし、一般的な知識もないし、経験も積んでいない」

「君は未熟なんじゃない。清純なんだよ」

「清純なんてもううんざり」

「じゃあ君はその清純さを彼に奪ってほしいと思っているのかい？」

ベアトリスは体が急に熱くなるのを感じた。馬車の中でそうだったように。恥ずかしい。でも……ジェームスは秘密を打ち明けてくれた。露見すれば投獄されかねない秘密を。だったら何も恐れる必要はないのでは？　大事な親友は私を信用して打ち明けてくれたのだ。「私……それがどういうことなのか知らないのよ」

「それでいいんだよ、ベアトリス。僕だって自分がどういう人間なのか、自分が何を欲しているのかは知っていたけれど、具体的なことは何も知らなかった。事前に知っている必要はないんだ。いざとなれば自然にわかるから」ベアトリスはまだとまどっていたが、同時にジェームスの哀れむようなほほ笑みに腹立たしさを覚えた。「要は、君は彼に近づきたいと思うかってことだよ」

「それは……」

「彼にキスしたいと思うかい？」

頬が熱くなった。「それは……思うけど……」

「だったらキスしてごらん、ベアトリス」

「でも彼が言うには……」

「彼がどう言おうと関係ない」

呼吸が速くなり、自分でもわかるほど鼓動が高鳴った。

「ジェームス、そんなの無理よ……」

「彼がどう言おうと、君は彼の妻なんだ」

ベアトリスは長いため息をついた。「私の話はもう終わりにして。お願い。それより、今日は何か用だったの？」

「出発前の挨拶に来たんだよ」

「出発？」

「そう。僕は……ローマに旅行に出るんだ、友達とね」友達という言葉は意味ありげに発音された。

「向こうに長くいるの？」

「当分はいるつもりだ」ジェームスは笑顔になった。

「僕は幸せだよ、ベアトリス」

「それを聞いてうれしいわ、私……」

ベアトリスは振り向く前から察知していた。嵐の気配をかすかにまとった夫が部屋の入り口に立っている。「公爵閣下」ジェームスはすぐに立ちあがった。「今日は奥様に挨拶をしに来たんです。これから外国旅行に出るものですから」

　ブリッグスの視線が彼のほうへすばやく動いた。

「君がジェームスか」

　そっけない口調だった。

「はい」

「今後妻を訪ねる場合は、僕の同席を条件にしてもらいたい」

「ジェームスは私のお友達よ」ベアトリスが言った。

「彼は君が結婚しようとしていた相手だ。僕は自分の屋敷で寝取られ亭主になるつもりはない」

「僕を信用できないとしても、奥様は信用されてはいかがですか」ジェームスが言った。

　ブリッグスは彼を鋭い目でにらんだ。「君を脅威だとは思っていない。その必要はないんだろう？」

　ジェームスは口元を皮肉にゆがめた。「ええ、そうです。僕はもう失礼するつもりですので、逮捕させたいならお早めにどうぞ」

「僕が趣味のせいで人を逮捕させるような人間に見えるのか」

「いいえ、まさか」ジェームスはベアトリスのほうを向いた。「さっきの話を忘れないで。ありのままの君でいいんだよ、ベアトリス。本当の君が無邪気でないのなら、無邪気にふるまわなくてもいいんだ」頬にキスされると、ベアトリスは友情のあたたかさに思わず涙ぐみそうになった。

　私の数少ない、大切なお友達。

「帰国したら会いに来るからね」

「ええ、ディナーにお招きするわ。お友達も連れてきてね」

　ジェームスがぎゅっと手を握ってから立ち去ると、ベアトリスはブリッグスのほうを向いた。彼の目は氷のように冷たかった。

「どういうつもりだ」

ブリッグスの血管を流れているのは、彼自身にも説明のつかない怒りだった。

「話し相手をしに来てくれたお友達と一緒にお茶を飲もうとしただけよ。あなたはそんなことすらしてくれなかったでしょう、公爵閣下」

ブリッグスはベアトリスにこういう一面があることを知っていた。バイビー・ハウスの寝室でヒューに食ってかかる彼女の姿を見ていたからだ。彼女の負けん気の強さには敬意を払ってきたが、それが自分に向けられるなら話は別だ。

「うちの使用人たちの口が軽かったら、君はスキャンダルを巻き起こしていたところだぞ……」

ベアトリスは笑った。「夫以外の男性をもてなすのも社交儀礼《デ・リガー》のひとつだと思っていたわ」

血管を流れる怒りが沸騰しかけた。「僕の家では違う」

ブリッグスは断固とした強い声を出したあと、それに対するベアトリスの反応に目を留めた。頬が真っ赤にほてっている。彼のような男には一目瞭然の兆候だった。今、うなじに手を触れれば、ベアトリスはバターのようにとろけ……進んで彼の前にひざまずくだろう。

ブリッグスはその考えを頭から締め出した。

「昼前にロンドンに向けて出発する」話題を変えようとして言った。

ベアトリスが男と二人でいるところを見た怒りが収まらない。相手の男がベアトリスに欲望を抱いていないという事実も慰めにはならなかった。

早くこの屋敷を出ていきたくてたまらなかった。

どういうわけか近頃は、このメイナード・パークで過ごした悪夢のような子供時代が何かにつけて思い出される。初夏の花が咲きはじめる季節になったからだろうか。

記憶の引き金。

父が死んだのもこの季節だった。

父はブリッグスが愛していた六月にまつわるものをことごとく破壊し、破壊しながら息子を侮辱した。

「ブリッグス、ウィリアムの件を考え直してほしいのよ」

父のことを考えているところにウィリアムの名前を出され、ブリッグスはわれに返った。

「だめだ」思ったよりもとげとげしい声が出た。

「あなたのご両親は……」

「両親は僕をどこにも連れていかなかった。僕はずっとこの屋敷にいたんだ」

「あなたはそれで幸せだった？」

そう感じるときもあった。好きなように暮らせたからだ。自分の楽しみに集中し、自分の世界に没頭していられたから。

「君はなんでも単純な話にしたがるが」ブリッグスは険しい声で言った。「これは単純に割り切れるようなことじゃない。君は自分が過保護に守られてきたことに腹を立てているが、その過保護さは不可欠なものだったのかもしれない。干渉されなければ、君は死んでいたかもしれない。違うと断言できるか？」

「それは……できないわ」

「君は過保護さを憎んでいるが、そのおかげで君は命を救われたのかもしれない。ウィリアムは孤独かもしれないさ、だが同じ年頃の子供たちに揉《も》まれることが彼にとっていいことだとは限らない。僕にとっては違った。僕は……僕は父を恨んでいるが、その点では父が正しかったと思っている」ブリッグスは苦しみながらそう口にした。なぜこんなことを打ち明けようと思ったのか、自分でもわからないままに。

ベアトリスが正直だからかもしれない。

あらゆる点で、彼女は正直だ。

正直さには、正直をもって報いなければならないと思わせるものがある。

僕のような人間に信条と呼べるものがあるとすれば、それは礼には礼をもって尽くすという点だ。

ベアトリスが彼に向けたまなざしには曇りがなかった。「あなたはなぜお父様を恨んでいるの？」

「そんなことはどうでもいい」ブリッグスは口を引き結んだ。

「どうでもよくないわ。もう昔のことなのに、今も恨んでいるんでしょう」

彼女の質問にはためらいがなかった。知りたいからきいている、それだけだ。

答えずにいるのは信条が許さなかった。

「父は残酷な人間だった。他人を萎縮させるのが父の何よりの楽しみだった。権力を振りかざして自分よりも弱い者を支配した。何が父にそうさせたと思う？」

「なんなの？」きき返すベアトリスの声はか細かった。

「臆病さだよ。本当に強い人間、高潔な人間は、権力をそんなふうには使わない」

「あなたも権力をそんなふうには使わない人よ」

ブリッグスは彼女のほうを見た。そして願った……彼女のあごをつまみ、顔を動かせないようにして、彼女が目をそらすまで視線を合わせたい。

自分の力と強さを駆使して、ベアトリスに喜びを与えたい。

狂おしいほどに願った。それができれば自分のうずきも癒やされるだろう。彼女をここに連れてきて以来、胸の中にくすぶり続けている怒りが。

〝ベアトリスがそうさせるのだ〟

〝彼女はかつてお前が望んだものを思い出させる〟

〝お前がけっして手に入れられないものを〟

彼は心の声を払いのけた。

欲望を彼女に向けてはならない。セレナや父の記憶に駆り立てられて、ヒューとの友情を汚すようなことをしてはならないのだ。

ベアトリスを危険にさらしてはならない。

「そうだ」ブリッグスはようやく口を開いた。「僕はしない」

「あなたはお父様に何をされたの……」

「父は屈辱を与えるのが好きだった。狙いすました言葉で侮辱した」そして行動でも。父はブリッグスが執着を抱いたものはすべて奪った。

しかも、たっぷりと時間をかけて。

父は息子が時間と情熱をぞんぶんに注ぎこむまで待った。対象を失うことが息子にとって大きな痛手になるまで。

「ブリッグス……」

「僕を哀れまなくていい。今や父は墓の下で朽ちていて、僕がブリガム公爵なのだから」ブリッグスはほほ笑んでみせたが、目が笑っていないのは自分でもわかった。「僕はウィリアムの完璧な父親ではないかもしれないが、少なくともあの子に屈辱を感じさせたりはしない」

「あなたを信じるわ。あなたはいつもあの子のことを第一に考えている。私は……」

「僕を信じてはいけない。君はどうしようもない世間知らずのくせに、自分は何が正しいのか知っていると思いこんでいる愚かなお嬢さんなんだよ」

うまく彼女を怯《おび》えさせた、とブリッグスは思ったが、ベアトリスはすぐに反論してきた。「ええ、そうかもしれない。でも私の無知は強制されたものだわ。私は学ぶことだってできるのよ。私がウィリアムの中に見ているものは、私の未熟さが見せている幻じゃないわ。私が彼の中に見ているのは私自身なの。だから苦しいのよ」

「君が見ているのは孤独だ。君自身が孤独を感じていたから。僕が昔ここで感じていたものは孤独ではない」

「なんだったの？」

ブリッグスは自分の顔にゆっくりと笑みが広がっていくのを感じた。「怒りだ」

9

本当なら喜ぶべきところだわ、とベアトリスは思った。これからシーズンの幕開けに合わせてロンドンに発《た》つのだし、その上ブリッグスは新しいドレスを作らせると約束してくれたのだから。

だが胸に喜びはあふれてこなかった。

こんな状況で喜べるはずがない。ベアトリスはブリッグスが息子をロンドンに連れていくのを拒んだことにまだ腹を立てていたし、ジェームスの来訪に動揺していたし……そのあとのブリッグスとの会話に混乱していた。

いろいろな気持ちがごちゃ混ぜになっている。

〝キスしてごらん〟

胸がどきんと打つ。ブリッグスにキスなんてしたくない。怒りをぶつけてやりたいだけだ。

高圧的なブリッグス。私の感情をもてあそぶブリッグス。

私の欲望をどこまでも駆り立てるブリッグス。

ベアトリスが玄関ホールに立ったまま考えこんでいると、ウィリアムと家庭教師のアリスが階段を下りてきた。続いて鞄《かばん》がいくつか運ばれてきた。「どういうこと？」彼女は近づいてきたブリッグスにきいた。

「君の意見についてもう一度検討した」ブリッグスはぶっきらぼうに言った。

「私の意見を？」

「ああ」

「そして考え直してくれたのね」

「そうだ」ブリッグスは言った。「考え直した。ウイリアムは僕らと一緒にロンドンに行く」

ウィリアムが喜んでいるかどうか見分けるのは難しかったが、ベアトリスはそうであってほしいと思った。彼がこの旅を楽しめるようにと願い、彼が興味を抱いている名所に連れていく役は、できれば自分が引き受けたいと願った。ベアトリス自身もまだ見たことがない名所に。

ロンドンまでは馬車で五時間かかる。ウィリアムはそわそわしたあと、苛々《いらいら》し、しばらく黙りこんでから、やかましいほど饒舌《じょうぜつ》になった。イタリアの建築についての細々とした知識を、たっぷり一時間かけてベアトリスに披露した。

ウィリアムが小用を足せるように、途中で一度休憩をとった。馬車からウィリアムを連れ出したのは、家庭教師ではなくブリッグスだった。

アリスはいつもどおり愛想がなく、ベアトリスと目を合わせようとしなかった。彼女は一般的な家庭教師よりも年配で、ベアトリスの父が娘の家庭教師という名目で家に連れこんだ金髪の美女たちとは似ても似つかなかった。

　ベアトリスは席に座ったまま身じろぎし、この無愛想な女性から離れるため、そして脚を伸ばすために馬車から出ようかと考えていた。

　そこで馬車の外からわっと泣き声が聞こえ、アリスが馬車から飛び出すように出ていった。ベアトリスもすぐに追いかけた。ウィリアムは地面に寝そべったまま駄々《だだ》をこねている。ブリッグスは……表情こそ険しかったが、一貫して毅然《きぜん》とした態度をとっていた。

「ウィリアム」ブリッグスはまったく声を荒らげずに言った。「馬車に戻るぞ」

「疲れた」ウィリアムは地面にひっくり返ったまま動かない。

「疲れたかどうかは関係ない。こんなところで寝るものじゃない。眠いなら馬車で寝なさい」

「馬車の中じゃ眠れない。うるさいもの」

「ウィリアム」

「いやだ、いやだ、いやだ」

　それから延々と同じことがくり返された。ウィリアムはむずかり、ごね、陸に上がった魚のように暴れ、いっこうに起きあがろうとしなかった。ぬかるみにかかとを打ちつけ、小石を宙に蹴り飛ばした。

　ベアトリスは呆然《ぼうぜん》と立ち尽くしていた。何をすればいいのか、どんな言葉をかければいいのか、まるでわからない。自分が役立たずに思えた。

　バイビー・ハウスにいればよかった、という考えが初めて頭をよぎった。あそこにいれば安全だった。こんな混乱を巻き起こしたりせずにすんだ。これは私のせいだ。ウィリアムを連れていこうとブリッグスにせがんだのは私だ。

　とうとうブリッグスはウィリアムを地面から引っ

ぱりあげ、暴れる息子を胸元に抱えこんだ。「馬車に戻れ」彼はベアトリスと家庭教師に命じた。

家庭教師はすぐに従ったが、ベアトリスはその場から動けずにいた。

ブリッグスは彼女の横を通りすぎると馬車の扉を開け、ウィリアムを中に放りこんだ。ウィリアムはその間ずっと泣き叫んでいた。

「乗れ」

そう言われてやっとベアトリスは乗りこんだ。

「ウィリアム」ベアトリスはなだめるような声を出そうと努力した。「ロンドン見物をしたいでしょう？」

だがウィリアムはかん高い声で泣き叫ぶばかりで、どんな言葉も届きそうにない。ベアトリスは途方に暮れた。ブリッグスは険しい表情で座ったまま、まっすぐ前を見ている。

「ウィリアム」ベアトリスは体を乗り出した。

ぴしゃっと手をたたかれた。たたいたウィリアムがまた叫んだ。「いやだ」

痛くはなかったが、ベアトリスはショックを受け、たたかれた手を押さえて身を引いた。

ブリッグスが身を乗り出し、ウィリアムを抱きあげて両腕できつく、だが痛みを与えないように、抱えこんだ。「ウィリアム」彼が言った。「たたいてはいけない。絶対にだ」

「いやだ、いやだ」

「ウィリアム」ブリッグスが言った。

「僕、ウィリアムじゃない」

そのあとは誰も口をきかなかった。ウィリアムにただ叫ばせておいた。ロンドン到着の三十分前になって、ようやく泣き疲れたウィリアムが静かになった。ブリッグスのタウンハウスは美しかったが、ベアトリスにはゆっくり眺める余裕も、ロンドンに着いたことを喜ぶ余裕もなかった。気力はすべて旅の間に使い果たしてしまっていた。ブリッグスが過保護になるのも不思議はない、とベアトリスは思った。ウィリアムを旅に連れ出すのに反対したのも当然だ。連れていきたくないのではなく、暴れるウィリアムを見ているのが辛《つら》いのだ。私はそれに気づけなかった。当たり前だ。彼の言葉に耳を貸そうとしなかったのだから。

　自分が一番の理解者だと思いあがっていた。本当は何ひとつわかっていなかったのに。

　屋敷に入る頃には眠りこんでいたウィリアムを、ブリッグスが抱きあげて階段をのぼった。彼はベアトリスには見向きもしなかったが、それも当たり前だと彼女は思った。

「奥様」ロンドンの家政婦、ディンスデール夫人が、ベアトリスの心痛を察したように肩に手を置いた。

「何かしら」ベアトリスは言った。

「侍女が奥様のお世話をいたします。夕食の前に、お着替えになってはいかがでしょうか」

　それはベアトリスが恐れていたことだった。メイナード・パークではいつもひとりで食卓に着いていた。ここロンドンでも同じことが起きてしまったら。

　ベアトリスは自分用の寝室に案内された。部屋には侍女と、たくさんのドレスが待っていた。ベアトリスは襟ぐりの深いミントグリーンのドレスを着たが、胸元を隠す三角形の肩掛《フィシュー》けはつけなかった。

　髪は繊細な形に結いあげられ、一連の真珠を王冠のようにぐるりと頭に巻いた。

　ひとりでディナーをとるには、美しすぎる装いだ。

　ベアトリスは胸を高鳴らせながら階段を下りていき、食堂に入った……そこには誰もいなかった。

「自分の部屋で食べてもいいかしら」ベアトリスは男性の使用人にきいた。

「もちろんでございます、奥様」使用人が答えた。

　ベアトリスは階段をのぼって寝室に戻った。今までで一番美しい自分を見せる相手はいなかった。

ひとり分には豪華すぎるほどの夕食を、ベアトリスは無言で食べた。フェンネルとミントを添えた鯖《さば》、猟鳥のロースト、野菜のピクルス。そのあと出た色とりどりのマジパンはついつい食べすぎてしまうほどおいしかった。

お腹《なか》がふくれるまで食べてしまうと、侍女に手伝わせてドレスを脱ぎ、髪をほどいて、真珠を箱に戻した。鏡をのぞきこむと、見慣れた自分がそこにいた。いつもと同じ、代わりばえのしない自分。ベアトリスは自己憐憫《れんびん》に浸った。

本当にかわいそうなのはウィリアムのほうなのに、と心の声がささやいた。

ウィリアムはほんの子供なのだ。旅をしなければ目的地にたどり着けないという、そんな簡単な理屈さえあの子にはぴんと来ないのかもしれない。でも、これくらいの旅に耐えられなくて、どうやってイタリアに行けるというの？　七歳の子供にはそんな理屈は通じない、とベアトリスは自分に言い聞かせたが、ささくれだった気持ちは収まらなかった。

眠気もやってこなかった。ろうそくを消す時刻をとっくに過ぎてから、ベアトリスは読書をしようとした。

『エマ』を開いてみたものの、気持ちが昂《たか》ぶって文章に集中できない。挿絵入りの鳥類図鑑をめくってみても、どうにも興が乗らなかった。

床に穴があくほど部屋を往復した。窓の外を眺め、逃げ出したい気持ちに襲われた。バイビー・ハウスで何度となくそうしたように。

あの頃の自分は弱い体を脱ぎ捨てる代わりに、家から逃げ出していた。

ここでもそうしてしまおうか。

ベアトリスは寝室のドアを開け、忍び足で階段を下りた。

　家の裏手に庭があるのかどうか知らないまま、あてずっぽうに出てみたが、期待どおり、そこには月光に照らされた美しい庭があった。大きな噴水を囲むように、像が配置してある。

　裸の石像。

　ローマ風の石像だった。ウィリアムなら興味を持つでしょうね、と皮肉な考えが頭に浮かんだ。

　ベアトリスは知らぬうちに裸の戦士像に見とれていた。兜《かぶと》だけを身につけた戦士は、かえって無防備に見えた。

　男と女の体はどこが違うか知っているか、とブリッグスにきかれたことがあった。

　もちろん知っている。私はそこまで無知じゃない。

　彼は言っていた……男と女の体は結合するようにできていると。子供を作るために。ベアトリスは想像して赤面した。自分の体の誰にも見せない部分と、彼の体を結合させる……。

〝キスしてごらん〟

　ベアトリスはごくりとつばをのんだ。

　ベアトリスは石像の周囲を歩きながら、たくましい腿や、筋肉質の尻を観察した。そうしていると、悲惨な馬車の旅を忘れられた。やっぱり、男と女の体はこんなにも違っている。この像は石でできているから、とても固そうに見える。ブリッグスの体は固いというより引きしまっている。私の体とはまるで違う。

　物音が聞こえて振り返ると、ブリッグスが戸口に立っていた。寝るための格好ではなく、外出用の服装だ。彼はそこに立って、窓越しにこちらを見ていた。ベアトリスはいけないことをしているのを見つかったような気分になった。

　石像から離れ、彼の出方をうかがった。ブリッグスは背を向けて立ち去るのか、それともこちらに近づいてくるのか。

長く待つ必要はなかった。

扉が開いた。

「強盗ははしごで庭の壁を乗り越えてくるぞ。君は誘拐されたいのか？」冗談めかした言葉には彼女が昔から知っているブリッグスらしさが感じられたが、声は冷たかった。

「そんなわけないでしょう」ベアトリスはそっぽを向いた。

「じゃあ石像に色目を使っていたのかな」

「色目なんて使わないわ。芸術を鑑賞していたのよ」

「だろうね」ブリッグスが言った。「僕もばかなことを言ったものだ。君のようなレディが……そんな面白いことをするわけがない」

「ブリッグス……」

「僕は君が困っていないか確かめたかっただけだ」

「困っているわ」ベアトリスは答えた。「私がウィリアムを一緒に連れていこうと言い張ったせいで、とんでもない騒ぎになってしまって……本当に……本当にごめんなさい……あの子を怒らせるつもりはなかったの。あなたのことも」

「だが結果的にはそうなった。今さら嘆いたって仕方ない」

「ごめんなさい」

「気にするな」

「気になるわ」

「本当に気にしなくていいんだよ。あの子を連れていくと最終的に判断したのは僕なんだから。その件はもう蒸し返さなくていい」ブリッグスはベアトリスから視線をそらし、闇を見つめてから、また彼女を見た。「庭から出てはいけないよ」

「出ないわ」

「田舎とは違うんだから、用心しなさい。ひとりで家を出てはいけないよ。この庭くらいならかまわないが」

「はい。あなたが私の後見人だということを忘れていたわ、私たちが対等ではないことも」

「君が妻だったとしても、僕たちは対等じゃないさ」

ベアトリスははっと息をのんだ。今の言葉は彼の本心というより、自分を傷つけるために吐かれたものだという気がした。ベアトリスは実際に傷ついていた。どうしてブリッグスのことになると、私はこんなにも傷つきやすくなるのだろう？　彼の前に出ると、自分がまるで壊れやすいガラスでできているような気がする。

どうして彼は私にこんな影響を及ぼすのだろう？

今私たちの間にあるものは友情ではない。一緒にいて気が休まる関係とはほど遠い。ブリッグスに避けられると気にするまいとしても腹が立つ。彼に見下されると傷ついてしまう。いつから私たちはこんなふうになってしまったのだろう。

図書室の暖炉の前で彼に抱かれたときに、何かが変わった。

ぶらんこを押してもらったときに、また何かが変わった。

そして結婚式後の馬車の旅で、すべてが変わった。

名ばかりの結婚でも、うまくやっていけると思ったのに。思いどおりにいかないことだらけだ。

「あなたの言うとおりね」

ブリッグスは彼女に背を向けた。

「どこに行くの？」

「君に言っても仕方ないだろう」

「それじゃ答えにならないわ。はっきり言ってくれないとわからない……」

「僕は娼館《しょうかん》に行くんだよ、ベアトリス。君にその言葉の意味がわかるのかな？」

ブリッグスが浮かべた残酷な表情を、ベアトリスは憎んだ。今の彼はお菓子をお土産に持ってきてくれた兄の親友とは別人だ。暗い怒りに突き動かされた見知らぬ他人。

彼の冷たい怒りの中にある何かが、ベアトリスをぞっとさせた。

「いいえ」ベアトリスは答えた。「わからない……娼館という言葉は知らないわ」

貴族院の仕事に関係する言葉かもしれないと思ったが、彼の表情はそうではないと告げていた。

仕事に関する言葉だったら、私は傷つかない。今この瞬間、彼が望んでいるのは、私を傷つけることだ。ベアトリスはそれを痛いほど感じていた。

「男が女のもてなしを金で買うときに行く場所だよ」

ブリッグスがどこかのレディとお茶を飲んでいる場面が即座に頭に浮かんだが、それも違うと頭の芯ではわかっていた。

「まだわからないかな？」声は冷たかった。

「やめて」ベアトリスは怒りにかられて言った。「私が過保護に育てられたせいで無知なのを知っているくせに。それをからかって遊ぶなんて、残酷だわ」

「僕は残酷な遊びを我慢できないたちなんだ、ベアトリス。もしかしたら君が思っているよりずっと、残酷な人間なのかもしれないよ」

「そうでないことを願うわ。あなたは私の後見人なんでしょう。残酷な後見人を好きになる被後見人なんていないわ」

ブリッグスの口元がほほ笑んだ。美しく、苦痛を与える笑みだった。「君は僕の残酷さを楽しめると思うけどな」

「そんなわけないわ」ベアトリスは噛《か》みつくように言った。「今だって楽しんでいないもの」

「もてなしというのは、性交のことだよ、ベアトリス」

ベアトリスは憤りのあまり大きな声を出したくなった。「性交という言葉も私は知らないのよ」

「男と女がすることだ。子孫を作るためでなく、快楽を味わうために。夫婦が子作りのためにする場合もあるが、それを避けてただ快楽を追求する方法も無数にある」

頭に血がのぼり、こめかみが痛んだ。

「あなたが外出するのは……ほかの女の人たちとそれをするためなのね」

「君としようとは思わない」

「だから女の人がいる娼館へ行くのね。具体的には何をするのか教えないまま、その事実だけを投げつけて、行ってしまうのね。私を傷つけたいなら、はっきり教えたらどう？　あいまいにぼかすのはやめて」

「僕は忘却を求めに行くんだよ。今日起きたことを忘れるために。君が僕の妻だということを忘れるために。息子のことを忘れるために。それが僕の目的だ。僕が娼館でするさまざまな行為について、もっと生々しい説明が聞きたかったのなら、がっかりさせて申し訳ないな。その石像を熱心に眺めていた様子からすると、君は男の持ち物に興味津々らしいが、僕のそれは今夜、別の女の中に入るんだよ」

その言葉の冷たさに、ベアトリスは息ができなくなった。ブリッグスが自分以外の女性と、自分にはぼんやりとしか理解できない親密な行為に及ぶのだと思うと、近くの茂みに嘔吐《おうと》したくなった。彼は私を傷つけようとしている。それだけははっきりわかった。彼は狙いすまして残酷な言葉を吐いたのだ。

返事を思いつく前に、ブリッグスは背を向けて歩き出した。ベアトリスはその場に立ち尽くしたまま、刺すように冷たい夜の空気を呼吸していた。それから彼を追って駆けだした。ちょうど表玄関から出ていく彼の後ろ姿が見えた。

ベアトリスは立ちどまった。心がずたずたに傷ついていた。ブリッグスがほかの女の人に触れるなんて。そんなことはしてほしくない。断片的な知識のかけらが、はまるべきところにはまっていく。キスに続く、謎めいた行為。私自身は一度もしたことがない行為……。

ブリッグスがほかの女性のところへ行きたくなるのも当然だ。もしも私が名ばかりでなく本当の妻だったとしても、彼は私を退屈がり、私の無知にうんざりしていただろう。

私自身がうんざりしているのだから。

どっと疲れが襲ってきた。

だが眠れそうになかった。

ベアトリスは彼が帰ってくるまで起きていようと決めた。それがどんなに辛くても。

マダム・リサンヌの館を訪れると、旧友を訪ねたような気分になるのが常だった。だが今夜は違う。今夜、ブリッグスは暗澹《あんたん》とした気分だった。自分は怒りにとらわれ、その怒りを不当にベアトリスにぶつけた。意図的に粗野に、意地悪くふるまった。ヒューとの約束を破った。ベアトリスに唯一言わなかったのは、本当に欲望をぶつけたい相手は君だという事実だった。言えるわけがない。だからここへ来た。パメラが空いていれば、彼女を呼んでもらおう。官能的な肉体の持ち主で、服従上手のパメラ。ベアトリスのふくれっつらを見たあとだけに、しとやかなパメラに接するのは、いい気分転換になるだろう。

この娼館では、ブリッグスは王のように扱われる。愛飲するウィスキーが出され、階上の寝室に上がれば、彼の欲望を満たせる女がやってくる。今夜現れたのは、やはりパメラだった。控えめなほほ笑みを浮かべた彼女は、彼と目を合わせるような僭越《せんえつ》な真《ま》似《ね》はしなかった。

ブリッグスは待った。興奮と、欲望と、この美しい女に対する反応が湧きあがるのを待った。彼女が閨房《けいぼう》の技術に長《た》けていることは、経験上よく知っている。

パメラは彼が座っているほうへ近づいてくると、足元にひざまずいた。そして股間のボタンを外そうと手を伸ばした。

「やめろ」ブリッグスは言った。「いつ触れろと言った」

パメラは頬を紅潮させ、視線をそらした。「失礼いたしました、公爵閣下」

公爵閣下と呼ばれたとたん、ブリッグスの頭はベアトリスで占められた。その言葉を発音した唇の動きをはっきりと思い浮かべた。そして……罪悪感にとらわれた。ベアトリスと結婚しておきながら、こんな場所にいる自分に。そして何よりも、ここに来る直前の彼女への態度に。

「立て。自分で脱げ」

パメラは言われたとおりにドレスを脱ぎ、一糸まとわぬ裸身をさらした。

肉感的な体に、剃《そ》りあげた恥丘。いつもなら欲望と興奮をかりたてるはずの裸身を見ても、ブリッグスは反応しなかった。破廉恥にも、パメラのほうは彼の冷淡さに興奮しているようだった。この冷淡さが演技ならどんなによかったか。

「すまない」ブリッグスは立ちあがり、彼女のあごをつまんだ。「今日はお前の奉仕はいらない。代金は払うよ」

「何かお気に障るような真似をいたしましたでしょうか？」それが本心からの媚《こ》びなのか、金払いのいい顧客を失う不安から出た言葉なのか、ブリッグスには判断がつかなかった。

判断がつかないのは、彼女が一流の娼婦である証《あかし》だ。

「問題が起きたのは僕のほうだ。今日は帰って、それを片づけなければならない」ブリッグスの支払いは帳簿につけられ、あとでまとめて清算することになっていた。毎回金を渡すような野暮《やぼ》な真似は、公爵には必要ない。ブリッグスは悪徳の館を出ると、往来の激しい通りに出て、家路についた。内心で自分を罵りながら。

屋敷の表玄関を乱暴に開けた。まっすぐ寝室に行くつもりだったが、そこで彼女がまだ外にいるのが目に入った。

ぶらんこに乗っていた夜に着ていた、白いナイトガウン姿で。

ベアトリスは振り向いて、目をみはった。「娼館に行っていたにしては早いお帰りね」

「娼館の平均的な滞在時間なんて君は知らないだろう」

「ええ、知らないわ。でもあなたが出かけたときの冷たい態度から、帰りは遅くなるだろうと推測したのよ」

「それなのに君はここにいた」

「思いあがらないで。私があなたを待っていたとでも言いたいのなら……」

「そんなことを言うつもりはなかったよ」とブリッグスは言った。

「どうして早く帰ってきたの？」

「それは」ブリッグスは彼女に一歩近づいた。「君のせいだ」

「私が何をしたというの？」

ブリッグスの血は沸騰していた。あと一センチでも近づいたら終わりだとわかっていながら、距離を詰めずにいられない。欲望のたがが外れかける寸前だった。ブリッグスは自制心の限界にいた。今までなかったことだ。鉄のような自制心は彼の誇りであり、支えだった。自制心は自分のような人間にとっては最後の砦《とりで》だ。失えば、どこまで堕《お》ちるかわからない。

「僕にききたいことはないのかい？」

「誰があなたなんかに。でもせっかくだからひとつだけきいてあげるわ、どうして私にみじめな思いをさせるの？」

「君はこの宇宙の秘密を知りたがっている。僕の人生に入りこみたがっている。僕に君を過保護に守るのをやめさせたいのかい？」

ベアトリスが頭を忙しく回転させているのがわかった。彼の質問の意味が理解できないのだ。

「君はウィリアムの人生に入りこみたがっている。世界を理解したがっている。戦場に出たがっている。さあ、言ってごらん。何を教えてほしい？」

「全部よ」その言葉はベアトリスの唇から勢いよく飛び出した。

ブリッグスはもう一歩前に出ると、彼女の腰に手を回して自分の胸に抱きよせた。豊かな、やわらかい胸の感触。こちらを見あげたベアトリスの目は驚きと感動に満ちていて、ブリッグスは自分にも説明のつかない感情をかき立てられた。

そこでキスすることもできただろう。だがその代わりに、ブリッグスは暗い欲望に身を任せた。彼女の後頭部に手を回し、うなじに垂れる太い三つ編みをつかむと、力をこめて引っぱった。

10

ベアトリスの心臓は早駆けする馬の蹄《ひづめ》の音のように高鳴っていた。うなじの痛みが頭全体に広がり、ちりちりするような快感と、戸惑うような熱が押しよせてくる。

　そのときベアトリスが感じていたのは……勇気だった。強さだった。ブリッグスは彼女を強く抱きしめている。彼女にはなぜこんなことが起きているのか理解できなかった。どうしてブリッグスがこんなに近くに立っているのか、どうして心が乱れるのか、どうして彼にそんな力があるのか、理解できなかった。

　快楽と痛みはとてもよく似ている場合がある、とブリッグスは言っていた。体の奥がうずくような感覚は、その言葉が正しかったと告げていた。ブリッグスは私がこうなることを知っていたのだ、そう思うとベアトリスの心はさらに不穏に乱れた。

　ブリッグスは自信に満ちた燃えるようなまなざしでベアトリスを見つめていた。彼は知っていたのだ。私が泣いたり、身を引いたりしないと知っていた。それどころか、この体をもっと彼に押しつけたいと願うということを。

　彼のその自信が、ベアトリスから逃げる意志を奪った。

　その自信が、ベアトリスを魅了した。

　ベアトリスの炎をかき立てた。

　ブリッグスはもう一度髪を引っぱり、ベアトリスの顔をのけぞらせた。目の縁に涙がにじみ出たが、ベアトリスは耐えた。誇りが胸にあふれてきた。自分の強さが、自由が誇らしかった。

今この瞬間、私は強さと自由を証明している。ブリッグスに対して、そして私自身に対して。私を弱者とみなしたあらゆる人々に対して。

今この瞬間、私は戦士としての一歩を踏み出し、忍耐力を証明する。

そう思うだけで、無限の喜びが心を満たした。

次の瞬間、ブリッグスが彼女の唇を奪った。それは甘美なキスではなく、ベアトリスの想像を超越した激しく熱いキスだった。蹂躙《じゅうりん》だった。唇の巧みな動きに合わせて髪を引っぱられると、ベアトリスは溺れかけているような錯覚を起こした。

彼の舌が唇を割って入りこんでくると、ベアトリスの脚から力が抜け、ひざががくんと折れた。だがブリッグスは髪をつかんだ手を離さなかった。結果として髪はさらに強く引っぱられ、ベアトリスは彼の唇に覆われた口の中で悲鳴をあげた。ブリッグスのたくましい腕力のおかげで、ベアトリスは地面にひざをつかずにすんだ。ブリッグスはけっして私を地面に倒れさせたりしない。これまでの怒りの応酬を超越して、ベアトリスはそう信じた。

ブリッグスを信じた。

ベアトリスはそのままうしろに押し倒され、裸の石像にもたれかかる姿勢になった。大理石の冷たさが背中に伝わってくる。一瞬目を上げて石像を見ると、少しずつ腑《ふ》に落ちてきた。お腹《なか》に当たっている固いもの、それはきっと……。

その推測が正しいとしたら、石像のそれはブリッグスとは比べものにならない。

私にキスをしているブリッグス。これが現実だなんて信じられない。これはつまり……彼が私を求めているということなの？

ブリッグスは子作り以外の理由でも人は求め合うと言っていた。快楽と、そして痛みのために。

ベアトリスはドレスの胸元がシュミーズごと押し

広げられ、胸があらわになったのに気づいた。ブリッグスがほんの一瞬、身を引いて、彼女を見おろした。飢えた表情だった。

その表情がベアトリスに自信を与えた。体の奥深くに眠っていた古代の知恵が、この瞬間に目覚めたかのようだった。

いつの間にか戸惑いが消えていた。彼の唇が自分の唇と合わさり、彼の舌が自分の舌と絡み合ってなめらかに動いているという信じがたい現実が、霧を払うように謎を明かしてくれていた。なぜそんなことが起きるのかと聞かれたら、ベアトリスはわからないと答えただろう。ブリッグスの舌に舐《な》められたいなんて夢にも思ったことがなかったのに、今彼女はそれを欲しているのだった。そして自分も彼を舐めたいと欲していた。

ブリッグスが身を乗り出し、大きな手で彼女の胸を包みこんだ。そしてつねった。時間をかけて少しずつ、尖《とが》った胸の頂きをつまんだ指に力を加えていき、そのあと力を強くした。

ベアトリスは叫んだ。痛みが放射して体の隅々まで広がり、それに呼応するように両脚の間が反応する。まるで歓喜のコーラスのように、輝かしく鮮烈な喜びが体中で響き合った。

力が黄金の液体のように皮膚の上を流れ、全身を覆い尽くして、強化してくれるような気がした。

その瞬間、ベアトリスは本物の戦士になれた気がした。

体が軽い。怖いものは何もない。ブリッグスは反対側の胸にも同じことをしたが、今度はそれほど時間をかけなかった。ベアトリスの目をじっと見つめたまま、一気にひねりあげた。

ベアトリスは頭をのけぞらせて石像の腹部に乗せ、降伏した。目を閉じて震え、歓喜と痛みが混じり合って区別できなくなるのを感じていた。それらはもともとひとつのものだったのかもしれない。片方は忍耐力を示すためのもの、もう片方は忍耐に対する報酬だった。ブリッグスの唇は彼女の首筋へと下りていき、強く吸ってから、また唇に戻ってキスをした。ベアトリスは息苦しくなり、何も考えられなくなった。続いてブリッグスは彼女の唇を噛《か》みながら、またもや胸の頂きをひねりあげた。ベアトリスは自分の中で何かがほどけ、花開くのを感じた。その何かが波に乗って体中に広がっていく。もう息ができない。何も考えられない。ベアトリスは死にかけたときのことを思い出した。呼吸が止まりかけ、音も光もない空間へ漂っていったときのことを。

それから、花火が爆発するような感覚があった。自分より大きく偉大なものの幻が見える。それが収まると、ベアトリスはけいれんした。そしてずるずると石像から地面へとすべりおちた。

ブリッグスは彼女を見おろす位置に立っていた。その目には勝利と、畏敬に似たものがあった。

ブリッグスは前かがみになり、ベアトリスのあごをつまんだ。「よくやった」

ベアトリスは自分が震えているのに気づいた。寒さと、名前のわからない感覚のせいで、震えが止まらない。気づくとブリッグスの腕に包まれ、胸元に抱きよせられていた。ブリッグスは彼女を地面から抱えあげると、家の中に入り、階段をのぼっていった。ベアトリスの胸は激しく高鳴った。どこに連れていかれるのだろう。次に何が起こるのだろう。ブリッグスが入っていったのは、ベアトリスの寝室だった。彼女をそっとベッドに横たえる手つきは、ほんの数分前とは別人のようにやさしかった。

「おやすみ」と彼が言った。

「ブリッグス」ベアトリスは小声で言った。

「いいから、口を閉じて」

「でも……どうしてもききたいの。また娼館《しょうかん》に行くの？」

「さあね」ブリッグスの声には棘《とげ》があった。

「お願いだから行かないで」

「僕に答える義務はないんだよ、かわいい奥さん」

「わかってるわ。でも知っておいてほしいの。私が行ってほしくないと思っていることを知っておいて。聞きいれるかどうかは別にして」

「今夜はもう行かないよ」

　それが彼から引き出せる最大限の譲歩であることはベアトリスにもわかっていた。彼が娼館に行くのは、先ほどのような行為をするためなのだろうか？　ほかの女の人たちにあんなふうに触れるため？　そして彼女たちを……ブリッグスが自分に体験させたものを、ベアトリスには言葉にできなかった。もう一度体験してみたい気もしたけれど、同時に怖くもあった。あの焦りと、うずきと、体の奥のざわめき。

違う、私が一番ほしいのはそれじゃない。彼にずっと抱きしめてもらうことだ。ベアトリスはそうはっきりと自覚した。あの瞬間に感じた自信は、もう消えてしまっていた。今の私は……未完成だ。たまらなくみじめな気がした。

　強くなれた気がしたのは、ほんの一瞬。戦士になれたのも、ほんの一瞬。自分が女だと思えたのも、ほんの一瞬。今の私は元どおりの、ただのベアトリスだ。そう思ったとたん、どっと涙があふれてきた。

11

　ブリッグスは地獄にいるような気分だった。自業自得だ。昨夜自分ですべてを台無しにしてしまった。ベアトリスは……まるで女神だった。薄々そうではないかと思っていたのだが。親友の妹があれほど完全な倒錯癖を、自分の嗜好《しこう》にぴったり適した素質を持っているとは、なんという残酷な冗談だろう？　だがベアトリスはほんのわずかな痛みと快楽を与えただけで、この僕の腕の中で達したのだ。もっと強く、もっと速く追いこんでいたら、二人同時に高みに昇り詰めて……いや、それを考えてはいけない。

　今日は息子と過ごす日だ。

　ブリッグスはウィリアムをロンドン見物に連れていくつもりでいた。あの旅を耐えたご褒美だ。

　ブリッグス自身は少しばかり放蕩《ほうとう》というご褒美に耽《ふけ》ってから、昨夜の耽溺《たんでき》の名残をまったく残さずに、ブリガム公爵でありウィリアムの父親である自分に戻ることに慣れていた。耽溺は夜が明けても続くこともあったが、それでもしらふの自分に戻るのはたやすいことだった。だが、今日は違う。庭でベアトリスを相手に耽った放蕩の名残が消えない。

　〝妻を相手の放蕩だと？　お前はさらに堕《お》ちていくらしい、誰の想像も及ばないような深みに〟

　ブリッグスは心の声を笑い捨ててやりたかったが、笑えなかった。この状況はまったくもって笑えない。

　彼はウィリアムを見つけ、トーストとホットチョコレートの朝食をとらせてから、今日の行楽の計画を教えてやるつもりでいた。ウィリアムと一緒に行動する場合に肝に銘じておくべきこと、それは計画の遵守だった。失敗した場合、ウィリアムはあらゆる手段でそれが失敗だと思い知らせる。油断は絶対に禁物だった。

だが子供部屋に入ると、そこにはすでにベアトリスがいた。ウィリアムと並んで床に座り、なにやら靴について激論を戦わせているようだった。

「おはよう」ブリッグスは声をかけた。

目を上げたベアトリスの頬がさっと赤く染まると、ブリッグスは満足を覚えた。彼女もまた昨夜の名残を振り払えないでいるようだ。

昨夜のベアトリスは美しかった。

教えてやりたいものだ。

炎と興奮が血管に流れた。僕が教えてやりたい。ベアトリスが美しい生徒役だ。その彼女を……いや、やめろ。

「ウィリアムと散歩に行くかどうか話し合っていたところよ」ベアトリスが言った。

「今日は僕に提案がある」ブリッグスは言った。「ウィリアムをロンドン見物に連れていこうかと思ってね」

ウィリアムがさっと顔を上げた。彼を見つめる目には、はっきりと興奮が表れていた。ウィリアムは陽気な子供ではない。ほかの子供たちのように、喜びを体で表現するということがない。ブリッグスはほかの子供とつきあった経験がないが、息子が普通の子供と違うことは知っている。だが彼は、ウィリアムなりの喜びの表現を受けいれるこつを知っていた。その瞬間を宝物のように大事にするのだ。息子が喜びを表す瞬間は貴重で尊い。ブリッグスはときどきほかの父親たちを哀れみさえした。簡単に手に入るものの値打ちは低いから、彼らはわが子の喜びを自分ほど大事にできないだろう。だがブリッグスにとっては、息子の笑顔ひとつひとつが、黄金に値するものなのだった。

「今日の行動計画表も作ってきた」ブリッグスは言

った。

「何時？」ウィリアムが聞いた。

「まずはトーストを食べる。チョコレートを飲む。それから行動開始だ」

「何時？」

ここは慎重に答えなければならないところだ。彼は計画表をたしかめた。

「十時半に出発でどうかな？」

「いいよ」ウィリアムが賛成した。

「行くなら靴を履かなきゃね」ベアトリスは少しばかり勝ち誇ったように言った。

「靴は履くよ」ウィリアムはおかしなことを言うものだといいたげな表情でベアトリスを見た。ブリッグスは思わず頬をゆるめた。

「私もご一緒していいかしら」

「トーストを食べるのに？」ウィリアムがきき返した。

「今日の計画に、ご一緒してもいい？」ベアトリスはブリッグスに聞いた。

ブリッグスが断りの返事を口にする前に、ウィリアムが振り向いてじっと彼の顔を見つめた。こんなことはめったにない。ブリッグスは唖然《あぜん》とした。

「連れていこうよ」ウィリアムが言った。

「僕は」ブリッグスは言った。「男だけで行くつもりだったんだが」

「でもそれじゃ退屈だよ」ウィリアムが答えた。

「ベアトリスがいたら退屈しないよ」

「ベアトリスだって？」ブリッグスはきき返した。息子が彼女をどう呼ぶべきなのか、正解はわからないが、名前でないことだけはたしかだ。

「ええ、私がベアトリスと呼んでと頼んだの」

「僕たちは友達だからね」ウィリアムが言った。

「ベアトリスは僕をウィリアムと呼ぶんだ」

ブリッグスはこの鉄壁の理論に反論できない自分

に腹を立てた。

「だったらベアトリスも連れていくべきだろうな。ところで、お前に退屈な男だと思われているのなら、父さんは傷つくぞ」

「僕はベアトリスがいたら退屈しないと言ったたけだよ」

ブリッグスはこれにも反論できなかった。反論する代わりに、ウィリアムとベアトリスと一緒に朝食を取るために階下に下りていった。下にはウィリアム用のトーストと、コーヒーと卵料理と肉料理が三人ぶん用意されていた。

「三人で外出できるなんてうれしいわ」ベアトリスが言った。

「僕だって鬼じゃない」ブリッグスは言った。「せっかくウィリアムをロンドンに連れて来たんだから、街の見物くらいさせてやるさ」

「私もロンドンに連れて来てもらったけど、見物の仲間には入れてもらえてなかったわよ？」

「君にはいずれ街に出る予定があるからだ。舞踏会もあるし……」

「それとこれとは別だわ」

「君はロンドンが初めてなのか？」

「一度来たことがあるけど、見物はしなかったわ。ずっとヒューのタウンハウスにこもって過ごしたし、早めに家に帰されたわ。私の健康状態と、この街の空気の悪さが心配だったんでしょうね」

「ベアトリスは病気なの？」ウィリアムがひどく不安そうな顔をした。「僕の母上も重い病気だったんだよ」

ベアトリスははっとしたように顔をこわばらせた。

「いいえ、ウィリアム。私は重い病気じゃないの。子供のときに体が弱かったというだけ。それだけよ」ベアトリスはセレナがどんな病気だったのか知らないはずだが、それはウィリアムも同じことだ。

「よかった」ウィリアムはきっぱり言った。「ベアトリスには死んでほしくないからね」

「それを聞いてうれしいわ」ベアトリスが言った。

ブリッグスはベアトリスと視線を合わせた。彼女の頬がまた赤く染まった。

ウィリアムは今はトーストに夢中だが、十時二十九分きっかりになれば何をしていても切り上げて、時間だと言い出すだろう。

「昨日はよく眠れたかい」ブリッグスは挑発するようにベアトリスに聞いた。

「いいえ、あまり」

「気の毒に」

「独りでさみしかったわ」

「あれ以上一緒にはいられなかった」ブリッグスは自分の声がかすれたのに気づいた。

ベアトリスはじっと彼を見つめた。青い瞳はさまざまな疑問を秘めているように見える。「どうして？」

「覚悟もできていないのにそんなことを聞いてはいけないな」

「覚悟ならできてるわ。あなたもみんなと同じで、私を見くびっているのよ」

「見くびってはいないさ、君の健康状態を憂慮しているんだ」

「あなたは本当に私の健康状態を心配しているの？それとも兄の命令に従っているだけ？」

ブリッグスは眉間にしわを寄せた。「君が心配なんだよ。ケンダルの頼みを軽視するつもりはないが……」

「兄はここにいないわ。それに私は健康よ」

「君は自分がしたいと思いこんだことには、冷静な判断ができなくなるたちだ」

「それはひどいわ」ベアトリスは言った。「私だって自分で判断できるのよ。ひとりでいい、私を大人の女として扱ってくれる人はいないのかしら。あなたも昨日は女として扱ってくれたのに」熱を帯びた青い瞳がブリッグスを見つめた。「自分に都合がいいときだけ大人の女として扱って、ほかのときは被後見人に格下げするなんて、偽善的だと思わない？」

「みずから望んでされたことを、僕に責任転嫁するのは、偽善的じゃないのかい？」

「私はずっと同じことを要求しているのよ」ベアトリスが言った。「自分で考える頭をもっている人間として扱ってほしい。自分のことを自分で決められる自由がほしい。昨夜の行為はその要求と矛盾しないわ。私は自分がしたいことをしたんだもの」

ベアトリスは求めている。

僕は彼女が求めているものが何なのか、正確に知っている。

それを与えることもできる。

「そろそろ出発の時間だよ」ブリッグスが思ったとおり、ウィリアムは体内時計に教えられたかのように、出発時刻が迫っていることを大人たちに教えた。

ブリッグスは感謝した。このまま会話を続けるのは危険だった。昔みていた夢をまたみてしまいそうになる。みずからの意志で自分に服従する女性に出会えれば、自分をゆがんだ人間だと軽蔑せずにすむかもしれないという夢を。

金と引き換えに服従を差し出す女はいくらでもいる。だが彼の心の奥底から望んでいたのは……。

ベアトリスの顔に浮かんでいた飢えだ。

それでも、手を出してはならない。一線を越えてはいけないのだ。

家庭教師のアリスと従者たちを連れて、彼らは馬車に乗りこんだ。

ブリッグスは気づけば見とれていた。ウィリアムの顔に浮かぶ喜びだけではなく、ベアトリスの顔に浮かんだ喜びにも。

自分は初めてのものを見る喜びなどとうに忘れてしまったが、彼女にとってはすべてが新鮮なのだ。

ベアトリスは見るもの、聞くもの、すべてに感動している。ブリッグスは彼女にロンドンを見物させてやれたことをしみじみ誇りに思った。

そして当然のなりゆきで、昨夜彼女が示した歓喜に思いをはせた。自分の腕の中でベアトリスは絶頂に達した。彼女が前にもあの快感を味わったことがあるのかどうか、知りたいものだ。自分の指で。ブリッグスはその想像をおおいに楽しんだ。

ベッドに横たわったベアトリスが、自分の脚の間に指を……。

知りたいことは山ほどあるし、教えてやりたいことも山ほどある。だが、それは不可能なのだ。

〝なぜだ？　かつてお前自身が言ったじゃないか、子作りを避けてただ快楽を追求する方法も無数にある〟

確かにそうだ。だが、自制心のゲームにも限界はある。ブリッグスは自分を並外れて自制心の強い男だと思っていたし、実際に自制心を活《い》かしてベッドでの遊びを楽しみもしているが、最終的には女性の中に入りたくなるのが常だった。彼は挿入なしで済ませられる男ではなかった。もしもベアトリスを肉欲の遊びの相手にしたなら、ほかの女たちには最後までせずにおられない自分の性《さが》が、彼女を傷つけることになるだろう。だから最善の、しかも容易な道は、ベアトリスに触れないことだ。

〝もう手遅れじゃないのか？〟

手遅れではない。これから気を引き締めればいいだけだ。

一行が最初に向かったのはウェストミンスター寺

院だった。外側をひとめぐりする間に、ウィリアムは建築の特徴について説明し、建立の年代に関する豆知識を披露した。

次のセント・ジェームス宮殿では、遠くから敷地を眺めるにとどめた。ブリッグスはカンバーランド公爵に呼びとめられ、したくもない会話につきあわされるのがいやだった。

ウィリアムは網の目のように張りめぐらされた通りから、有名無名のさまざまな建築まで、ロンドンという街のあらゆる面に喜びを見いだした。息子が建築や文明の基本設備といった分野に詳しいことを承知していたブリッグスも、その博学ぶりにあらためて舌を巻いた。

ウィリアムはロンドンについて、ブリッグスが知らないことまで知っていた。一度知ったとしてもすぐに忘れてしまうような情報でも、ウィリアムは一度頭にしまいこんだら忘れないようだった。特に数字や日付に関しては、その傾向が強かった。

「今日はたくさんお勉強をした気がするわ」ベアトリスは笑顔で言い、顔をのけぞらせて太陽の光を浴びた。

なんという美しさだろう、とブリッグスは感嘆した。

もしベアトリスが社交界に正式にデビューしていたら、その年の花形になったのはまちがいない。どんな男にとっても垂涎《すいぜん》の的だったはずだ。公爵の妹で、莫大《ばくだい》な持参金つきで、文句なしに清純な、とびきりの美女。ベアトリスを田舎に閉じこめておくなんて宝の持ち腐れだ。なんという悲劇だろう。

だが今の彼女が幸せそうに見えることを、ブリッグスは喜んだ。

自分と一緒にいても彼女は幸せになれる。なにもいがみ合うことはない。ブリッグスは昨夜の彼女を思い出した。自分に向かって怒りを爆発させ、それから自分の腕の中で果てた彼女を。いや、だめだ。わざわざ火遊びをする理由はない。

純粋に彼女を大事にすることもできるはずだ。自分の欲望はもはや否定できないが、ただこうして一緒に過ごすだけで、満足することはできるはずだ。

彼女の面倒をみてやることで。

新しい景色を見せてやり、新しいドレスを買ってやることで。

「なんといってもローマが最高だよ」ウィリアムが初めて家を離れた七歳の子供とは思えない、権威ある口調で断言した。

「いつかローマにも行ってみたいわね」ベアトリスがブリッグスのほうを見ながら言った。

「多数決では敗色濃厚か」ブリッグスは答えた。「だが公爵の意見は常に通るものと決まっている」

「さあ、どうかしら」ベアトリスが言った。「ウィリアムだって交渉上手よ」

「ときにはね」

ベアトリスは笑った。「物も言いようで角が立つと言うけれど、ときどきは言いたいことを言うほうが気持ちがさっぱりして満足できるんじゃないかしら。たとえ結果的には損をしてもね」

「そうかな？」

「そうよ。ずっといい子でいるって、おそろしく退屈なことだもの」

「どうしてそう思うんだ？　君はずっといい子だったとは言えないだろう」

ベアトリスは驚いたようだった。僕がずっと彼女を見守ってきたことに気づいていなかったのだろうか？

「もちろん違うわ」ベアトリスは言った。「いい子でいることに興味はなかったから」

「君は生意気なおてんば娘だよ、知っていたかい？」

ベアトリスは鼻の頭にしわを寄せた。「それで結構よ。私はこれからも生意気なおてんば娘でい続けるわ。病気の哀れなベアトリスでいるより、そのほうがずっと面白いもの」

「君を病気の哀れなベアトリスなんて呼んだ人間がいるとは信じられないな」

「本当よ」ベアトリスは言った。「ヒューの家の使用人たちはいかにもそう思っているような声で私に話しかけたし、お母様もいかにもそう思っているような目で私を見たわ。お母様はいつも私がかわいそうだと言っていた。私はそれに飽き飽きしていた。いい子だと褒められることは多かったけど、それは私がまわりの人間に四六時中けんかを吹っかけたりしないという意味よ。自分の人生を自分で選ばせてもらえない人が、表立って反抗しない場合に、いい子だという褒め言葉を与えられるのよ」

「ベアトリス」ブリッグスが言った。「君は哀れまれるような人間じゃない。僕たちの人生にはあらかじめ設定された目標があり、僕らはそれが正解だと思わされている……」彼は胸壁の彫刻をじっくり観察しているウィリアムを見た。そして彼のしたいようにさせておいた。「僕は二十三歳になったときには目標をひととおり達成していた。妻がいたし、跡継ぎもいたからね。だがそれは僕に幸せを与えてはくれなかった。ウィリアムはまた別だよ。ウィリアムは僕に与えてくれた……」

ブリッグスは〝幸せを〟と言いかけて、その言葉は正確ではないと思い直した。父親であること、それは尽きせぬ笑顔の日々を意味してはいない。公爵である自分は、大勢の使用人にウィリアムの世話を任せっぱなしにしておこうと思えばできるのだが、それで何かが変わるわけではない。息子と、息子を気遣う気持ちが、頭から離れることはないのだから。息子と一緒に過ごすに越したことはない、というのがブリッグスの得た気づきだった。おそらく世の公爵たちは、これほど育児に時間を割いてはいないだろう。だが使用人たちの報告で息子を知るのではなく、自分の目で息子を見守り、直接に息子を知ることが、ブリッグスにとっては、ウィリアムはなんとかやっていけるだろうという実感を得る唯一の方法だった。今のように息子が何かに夢中になっている姿を見たり、息子の想像力を刺激したものの話を聞いたりしていると、きっとなんとかなるだろうという希望が生まれるのだ。

だから〝幸せ〟という言葉よりも……。

「深みを。息子が生まれる前にはなかったものだ。ウィリアムの父親であることは、たぶん僕の人生で最難関の挑戦だろう。だがそれが僕を人間として成長させてくれる。型どおりの正解の外にも幸せは存在する。型どおりの正解が常に幸せに通じるとは限らない。僕の最初の結婚は、幸せをもたらすものではなかった」

ベアトリスにはぜひ理解してほしい、とブリッグスは思った。今この瞬間だからこそ話せるこの思いを。こうして他人の目がある場所にいて、適度な距離感を保っていればこそ、ふだんは頭の片隅に押しこんである思いを口に出せるのだ。

彼らは歩き続けた。陽光が草に、花に、そして宮殿に降りそそいでいる。

「私たちの結婚はどうなるのかしら、ブリッグス？　昨日の夜以上のことは起きるの？」ベアトリスは彼のほうを見ずに聞いた。

ベアトリスが見ていないとしても、ブリッグスは彼女を見ていた。彼女の勇気と正直さが、太陽に照らされてまばゆく輝いているさまに、彼は感嘆していた。

そして自分を恥じた。

「残念ながら、起きないだろうな」

「あなたはそれを残念だと思う？」

「ベアトリス……」

「私は知りはじめたところなの。欲望というものを。誰かを欲することや、それが何を意味するかを。あなたは私に欲望を感じない？」

ブリッグスは爪が手のひらに食いこむほどこぶしを握りしめた。そうしないと彼女に触れてしまいそうだった。「感じていなかったら、昨夜のようなことにはならなかった」

「私はあなたの妻よ。どうして私に欲望を抱くことがそんなに問題になるの？」

「僕には君を守るという義務があるからだ。君がいくら腹を立てても、その事実は変えられない。ヒューは僕にとって大事な人間で、これはそのヒューとの約束なんだ」

「これは兄の人生じゃない。私の人生なのよ」

「そして僕は君の夫だよ。だから君の人生は僕のものだ」

「新鮮な結論ね」ベアトリスは皮肉った。

「君は世間というものを知らないのさ。僕たちは僕たちなりに幸せになれるんだよ。でもそのためには君が僕を信じてくれなくちゃいけない」

ベアトリスは彼を見あげたが、その目には疑いがありありと浮かんでいた。ブリッグスは我慢できなくなった。手を伸ばして彼女のあごを持ちあげ、親指と人差し指で強くつまんだ。「僕を信じなさい」

ベアトリスは目をそらした。「信じられる気がしないわ」

「信じられるさ。昨日の夜だって君は僕を信じていた」

ベアトリスがさっと彼に視線を戻した。「あのときは……」

ブリッグスは手を離した。「この道を行こうか、ウィリアム。セント・ジェームス・パークを見たくないか？」

「見たい」ウィリアムは、すべてがうまくいっている子供ならではの早さで返事をした。

いや、すべてがうまくいっているというのは言いすぎだ。ウィリアムは今、困難な事柄に邪魔されない空間にいる、というほうが正確だろう。

ブリッグスにはよくわかっていた。彼は読書と蘭《らん》の世話にしか平穏を見いだせなかった子供時代を忘れていない。自分にとって重要な事柄に専念できているときは頭の中が心地よく感じられる。

反対に、今起きていることを頭の中でうまく処理できないときは外界が耐えがたく感じられる。

わざと無作法なふるまいやずれた行動をしているのではない。脳内で奇妙な並べ替えが起きて頭の中の全情報が過密状態の一角に追いやられ、思考が散逸して収拾がつかなくなってしまうのだ。

今はかつてより自分を制御できるようになった。だが、ただただ感情に翻弄されるしかなかった頃のことを忘れてはいない。

彼らは公園に向かって歩き出した。隣にいるベアトリスの向こうから風が吹いてくる。ブリッグスは彼女の香りを無視しようと努力した。耳たぶの下に一吹きしたらしい薔薇《ばら》水の香りではない。これはベアトリスの肌そのものの香りだ。

セント・ジェームス・パークは晴天を活用したい人々で混み合っていた。あわよくば重要人物の目に留《とど》まろうと散歩に出てきた社交人種の見本市だ。ブリッグスはこういう慣習に我慢できないたちだった。若くして結婚した理由はそこにあったのかもしれない。結婚市場や、そこでの駆け引きを面白いと思ったことは一度もない。

今はベアトリスという妻が隣を歩いているおかげで、娘の結婚相手を血まなこで探す母親たちに行く手を遮られずに済んでいる。

ベアトリスは公園の景観を楽しんでいるようだ。喜びが彼女をいっそう美しく見せていた。ブリッグスは男たちの妬ましげな視線が突きささるのを感じた。

　襟ぐりの深い流行のドレスがベアトリスの魅力をさらに強調している。たわわな胸がどれだけ悩殺的か、指でひねりあげたことのあるブリッグスはよく知っていた。

　体の奥で欲望が野獣のような咆吼《ほうこう》をあげた。白日の太陽の下、大勢の人間の目があり、息子がすぐそばにいるというのに。

　こんなことは初めてだった。

　ブリッグスにとって欲望は、日常とは切り離されたものだった。欲望は非日常、金で買う商品だった。自分と同じ嗜好を持たない女性に自分の欲望をさらけ出し、無防備な自分を見せることは二度としないと誓ったのだ。

　だがベアトリスは同じ嗜好の持ち主だ。

　彼と同じ欲望を抱いている。

　だから狂おしいほど欲しくなる。

　今までは娼婦《しょうふ》相手に欲望を発散すれば事足りていた。関係者全員にとって、そのほうが都合がよかったのだ。

　だが今は渇望してきたものが目の前にある。現実には存在しないと諦めていたものが。同じ欲望を抱いている相手と人生を共にできる可能性が。

　その可能性が自分の弱みを突いてくる。

　心に揺さぶりをかけてくる。

　腹立たしい事態だ。

　だがブリッグスは自分の渇望を否定し続ける自信を失いかけていた。

　ウィリアムが芝生を走りだしたが、ほかの子供たちの集団に加わろうとはしなかった。

「ウィリアムはほかの子供たちが好きじゃないのか

しら？」

「子供どうしで遊んだ経験がないんだ」ブリッグスが言った。「だがもし……遊びたいと思ったら、そう言うだろう」

「仲間入りしたそうには見えないわね」

「ああ。僕もそうだった……学校でも仲間が欲しいとは思わなかった」

「何歳で入学したの？」

「十四歳で。それまでは家庭教師に教わっていた」

「どうしてその年になるまで行かなかったのかしら」

ブリッグスは笑った。「ブリガム公爵の決定に異論を唱える人間なんていなかったからだよ。僕ではなくて父親、先代ブリガム公爵の話だが。彼にものを言える人間はいなかった。死んだ今では当然だが、生前も同じだった。父は僕を恥さらしだと思っていたから、僕を学校にやって自分が恥をかくのがいやだったんだ」

「まさか、そんな……」

「父はそういう人間だったんだ。父が死ぬまで僕は学校に行けなかった」

「なんて……なんてひどい人なの」ベアトリスが言った。

「父は善人ではなかったな」

「私の父も同じよ」ベアトリスは顔をしかめた。「ひどさの種類は違うけれど。先代ケンダル公爵の悪評はあなたの耳にも入ったでしょうし、ヒューを見ていればわかるわよね、兄は父が汚した家名と爵位を回復するのが自分の責務だと思っているの」

「わかっているよ」ブリッグスは言った。「それが君と結婚した理由のひとつでもある。ヒューは名誉をなにより重んじているから。名誉と、正しさをね」

「その正しさは社交界が定義したものよ」

「だから意味があるのさ」

「表面的にはね。でも、真剣に考えると……」

「真剣に考えたところでいいことはないよ、ベアトリス」

「本当にそうかしら」――

「本当にそうだとも」

「でも、あなたも言ったじゃない……」ベアトリスは周囲に同じ年頃の子供たちがいても、ひとりの喜びに浸りきっているウィリアムを見た。「正解の中に幸せが見つからない場合もあるって」

「ああ、言ったよ。だが、重要なのは社交界の決まり事に従うことじゃない。従うふりをすることだ。ロンドンの繁華街には、そういった……虚礼とは無縁の場所がある。そこを訪れる者は……ありのままの自分をむきだしにする」

「まあ」ベアトリスは好奇心をあらわにした。

「レディの行く場所ではないが」

「本当に行かないのかしら？」

「夫に手綱を握られている場合は行かないな」

実際、ブリッグスがよく足を運ぶクラブには、レディの顧客も大勢いる。ほとんどは未亡人だ。彼女たちのお目当ては男娼だが、娼婦を買うレディもいる。ブリッグスはロンドンの賭博場や娼館では何が起きても驚かないことにしていた。彼のもともとの性格がそうさせるだけかもしれないが。

もちろん、若い頃は彼も真剣に考えていた。自分はどこかおかしいのではないかと。

少年時代の彼は女性にキスするだけでなく、乗馬鞭《むち》で打ちたいと望んでいた。

本や絵の中には同好の士が見つかり、それが自分だけの特殊な性癖ではないらしいとわかった。娼館へ行くと、実際に確かめることもできた。ブリッグスが特別に気に入っている思い出は、学校の長期休暇に旅に出たときのものだ。パリの悪名高い娼館で差し出されたメニューには、十六歳の彼には思いもよらない行為が並んでいた。

彼はそれをかたっぱしから試していった。金も自由もたっぷり持っている少年に、試してみない理由はなかった。

娼館は彼に暗い欲望を追求する場所を与え、同時にルールを教えてくれた。

そこで学んだルールは、彼のような人間には必須のものだった。

彼は女性もそれを楽しめることを知った。だから確信していたのだ、きっとセレナも……。

「問題は、そういう場所は背徳の巣だということだよ、ベアトリス」

「私の健康状態を考えると、そんな背徳は体験させられないと言いたいの？」

「もちろん君の健康状態も考えているが」とブリッグスは言った。「もしも君をそういう場所へ連れていったことがケンダルに知れたら……」

「娼館へ？」

昔、パリの娼館に同行したのはそのケンダルだったというのに。ブリッグスはベアトリスと同じくらい、世の偽善者たちに腹を立てたい気持ちになった。

「兄はあなたを殺すでしょうね」ベアトリスの声はやや楽しげだった。「まちがいなく」

「僕はヒューに殺されるのはいやだね。殺されてもいいのなら、そもそも君と結婚しなかった」

「要は、社交界にはたくさんの決まり事があるけれど、社交人種の半分はそれを守っていないということなんでしょう？　だったら、その決まり事には何の意味があるの？」

「僕たちと動物を区別するためだろうね」

「コルセットと同じで？」

「ああ、コルセットと同じだ」

「大人になれば、そして結婚すれば、世界はこんなに謎だらけで不公平な場所じゃなくなるんだろうと思っていたわ。女というだけで不公平な目に遭うことはないんだろうって。魔法のような瞬間が訪れて、その瞬間にすべての知識の扉が開くんだろうって。でも、そうじゃないのね？　私はこれからもずっと……半分空想の中で生きていくしかないんだわ。それも楽しい空想じゃないのよ、だって私は知らないんだもの……」ブリッグスを見あげたベアトリスの青い目に涙がこみあげた。「自分が何を欲しているのかさえ知らないの。私とあなたの欲望は永久に中途半端なままなんだわ。庭で過ごした時間、あれが最後なのね」

　ベアトリスは彼から離れ、ウィリアムのそばにしゃがみこんだ。ウィリアムは彼女に楽しそうに話しかけている。

　そしてブリッグスは……公爵であることの無力さを噛《か》みしめていた。この地位と権力をもってしても、ベアトリスの望んでいるものを与えられないとは……。

　意味のないことを考えるな。自分の不運を嘆くような人間にはなるな。世界は冷たい場所だ。与えられたものを受けとるしかない。それができなければ、死ぬしかない。

　妻がかつてそうしたように。

　いや。セレナはもう自分の妻ではない。ベアトリスが妻なのだ。

　ベアトリスという妻については、考える意味があるだろう。

12

ロンドンに来て二日目、ベアトリスはウィリアムに付き合ってグローブナー・スクエア周辺のタウンハウスが立ち並ぶ一帯を延々と歩き回った。三日目にはお茶を飲みに出かけた。子供をそういう店に連れていくのは洗練された行為とは言えなかったが、彼女は気にしなかった。

帰宅するとベアトリスは寝室に行った。レディとして初めて出席する舞踏会用のドレスに着替えるために。

そこで自分は踊るのだ。

昔からの願いがとうとう叶《かな》うのだ。

体の寸法だけをベアトリス本人よりも先にロンドン入りさせて作らせた服は、どれも体にぴったりだった。ブリッグスの富と地位がものをいって、縫い目ひとつたりともおろそかにされてはいなかった。侍女の手を借りてベアトリスは金色のドレスを身に着けた。スカート部分の薄手の生地にはきらきら輝くビーズがちりばめてあり、襟ぐりの深い胴着の襟元には星々が刺繍《ししゅう》されている。凝った形に結いあげた髪にも、星の髪飾りがつけられた。

ベアトリスは初めて自分を美しいと思った。

今まで自分の体の外見を気にしたことはなかった。最初、自分の体に抱いていたのは怒りだ。弱く、落胆の対象でしかない体。だがその奥に秘められた力、痛みに耐えられる強さに気づいてからは……命を奪おうとするあらゆる病にも負けない自分の体に感謝するようになった。

私は美しい、でもそれに何の意味があるだろう。

夫のいる女性を見て恋に落ちる男性はいないだろう。

夫本人ならなおさらだ。

　ブリッグス。

　息が止まりそうになり、ベアトリスは鏡から目をそらした。

「ありがとう」侍女に声をかける。「これでいいわ」

　華やかな緋色《ひいろ》のケープ付きマントをはおり、ベアトリスは寝室から出た。ちょうどブリッグスが自分の寝室を出てくるところだった。

　彼はまぶしかった。いつもどおり黒ずくめで、ブリーチズが焦らすように脚の輪郭を見せている。ベアトリスが彼の体に抱く疑問は以前より増えていた。なにより好奇心をかき立てるのは服の下に隠れているものだ。

　彼は一瞬熱のこもった視線を向けてきたが、その熱はすぐに冷め、いつもの超然としたまなざしが戻ってきた。

「支度はできたようだね」

「ええ」ベアトリスは答えた。「できてるわ。支度はできたのかと聞かれなくてよかったわ、できてないように見えてるかもしれないってことだもの」

「会場中の注目を集める支度が整っているように見えるよ」

「ありがたいお言葉だわ。注目を集めたら、そのあとはどうしたらいいかしら？」

「嫉妬を存分に楽しむといい」低く豊かな声が、ベアトリスの肌をかすめるように撫《な》でていった。「同じ部屋にいる男全員の心を奪い、女性陣の怒りの的になる機会なんて、そうはないからね」

　ベアトリスはそれを褒め言葉と受けとってうれしくなったが、同時に体が震えだした。

「でもそれはただの空想じゃない？　ほかの人が考えていることを想像するのは」

「空想では満足できないのか？」

「たぶんもう飽きたんだわ、ずっと空想しかしてこなかったから」ベアトリスが求めているのは現実だった。

生々しい現実が欲しい。快楽と痛みが欲しい。この体で感じたい。甘い夢はもういらない。

私は生きたいのだ。

二人は玄関を出た。馬車の扉をベアトリスのために押さえたのは、従僕ではなくブリッグスだった。車内で二人きりになると、ベアトリスは肺の中の空気がすべて奪われたような気がした。彼が近くにいると……平常心が保てない。さまざまな願いが胸の中で入り乱れた。

「子供の頃は夢みることしかできなかったわ」

「今夜の舞踏会は夢じゃない。現実だよ」

「私と踊ってくれる？」

「一曲でいいかな」

「だめよ」ベアトリスはきっぱり言った。「これは昔からの夢なんだもの。舞踏会に行くと、ハンサムな男性が部屋の反対側から私を見つめてくるの。二人の間の距離を埋めて私をこの腕に抱かなかったら自分の人生は完成しないと思っているような目で。馬鹿な夢だということはわかってるわ。ジェームスと結婚する計画を立てていた頃にはもうわかっていた。でも、ブリッグス……どうか……どうかお願い。ほかには何もしてくれなくてもいいわ、だからこの夢だけは叶えて」

なんて愚かなのだろう、こんなふうに懇願するなんて。でもどんなに愚かでも、これが私の人生なのだ。今まで私のことはまわりの人たちが決めてきた。自由は求めても与えられないものだった。

懇願しなければ欲しいものが手に入らないのなら、私はそうする。

「君が満足するまで、いくらでも踊ってあげるよ」

ブリッグスにかすれた声で言われると、興奮が彼女の体を走り抜けた。

まるで私を大事だと思ってくれているような声。

ベアトリスは希望を抱いた。

目的の屋敷に到着すると、二人はきらびやかな舞踏室に通された。智《ち》天使ケルビムが描かれたフレスコ画は、メイナード・パークの半分も美しくなく、バイビー・ハウスの半分も艶《なま》めいていない。

だが感じはよかった。

ベアトリスはぞくぞくしていた。見知らぬ場所、見知らぬ舞踏室にいるなんて。知らない人々と一緒に、パーティーに出ているなんて。

しかも目立たない片隅に引っこんでいるのではなく、正式なお客として参加しているのだ。兄の開いたパーティーで自分の破滅を計画した日が遠い昔のように思えた。さて、社交界は私をどんなふうに迎えるのだろう。

心配は無用だった。ブリッグスが男性のグループに呼びとめられると、ベアトリスはすぐさま彼らの妻君たちにつかまった。

「あの方が再婚するなんて思いもよらなかったわ」

そう言ったのは、レディ・スマイスだった。

「本当に予想外だったわね」レディ・ハンニバルが相づちを打った。「いかにも独身貴族って感じだったもの」

「あの、私たちの結婚には少し事情が……」

「ええ、ええ」ロックスベリー子爵夫人がその先を引き取った。「事情とやらは全部聞いていてよ」

ベアトリスは自分に下される審判を待ち受けた。

「賢い人ね」子爵夫人が続けた。「ああでもしなければ、あの方は誰にも落とせなかったでしょうよ。彼はあなたのお兄様に敬意を抱いているのだから、ああいう形で射止めるのが一番利口だったのよ」

彼女たちが私を話題にするのはこれが初めてではないらしい、とベアトリスは察した。冷やかしまじりの称賛は、これまでにも何度か口にされたような感じがしたからだ。

　だがベアトリスは悪意を向けられているとは感じなかった。彼女たちは自分を嫌っているのではなく、むしろ興味津々のようだ。

「ええ、私は……ブリッグスとは昔からの知り合いで」ベアトリスはこの場にはふさわしくないあだ名を口にしてしまったことに気づいて、急いで言い直した。「昔からブリガム公爵は立派な男性だと思っていました」

「あんなにぴったりしたブリーチズが似合うんだもの、さぞかし男性としてご立派でしょうね」レディ・スマイスが含みのある笑みを浮かべた。

　ベアトリスの胸に嫉妬が湧きあがった。夫に不届きな視線を向けたレディ・スマイスが許せなかった。

　妻なのに夫がブリーチズを脱いだところを見たことがないから、余計に腹立たしいのかもしれない。

　そう思うと、憤りと、それ以外の名前のわからない感情が襲ってきて、全身が熱くなった。

　それでもなんとか顔に貼りつけた笑みを崩さずにいると、ありがたいことに話題がそれ、気づけばベアトリスは他人のゴシップをおおいに楽しんでいた。彼女はこのグループにすっかり溶けこんでいた。

　それは新鮮な感覚だった。私はずっとこれを求めていたのかもしれない。魔法のような夜会の雰囲気に浸ることを。そして自分が……一人前だと感じることを。

　自分とブリッグスの結婚が名ばかりのものであることは、ほかの誰も知らないのだ。

　彼女たちはベアトリスを一人前の既婚女性として扱った。男女の秘密を知っている女性として。

　今の自分は対等な扱いを受けているのだった。病気の哀れな子供としてではなく。

　さらにワルツが始まる時間になると、ブリッグスが振り向いて視線を合わせてきた。そして情熱を秘めたまなざしで見つめたまま、距離を詰めてきた。

「話の邪魔をして申し訳ないが、妻と一曲踊らせてもらいたい」彼はベアトリスから目をそらさずに、彼女の新しい友人たちに言った。「一曲ではすまないかもしれないが」

　ブリッグスにダンスフロアに連れ出され、腕の中に抱かれると、ベアトリスの体に震えが走った。いきいきと踊る楽しさに、ベアトリスは思わず声をあげて笑った。

　すぐにブリッグスも笑いだした。ダンスフロアをくるくる回転しながら、ベアトリスは自分を支える彼の腕の力強さをうれしく思った。ダンスのパートナーとしてブリッグスはすばらしかった。

　違う、ブリッグス自身がすばらしいのだ。

　ベアトリスは彼の顔の輪郭や、意志の強そうなあごの線や、長いまつげにふちどられた目をじっくり観察した。

　そして彼の唇を。ベアトリスはその唇の味を知っていた。たった三日前、それまで誰かとすることはおろか、想像すらしていなかったようなやり方で、彼とキスしたのだ。

　だがそこで、ベアトリスの頭をある考えがよぎった。彼の唇を味わった女性はほかにもいる。キス以上に親密な行為を交わした女性たちが。

　考えただけで喜びがしおれ、悲しみが胸を刺した。

　いいえ、そのことは今は忘れておこう。それはただの空想。憶測。今この瞬間は現実だ。ブリッグスが私を腕に抱いていて、音楽が二人のまわりを漂っていく、今この瞬間こそが。

　甘く伸びやかなメロディは、二人のために作られたかのようだった。

　他人など問題にならなかった。ブリッグスは嫉妬を楽しむといいと言っていたが、ベアトリスはそんなものは気にしていなかった。完全に忘れていた。意識しているのは、今この瞬間に起きていることだけ。ブリッグスに抱かれているということだけ。彼に密着していると、吸いこむ空気の大半がスパイシーで男性的な香りからできているように思えた。ブリッグスの、彼だけの香り。

ベアトリスは彼のたくましい首筋の筋肉と、喉仏に目をやった。見てしまうと、舐《な》めてみたくてたまらなくなった。

二人はパートナーを替えずにずっと一緒に踊り続けた。ベアトリスはそれでじゅうぶんだった。ほかの男性にはなんの興味も持てなかった。

それは悲しいことなのかもしれない、とベアトリスは思った。誰かと恋に落ちるという空想が叶わないままに消えてしまったからではない。ブリッグス以外の男性と恋に落ちたいなんて思ったこともないのだから。悲しいのは、ブリッグスと結婚したからだ。ずっと胸の奥にしまいこんで、口にしたこともなかった想《おも》い……ひそかな憧れは現実になった。お菓子をお土産に訪ねてきてくれていた頃から、彼は特別だった。ずっと彼が欲しかった。

今はもう空想の余地はない。彼は私の夫だから。なのに本当の意味で彼が私のものになることはないのだから。

〝でも今夜、彼は私と踊っている。今夜の彼は私のもの。私は痛みに満ちた瞬間を無数に生きてきたのよ、それなのにこの瞬間に没頭しないでどうするの？〟

ベアトリスは心の声に従った。音楽と、彼の腕と、ステップ以外の、すべてを忘れた。

ブリッグスはベアトリスに圧倒されていた。妻は美しい。舞踏会の行われる屋敷に着いてケープ付きのマントを脱いだ瞬間、覆い隠されていた秘密があらわになった。彼は自分の話し相手の男たち、ベアトリスの胸元の玉のような柔肌を飢えた視線でむさぼる学生時代の友人たちを殺してやりたくてたまらなかった。

気持ちはわかる。彼らの妻がこれほどの美女だったら、自分も同じように視線でむさぼっていただろう。だがそんなことはあり得ない。この部屋にベアトリスと比べられる女性などひとりもいない。

そして今、こうして踊っているときの彼女の顔の輝き……それはブリッグスの内側にある何かに火をつけた。

彼は怒りを感じた。怒りの矛先は自分、世界、そしてなによりこの状況に屈してしまいたがっている自分の意志だった。僕はそんな男ではなかったはずだ。不運を嘆いて時間を無駄にするような男ではなかったはずだ。だがどうしても未練を断てない。

ベアトリスが欲しい。欲しくてたまらない。

潤って迎えいれる準備ができたベアトリスの体に、この身を沈めたい。同時に彼女にも快楽を味わわせたい。

ベアトリスを服従させたい。

彼女は僕のために生まれてきた存在だ。人生を通じて痛みの技術を磨いてきたベアトリス。

彼女なら理解できる。僕が求めるものは、そのまま彼女の求めるものだ。

だがベアトリスという貴重な贈り物は、相応の犠牲を払わなければ手に入らない。

彼女の命だ。それはベアトリスの命なのだから、どうするかはベアトリス自身に決める権利がある。

もし彼女がほかの男と快楽を味わおうと決めたのなら、止めるすべはないだろう。ただし、ほかの男どもには彼女を満足させる方法などわかるはずもないのだが。

僕ならわかる。ベアトリスと自分は、おたがいのために生まれてきた倒錯者なのだ。

二人でどこまでいけるか、試してみたい。

夜じゅう妻と踊り続けるよりも野暮《やぼ》なことがあるとすれば、それは妻と一緒に舞踏室をこっそり抜け出す姿を目撃されることだ。

だがその曲が終わったとき、ブリッグスはすでにそうすると決めていた。

「散歩に出ないか？」彼は言った。

「散歩？」

引き返すなら今だった。だがベアトリスはここにいて、彼のものになりたがっている。ブリッグスはそれを感じとっていた。以前彼女自身がそう言っていたし、彼女の体も彼に対する欲望を示していた。どうしてそれを信じてはいけないのだろう？

だが信じたいと思わせているのは自分の弱さ、身勝手さなのかもしれない。理解してくれる女性にどうしても出会いたいと思い詰めていた少年の未練なのかもしれない。

そんな女性は存在しないのだ。愛など存在しない。普通ではない部分も含めて自分のすべてを受けいれてくれる人間がどこかにいると信じられるほど、今の自分はうぶではない。

だが確かにベアトリスは、彼の普通ではない部分を欲しているし、ブリッグス自身もそれを与えたいと思っているのだった。

それを与えずにいるには、彼はあまりに無力すぎた。

「庭に出よう」

「ここにも庭があるの？」

「どこの屋敷にだってあるさ」ブリッグスは言った。

「あら、どうして？」

「庭がなかったら、放蕩《ほうとう》者が無垢《むく》な女性を小道に連れ出せないじゃないか？」

「そういえばヒューがエレノアにそんなことを注意

していたわ」

「君はされなかったのか？」

　ベアトリスは苦笑した。「ヒューは私にはそんな注意は必要ないと思っていたのよ」

「注意しておくべきだったな。そうしたら君は僕に抱きつかなかったかもしれない」

「あのときは相手があなただって知らなかったわ」

「本当に？」ブリッグスはささやくように言った。

　ベアトリスの体の震えが伝わってくる。それはブリッグスが聞かずにおこうと思っていたのに、つい口に出してしまった問いだった。「さあ、おいで」

　二人は大きな二重扉から、外の闇の中に出た。銀色の糸のような細い月が出ている。星も同じ銀色に輝いていたが、ベアトリスの髪に飾られた星々のほうがずっとまばゆかった。

　ブリッグスはずっとその星の髪飾りが気になっていた。輝く星々はベアトリスの頭からピンを外し、流れ落ちる髪を手ですくってみなさいと誘っているようだった。

「ブリッグス……」

「舞踏会の夢は叶ったかい？　部屋の向こうから、君の魅力には逆らえないという目で見つめてきた男はいたかい？」

「ええ」ベアトリスはかすれ声で答えた。

「僕は君の魅力に逆らえないよ」

　ベアトリスがさっと彼を見た。その目は大きく見開かれ、か細い月光の下でもきらきらと輝いていた。

「冗談でしょう」

「本気だよ、ベアトリス。でなかったら君を外に連れ出したりしない」

「散歩がしたいのかと思っていたわ」

「散歩がしたければ好きなときにグローブナー・スクエアを歩くさ。僕が君としたいのは、散歩じゃない」

「私に何をさせたいの？」ベアトリスの声がかすれた。

二人は庭の奥へ歩いていった。彼女の質問に答える危険を冒す前にもっと奥へ行くべきだとブリッグスは心得ていた。

「君に何をさせたいかって？」自分たちの姿が生け垣にすっかり隠れてしまうと、ブリッグスは彼女の質問をくり返した。「全部だよ。何ひとつ省略しない。まずは君を僕の前にひざまずかせようか、公爵夫人。そして僕の命令すべてに従わせる。躾《しつ》けてくださいと懇願させ、男心をたぶらかす美しさにお仕置きを与える」

彼女の息づかいが速くなったのがわかった。脈拍の速さまで伝わってくるようだった。「君は僕たち二人をこんなふうにした自分にお仕置きを与えてほしくてたまらない、そうだね？」

「私……わからない」

「わからなくていい。君はただ〝はい、公爵閣下〟と答えればいい。答えは一種類しかない」

ベアトリスは答える前に息継ぎをした。星のまたたきほどの短い時間だったが、永遠に等しい長さに思えた。

「はい」ベアトリスはささやいた。「公爵閣下」

ブリッグスの血がたぎった。強く脈打ちながら体内を駆け抜ける興奮に思わず溺れそうになる。

角を曲がった先に、ベンチがあった。人目につかない、完璧な配置だ。ほかの恋人たちが逢引《あいびき》に出るにはまだ早い時刻だ。少なくともブリッグスはそう願った。

いや、他人に見られてもかまわない。

ベアトリスは自分の妻なのだ。

「でも、この庭では」ブリッグスは言葉を継いだ。「君に与えたいと思っているものを全部は与えてあげられない……ここではね」

「どうして焦《じ》らすの？」かすれた声が聞いた。

「焦らしているつもりはない。僕は真剣な話をしてるんだ」ブリッグスは答えた。「とても真剣に」ブリッグスは彼女のあごをつかんで顔を上向けさせ、キスした。キスなら以前にもしたが、このキスはそれとは比べものにならなかった。今夜……ブリッグスは慎重さを捨てていた。

そのキスはベアトリスの欲望に火をつけると同時に、彼を求める気持ちを癒やすものだった。それは痛いキスだった。ブリッグスがベアトリスの口の奥へ舌をすべりこませ、下唇を噛《か》み、強く吸うと、彼女はあえぎ声を漏らした。

ベアトリスはなんの技巧も知らなかった。だがその欠落を情熱で埋め合わせた。彼女はあえぎ、体を弓なりにそらせながら、もっと彼に密着しようとした。すべてを与えてほしいというように。

「落ち着け」

その言葉にベアトリスは従った。彼の声に備わる支配者の響きは、彼にもたれかかったベアトリスの全身から力を抜かせた。

「君の欲しいものは与える。約束する」

ベアトリスがすすり泣くと、ブリッグスはもう一度彼女の唇を噛んだ。「僕を疑ってはいけない。信じるんだ」

ブリッグスは手を下ろし、ドレスの布地とやわらかな胸の境界に触れた。指を布の下に入れ、丸いふくらみにそってゆっくり動かすと、彼女の肌に鳥肌が立つのがわかった。

肌着の奥で乳首も尖《とが》っていることだろう。ドレスの上だけを脱がせ、あらわにした両方の乳首を吸いたいところだが、今はだめだ。ここで彼女を裸にするわけにはいかない。

撫でるような軽い触れ方は本来彼の好むところではなかったが、ベアトリスがもどかしげに焦《じ》れる様子は楽しめた。

「お願い」彼女が懇願した。「お願い」

「僕がいいと言うまではだめだ。僕の許しがあるまでいってはいけない。君は僕のものだ。僕の妻だから」言葉にすると、興奮が稲妻のように彼の体を走り抜けた。「君の満足は僕の責任だ。君にとってはご褒美だ。僕が許すまで、求めてはいけないものなんだ。僕が何を言いたいのかわかるだろう？　君が絶頂に達する話をしているんだよ。うちの庭で、僕の腕の中で、感じたことがあるだろう」

「ええ」ベアトリスが息も絶え絶えで答えた。「わかるわ」

「前にも感じたことはあるのか？　ひとりで部屋にいるとき、両脚の間を指で触ってみたことは？」

「私……」

「君は賢いお嬢さんだ。痛みが力を与えてくれることを自分で発見した。さぞかし刺激的だっただろうね。自分の脚の間に触れるとどんな刺激があるのかは発見したのかな？」

ベアトリスは首を横に振った。「いいえ」

「そうか。ではどんなことをしていた？　ひとりで部屋にいるときだ。眠れないときは何をしていた？」

「ときどき……爪を手のひらに食いこませたわ。不安なときはそうするの。あの舞踏会の夜にもそうしたわ、計画を実行する勇気を出そうとして……」

「なるほど。では君は自分自身に痛みを与えていたが、それに快楽はともなっていなかったんだな」

「痛みが好きなの」

「いい子だ。僕もそうだよ」

「あなたも……あなたも自分に痛みを与えるの？」

ブリッグスはくすくす笑った。「いいや。僕は他人に与えるのが好きなんだ」

ブリッグスは薄暗がりの中でベアトリスの表情が

変わったのを見逃さなかった。彼の答えは彼女を怯《おび》えさせると同時に興奮させたのだ。

「でも今は」彼は続けた。「別のものをあげようか」

ブリッグスは顔を下げ、ベアトリスの鎖骨に歯を立てた。跡が残らなければいいが、という考えが、手遅れになってから頭をよぎった。もし残っていたら、すぐにケープを取ってこさせなければ。

ブリッグスは女性の肌に跡を残すのが好きだが、舞踏室に戻る前に妻の肌に跡を残すのは、さすがにためらわれた。

ブリッグスはベアトリスをベンチに座らせた。本音を言えば、女性にひざまずかせるほうが好みだが、これからする行為にどんな効力があるかはよく知っていた。ほとんどの男はそれをしたがらないか、技巧が熟達していないかだ。

女性に快楽を刻みつけると同時に、自分に対して同じことをさせる手ほどきにもなるその行為は、非常に効果的だ。

快楽は一定の限度を超えると責め道具になるのだが、この行為はそれを実行する最も効果的な手段のひとつであることを、ブリッグスは知っていた。

ここで過ごせる時間は残り少ない。だが、じゅうぶんだ。

ブリッグスは彼女の前にひざまずくと、ドレスのすそをひざの上までめくりあげた。ベアトリスがひざをかたく閉じた。

「どうした？」

「私……」

「かわいい子だ」ブリッグスは言った。「君は本当に無垢なんだな」

ベアトリスはうなずいた。「あなたが知っているとおりよ。私が無垢でないのは、あなたの手が触れた場所だけ」

「それを聞いてうれしいよ。君のあらゆる場所に僕の印をつけてあげよう」

「ブリッグス」ベアトリスの声は震えていた。

「脚を開いてみせてごらん」

「そんな……」

「開いて」

彼女が言うとおりにすると、ブリッグスはドレスのスカート部分をすべてまくりあげ、両ももの間の淡い茂みに覆われた、魅力的な部分をあらわにした。

「君はきれいだ」

ブリッグスは親指をベアトリスの快楽の源泉に押しあて、円を描くように撫で、彼女の唇から漏れる喜びのすすり泣きに耳をすました。

ベアトリスは濡《ぬ》れていた。

キスと会話が仕事をしていたのだ。

ブリッグスは二本の指をベアトリスの下の唇に押しあて、間にある小さなつぼみを挟み、前後にさすりはじめたが、彼女が焦《じ》れながら求めているものは与えなかった。

ベアトリスは腰を振り、必死に乞うている。

ブリッグスはそれを愉《たの》しみ、陶酔に浸った。

それからベアトリスの片脚を持ちあげて自分の肩に乗せ、彼女の濡れてほてった部分に顔を近づけていった。

「ブリッグス……」

だが彼はそれ以上言わせなかった。口を押しあて、舌をリズミカルに往復させた。

彼女が何を欲しているのかはわかっている。それを与えるつもりだった。それに近いものを。

深く、長く、むさぼると、ベアトリスが荒い息をつき、爪が肩に食いこんできた。

ブリッグスはその痛みには格別の喜びを感じなかったが、彼女が自分を、自分だけが与えられるものを必死に求めていることには愉悦を感じた。

ブリッグスは彼女を頂点近くまで追い上げてから、

拒絶した。舌でむさぼりながらも指を彼女の締まった狭い部分に押しこみ、彼女が達しそうになると、舌と指の両方を引っこめた。

ベアトリスは気も狂わんばかりだった。懇願していた。

「もうすぐだよ」ブリッグスは指を出し入れしながら言った。「もうすぐいかせてあげよう」

「お願い」

「まだだめだ」

「お願い、公爵閣下」

その言葉はブリッグスの男性自身に響き、脈打たせた。

彼女が欲しい。下半身のうずきを満たしたい。だがブリッグスはそうする代わりに指を彼女の中に入れ、深々と突いた。ベアトリスは叫び声をあげて達し、衝撃で全身をけいれんさせた。震えはブリッグスの体にも伝わってきた。

終わると、ブリッグスはベンチに腰かけ、ベアトリスを抱えて座り直させ、彼女が快感の余韻にすすり泣く間、強く抱きしめていた。彼女が落ち着くまで離さずにいた。

それからスカートの乱れを直してやり、髪も元のように戻してやった。

「私、部屋に戻れそうにないわ」ベアトリスがか細い声で言った。

「どうして？」

「だって……あんなことを……あなたが……」

「僕は別に気まずくないな」

「それはよかったわね。でも私には特別な体験だったのよ」

「僕にとっても特別だった」ブリッグスは親指でベアトリスの頬をなぞった。「君は特別だよ」

「そうかしら」

「君は自分が僕のものだと言ったね。だから……」

「私はそんなこと言ってないわ。あなたが言ってるのよ。何度も何度も」

「ああ、そうか。君が言ったのは、これは君の人生だということだ。僕は君の人生に多少の影響力を持つ者として……くそっ。ベアトリス、僕は君の幸せな顔を見るのが好きだ。そのドレスを着た姿を見るのが好きだ……」

「このドレスがお気に召したの？」

「魔法にかかったような気分になるよ」それはまぎれもない事実だったが、もっと正直に言えば、魔法をかけるのはドレスではなくベアトリスだった。

「ありがとう」

「ありがとう、だって」ブリッグスは笑いを誘われた。「それが君の返事なのか」

「褒められればうれしいもの」

「ベアトリス……」

「今度は何？」

「これからのことだよ。僕たちは中に戻り、君は舞踏会を最後まで楽しむ。二人で家に帰る。君は眠る。明日の朝は、君の好きな朝食を作らせよう」

「どんな朝食が好きか聞かないの？」

「どんな朝食が好きなんだい？」

「玉子とベーコン。ペイストリーとジャムも好きよ」

「それを全部、君の寝室に届けさせよう。君は女王のように朝食をとる。それから二人で話をしよう。僕から君に説明するよ。僕たち二人が何をするのか、僕がどんな行為に喜びを感じるのか、そして越えてはならない一線のことを。それから……明日の夜、夕食のあとウィリアムが眠ったら……実際に教えてあげよう」

「ブリッグス……」

「君はそんなことを望むんだろうか」自分の声が真剣味を帯びたのにブリッグスは気づいた。だが、それが肝心な点なのだ。ベアトリスが自分に完全に身を委ねることが。

　ブリッグスは自分の欲望をすべてさらけ出すつもりでいた。魂の奥底まで。

　それを彼女が受けいれるかどうかを、知らなければならない。

「ええ」彼女が答えた。

「僕が何を提案するつもりか、君はまだ知らないじゃないか」

「でも私はあなたを信じているもの、公爵閣下」

　その言葉を聞くと、欲望が波のように押しよせてきた。

「僕がすべて話すまで待ってくれ。同意してもいいし、拒絶してもいい」

「さっきのを、もっとしたいわ」

「さっきのはほんの序の口だよ」

「あなたのタウンハウスの庭でしたことも、序の口なの？」

「ああ、そうだ」

「あれも好きだわ」

「いい子だ」

「今夜ではだめなの？　今夜もっとしたいと言ったら？」ベアトリスが身を乗り出し、手のひらを彼の胸に置いたので、ブリッグスは高ぶる欲望にめまいを起こしかけた。彼女が欲しいという欲望に負けそうになった……これは珍しいことだった。ブリッグスは強い自制心を持っている。だがベアトリスは彼を魔法にかけてしまうのだった。

　だが、屈してはならない。

「だめだ」ブリッグスはやさしい声でたしなめた。

「あなたは正直に話しなさいって言ったでしょう。さっきは……とてもすばらしかったけど……でもまだ物足りないの」

「待つことを覚えなさい。僕がいいと言うまで待つんだ。それができることを証明してごらん。待つことで、自分の強さを証明するんだ」

「私は昔から自分の強さを知っていたわ。私を弱い者扱いするのは他人だけよ」

「だったら証明してごらん。その強さを僕に見せてくれ。待つことができたら、僕が与えるものを好きなだけ受けとるといい」

「はい、公爵閣下」

翌朝、目を覚ましたベアトリスが最初に意識したのは焼きたてのベーコンの香りだった。

ゆっくり目を開け、ベッドのそばに置かれたトレイに目をやる。大きなトレイにごちそうがぎっしり並んでいた。ベーコンに、山のようなペイストリー。期待どおりどころか、それ以上の朝食だった。

次に彼女が意識したのは、彼が約束を守ったという事実だった。

だとすると……。

だとすると、残りの約束も守られるだろう。何をするのかはまだわからないが、ブリッグスが説明してくれる。

喜びが胸にあふれてくると、ベアトリスはベッドの中で体を起こしてベーコンに手を伸ばした。

こんなに気持ちが軽く、不安が少なく、しかも大人になった気がするのは初めてだった。昨夜はまるで夢が現実になったようだった。

昨夜ブリッグスがしたのは、ベアトリスが存在すら知らなかった行為だった。たった四日前、この家の庭で彼がした行為と同じように。

ブリッグスは人生の新たな一面を教えてくれた。ベアトリスがよく知らず、だが知りたくてたまらなかった一面を。そしてさらに詳しく教えてくれるのだ。

今夜。

そのことを考えると不安で胸がかき乱される。
と同時に、喜びもこみあげてくるのだった。

エレノアがここにいればよかったのに、とベアトリスは思った。彼女に話せたらどんなにいいか。男性がどんな行為をしたがるものか、警告してあげたい。エレノアはきっと驚くだろう。

ベアトリスはかつてヒューと婚約していたペニーのことを思い出した。

ペニーを異郷に連れ去ってしまった夫も、彼女にあんなことをしたのだろうか？

けれどペニーは今、その異郷で幸せに暮らしている。少なくとも手紙にはそう書いてあった。ペニーはメアリーというスコットランド人の少女を助けてほしいと求めてきたのだった。ヒューはメアリーがいい学校に入れるように紹介状を書いてやった。ヒューはペニーが道を踏み外したと思いこみ、いまだに許していないが、それでも哀れな少女の苦境を見て見ぬふりはしなかった。

乱暴され、子供を宿したメアリー……。

ベアトリスははっと息をのんだ。

メアリーとお腹《なか》の子供は……彼女を力ずくで奪った男に捨てられたのだ。

手紙を読んだときは、その事情も、兄の怒りも、ぼんやりとしか理解できなかった。でも今はもう少しよくわかる。私がブリッグスにされた行為は、すべて私が望んだものだった。今ももっと欲しいくらいだ。その最中にはっきりと感じたのはブリッグスの強さだった。彼はその気になれば私を力で押さえこむことができる。それも、やすやすと。

もし男性が女性に力ずくで言うことをきかせようと思ったら、女性にはそれを止められない。なんて恐ろしいことだろう。触れられたいと欲していないのに、無理強いされるのは、どんなにみじめなことだろう。

またひとつ世界のかけらを発見した、とベアトリスは思った。

そして山のようなペイストリーと、大きなバターに目をやった。

それを用意させたブリッグスを思うと、笑みがこぼれた。

彼は……やさしいとは言えない。でも彼のやさしくない触れ方が私は好きだ。私を強いと思わせてくれるから。彼は私を壊れもの扱いしない。彼の腕の中にいると、自分が戦士になったように感じる。ずっと昔から憧れていたものに。同時にブリッグスは強靭《きょうじん》な意志を持っている。ベアトリスは自分の耐えられる限界以上に追いこまれるという不安を感じたことは一度もなかった。ブリッグスは彼女の限界を本能的に知っているようだった。ベアトリスは彼に絶対の信頼を抱いていた。

朝食を終えた頃、メイドが入ってきて、風呂に入るようにという公爵閣下の要望を伝えた。

新鮮な香油を垂らしたお湯にゆっくり浸《つ》かってから出ると、やわらかくなった肌が薔薇《ばら》の香りを放っていた。ベアトリスはぞくぞくした。ブリッグスは私の肌に触れる準備として、この風呂を用意させたのだ。今夜彼は……私の服を全部脱がせるだろうか？　そして自分の体を私に押しあててくるだろう。そのとき彼の服は……？

ブリッグスの裸を見たことがないベアトリスは、ぜひ見たいと思った。昔からずっと美しいと思っていた彼の体を、あますところなく見られるかもしれないと思うと……。

期待と同時に、欲望が脚の間に伝わった。ベアトリスは甘やかされるのが嫌いだった。甘やかされるのはのけ者にされることと同義だったからだ。子供部屋に隔離されることと。

　だが今は違う。今こうしてブリッグスに甘やかされているのは、今夜彼に差し出されるための準備なのだ。だからその甘やかしを存分に楽しめばいい。

　庭を見おろすテラスで昼食をとる頃には、孤独が押しよせはじめた。ブリッグスはいつになったらやってきて、話をしてくれるのだろう。

　ぼんやりと察したのは、これもまた準備の一部だということだった。ブリッグスが用意した、期待を煽《あお》るための仕掛けだ。こうしてひとりにされることで、ベアトリスは何時間もの間、彼はいつ姿を現すのだろう、そのあと何が起きるのだろうと考えることになる。

　これも今夜のための地ならしなのだ。服従を求める彼のやり方に慣れておくための練習だ。もし今ブリッグスを信じられないのなら、今夜二人でする親密な行為の最中に、彼をじゅうぶんに信じることもできないはずだから。

　ベアトリスは本を読み、軽い散歩をし、それを特権のように感じた。王族のような気分だった。いつもの日課も怠らず、ウィリアムと一緒に時間を過ごして、今までロンドンで見物した中ではどの場所が一番好きかという会話を引き出した。

　そうこうしている間にも期待は高まり、みぞおちの奥に興奮が渦巻き、脚の間が熱くなっていった。

　ブリッグス。

　彼の名前が鼓動のようにくり返された。ああ、早く会いたい。

　四時になると、とうとう彼がベアトリスの寝室に入ってきた。

　シャツの襟元から筋肉質の胸元がのぞいているのが、ひどく不埒《ふらち》に見える。

　ベアトリスの視線は彼に釘付《くぎづ》けだった。白いシャツ、そのすき間からのぞく肌、黒いタイトなブリーチズに、革のベルト。

「今日は楽しめたかな」

「ええ」ベアトリスは答えた。

「それはよかった。僕の言いつけどおりにしていたね、とてもいい子だ」

彼の言葉に満足げな響きがあったので、ベアトリスの胸は喜びに満たされた。

「私、あなたを喜ばせることができた？」

「君が僕を喜ばせるのは、これからだよ」

ブリッグスはベッドに近づいた。「男と女の行為についてどこまで知っているか、話してごらん」

「あなたに聞いたことだけ。二人でしたことだけよ」

「なるほど。では男が性器を女の体に挿入して、子種をまくと、子供ができることは知らなかった？」

「それは……知らなかったわ」

「君の体の、僕のために濡れる部分にだ」

ベアトリスは身じろぎした。彼女のその部分は濡れていた。ブリッグスのために。

「わかったわ」

「それが境界線だ。僕らはその一線を越えてはいけない」

「そうなの」なかば予想していたことだったが、ベアトリスは傷つき、落ちこんだ。

「昨夜、君は満足しただろう？」

「ええ」

「僕たちはこれからも君が満足する方法を試し続ける。挿入という行為はしないというだけだ。君の健康を考えてのことだ」

「それはとても残念だわ」

「埋め合わせはできる。僕は口で君のその部分を愛《あい》撫《ぶ》する。指も使う。僕は君を喜ばせる。君も僕を喜ばせるんだ」

「どうやって……どうやって喜ばせるの？」

「口の使い方を教えてあげよう」

「あなたは罰を……お仕置きを与えると言ったわ」

「与えるとも。特別な状況においてだけだ。もしもそのお仕置きが君の忍耐の限界を超えそうだったら、すぐに言ってくれ」

「わかったわ」

「これは冗談ではないよ。僕は君の手綱を握り、しっかりと制御するつもりだが、君が限界に来たときにそれを言えることが、二人の間に信頼が成り立つ絶対条件だ。二人の間に信頼が成り立たないなら、このゲームはうまくいかない。君自身も、僕も、君の限界に対して最大限の敬意を払わなくてはならない。それができないのなら、そもそも限界まで連れていってあげることもできない」

「約束するわ」ベアトリスは彼にそう言える自分にぞくぞくした。私は真実を正直に話している。ブリッグスは常に正直である私を誇りに思ってくれている。これからも彼を喜ばせたい。

「では、ディナーのときに会おう」

待って、とベアトリスは言いたかった。今したい。今すぐに限界に挑戦したい。

秘密の扉を開けて、すべてを知りたい。

だがブリッグスはベアトリスの期待を煽るだけ煽っておいて、そこに置き去りにするつもりのようだった。ベアトリスは自分が感じているのが喜びなのか苦痛なのかわからなかった。

たぶん両方なのだろう。

「ケンダルに話してはいけないよ」ブリッグスはつけ加えた。

「こんなこと、話せると思う？　ヒューは親友が妹にどんな行為をするかなんて、知りたがらないと思うわ」

意外にもブリッグスは笑い声をあげた。「そうだね、きっとそうだろう。だとしても僕は決闘を申しこまれたくないんだよ」

「あなたは私と結婚しているのよ」

「君の兄は僕という人間を知っている。僕の悪徳を知りながら、それを我慢してくれている……」

「ヒューは聖人でもなんでもないわ、人前で自制できるというだけよ。私は馬鹿じゃないわ、ブリッグス。あなたと親友でいられる人が、聖人君子のわけがないもの。清純であることを求められるのは私たち女だけだわ」

「君の父上と比べれば、ヒューの行いはじゅうぶん模範的な部類に入る」

ブリッグスは強い口調で親友をかばった。

「ええ、わかってる」

「すまない。君の父上をけなすべきではなかった」

「事実だもの。父は最低な人だった。それに私……正直に言うとね、実家にいたときもっと周囲に気を配っていれば、今の自分はこんなに無知ではなかったかもしれないと思うの」母の言葉の意味が、今は実感をともなって理解できる。

〝嫌悪と欲望を同時に感じたりしないですむのなら……〟

欲望がどんなものか知った今、その言葉を思い出すと胸が痛んだ。

母を長く苦しめていた感情は、娼館《しょうかん》に出かけるブリッグスを見送ったときに私が感じたものと同じだ。

守られていた私には、母の気持ちがわからなかった。

むしろ自分から殻に閉じこもって、自分を守ろうとしていたのかもしれない。

ベアトリスは深いため息をついた。「私は父が関わるものには目を背けていたんだわ、知りたくなかったから。薄々気づいていたから……父が母をどんなに軽んじていたか。父は自分の爵位も軽んじていた。だからヒューは名誉を回復しようとしてきたんだわ」

「君の言うとおりだ」ブリッグスが言った。「ケンダルは父上が壊したものを築き直そうと努力している。だが僕がヒューを尊敬する理由はそれだけじゃない。僕が人よりだいぶ遅れて学校に行ったことは、前にも話したね」

「ええ」

「僕はほかの子供たちを知らなかった。公爵の息子という立場にある程度は守られていたかもしれない。だが子供と一緒に過ごすことに慣れていない僕にとって……学校生活はひと苦労だった」

ベアトリスには想像がつかなかった。ブリッグスは彼女が知る中で一番魅力的な男性だ。少なくとも、本人がそうふるまおうとしているときは。冷たく、恐ろしく思えるときもあるし、そういう彼もベアトリスは好きだった。だが人前での彼は、あらゆる面で洗練された放蕩者だった。機知に富み、陽気で、人好きのする人間だ。

「苦労したよ」ブリッグスはくり返した。「同じ年頃の子供と、何を話せばいいのかも知らなかったからね。僕は野放しにされた子供だったから、ほとんどの時間を自分の趣味に……没頭して過ごしていた。友達の作り方はヒューに教えてもらったんだ」

「ヒューが？　どちらかといえばあなたのほうが友達作りがうまそうに見えるのに」

「僕はのみこみが早いからな」ブリッグスが言った。「聡明《そうめい》な生徒であり、優秀な物まね師だ」

「謙虚でもあるわね」

「それはどうかな。ともかくケンダルには感謝している。返しきれないほどの恩があるんだよ。それなのに……こんな形で裏切ろうとしている」

「いいえ、これは兄とは無関係だわ。私の望みは、兄や兄の望みとは切り離して考えてほしいの。混同しないでもらいたいわ」

ブリッグスは彼女をじっと見つめた。「僕は君をひとりの独立した人格として、君自身という人間としてみているよ。そこは誤解しないでくれ。だがケンダルが君をそういう目で見ることはないだろう。それに……ケンダルは僕のことを少しばかり知りすぎている……僕たちがある形で関係を持ったと気づいたら、その先についても憶測を働かせるだろう」

「ブリッグス、自分の妻と関係を持つのがスキャンダルだなんて誰も思わないわ」

ブリッグスの唇の片隅が上がった。「そう思うのは、僕のことを少ししか知らないからだよ」

「もっと教えて」

「ディナーのあとで話そう」

「ディナーのときに話したいわ」

「それでは人に見られてしまうよ。他人の目のない場所でこそ……僕たちは自分に正直になれる、そうだろう？」

ベアトリスの体に震えが走った。ブリッグスが本音を話してくれている。

前にも彼は、社交界についてそんなことを言っていた。決まり事に従って、お行儀よくふるまう人々……でも彼らは好きでそうしているわけではないし、見せかけの仮面の下では、ほかの人々もそうなのだと知っている。

そして人目のない場所に行けば……自由にふるまう。

ベアトリス自身も自由をひとくち味わった……自分とブリッグス、二人きりの世界で。

それはすばらしい味がした。秘密のような味。いいえ、秘密というより、貴重な宝石かもしれない。盗まれたり汚されたりしないように隠しておきたくなるもの。美しすぎて誰にも渡したくないもの。

ブリッグスは立ち去った。あとはディナーが終わるのを待つだけだわ、とベアトリスは思った。

13

ディナーの時間はまるで拷問だった。だがベアトリスはその拷問もひとつの段階として受けいれた。少なくとも、彼女とブリッグスの間ではそうなのだ。

貴重で希有《けう》なものを守っているという意識は、ベアトリスの中で強まるいっぽうだった。確かにブリッグスがある一線を越えないつもりでいるのは残念なことだ……。この先、彼の子供がベアトリスの体内に宿ることはない。将来のことを考えないとしても、ある行為を……彼がしないつもりでいるのは残念なことだった。

でも、それはありふれた行為だ。たぶん最も常識的な行為だ。けれど自分とブリッグスがこれからすることは、ありふれた常識的な行為ではない。

二人は食卓に向かい合って食事をとった。まるで他人どうしのように、意味のない慣習を守りながら。慣習など二人には意味のないものなのに。

ベアトリスは初めて……自分を特別だと感じた。ほかの人たちより劣っているのではなく、ほかの人たちとは違う存在なのだと。

ベアトリスは食べすぎないように注意して、食事を終えると、立ちあがった。

「自分の部屋に戻るわ」

ブリッグスは彼女を見た。「そうかい？」

「はい、公爵閣下」爵位を口にすると、胸の奥が締めつけられるように切なくなった。ブリッグスはそれを聞いて喜んでいるように見えた。それはありきたりの挨拶ではなかった。単に爵位を使った呼びかけではなかった。もっと深い含みがあった。

ベアトリスは寝室に戻ると、侍女に手伝わせてナイトガウンに着替えた。ベアトリスは鏡を見て、そこに映る自分に問いかけた。私には女性として彼を惹《ひ》きつける魅力があるのだろうか？

舞踏会用のドレスを着て、髪に星を飾ったときは、鏡に映る自分を美しいと思えたし、この自分にならブリッグスは魅了されるかもしれないと思えた。けれど今……鏡に映る私は、ただの私でしかない。

こんな私でいいのだろうか？

それともこんな私は期待外れ？

〝いいえ。あなたは期待外れじゃない。ブリッグスがそう信じてくれている〟

心の声に励まされ、ベアトリスは自分を見つめて背筋を伸ばした。ブリッグスは私を弱い人間だと思っていない。だったら私も弱い人間のようにふるまうのはやめよう。これはずっと望んでいたことだ。誰かに強い人間、完全な人間と思ってもらうこと。

もちろん……彼が私に対しては、ある常識的な行為をしないのはわかっている……それでもまったく触れないでいるのはやめたのだ。

それこそ彼の欲望の証《あかし》。私をどう見ているかの証明だ。

そこで扉が開き、彼が現れた。

ブリッグスはディナー用の正装のままだった。今日の早い時間にこの寝室を訪れたときの、部屋着姿ではない。どういうわけか、その服装は彼に絶対の権威を与えているように見え、ベアトリスの興奮をさらに煽《あお》った。

彼こそが私の欲望すべてを体現した人だ。その確信がベアトリスを大胆にした。彼が私の欲望そのものなら、私も彼の欲望そのものになることも、できるかもしれない。

「不思議だわ」ベアトリスは言った。「私は生まれてからずっと、男性の支配下に置かれてきたわ。それはあらゆる女性の宿命なのかもしれない。父、兄、そして病気のときは医師たち。いつも男性が私の運命を決めてきた。だからこそ不思議なの、どうしてあなたの支配だけは、こんなに魅力的に思えるのかしら」

ブリッグスの意志の強そうな角ばったあごがぴくりと動いた。「理由は二つある。ひとつ目は、僕の支配力が君に快楽をもたらすために使われることを、君が知っているからだよ。僕はただ痛みのためだけに痛みを与えることには何の喜びも覚えない。支配できるからという理由で支配力を行使することもしない。僕には生まれつきの爵位がある。生まれつきの支配力がある。この国には社会構造のおかげで権力を与えられている意気地無しの男が大勢いる。女は女に生まれたという理由から、男の権力に服従することを強制される。だが君は……君はみずから望んで服従する。それが僕に権力を与える。そこに意味があるんだ。僕はそのことを肝に銘じている。二つ目の理由、それは選択だ。これは君が選んだことだ。君は欲しいものを自分で選んだ。僕が選択権を君に与えたのは、君に選ぶ力があると知っているからだ。夫が妻に対して持つ事実上の権力を行使したわけじゃない。社会が男に与えている、女を支配する権利を行使したわけでもない。僕たちで選んだんだ。ルールも僕たちが決める。確かに、ベッドでの上では僕に権力がある、君が僕に与えたからね。だがゲームのルールが定める最上位の権力者は僕たち二人だ。僕たちは誰にも指図されない。だからやみつきになるんだよ」

ベアトリスは彼の言葉の虜《とりこ》になり、体を震わせた。彼の言うとおりだ。

今まで知らなかった力がここにある。ブリッグスは内なる炎に駆り立てられるように、彼自身が絶対の支配権を持つわけではない場所へやってきた。彼の欲望を支配するのはこの私。彼がここに来たのは、私が欲しいから。それは疑いようがない。髪を飾る星も、胸を強調するドレスもいらない。私はあるがままの自分であればいい。

私は彼の魂の片割れなのだから。それは人生の喜びを奪いかねなかった病気と同じく、私に生まれつき備わっている属性なのだ。ベアトリスは自分が自分であることに感謝した。自分の強さや、自分という人間を成り立たせる生まれつきの性質、自分の内に秘められたあらゆる可能性に感謝した。

ベアトリスは自分に満足した。周囲のあらゆる人々に、弱く未熟な存在とみなされて長年生きてきた彼女にとって、それは天啓以上の感覚だった。

「君の強さを示すための第一歩は、僕の喜ばせ方を学ぶことだ」

燃えるような目をしたブリッグスが、二人の間の距離を詰めた。「向こうを向いて」

ベアトリスは言われたとおり彼に背を向け、編んだ髪をつかまれると少したじろいだ。だが彼は前のように髪を引っぱりはしなかった。その代わりにやさしい手つきで編んだ髪をほどき、髪を肩の上に流れさせた。そのやさしい触れ方に、ベアトリスは震えた。それは壊れやすいものを扱うときの不安げなやさしさではなく、贈り物としてのやさしさだったからだ。自分たちを限界点まで追い立てる嵐の前の静けさだったからだ。

次にブリッグスは、ナイトガウンの背中側の結び目をほどきにかかった。絹のナイトガウンは彼女の体をすべりおち、足元で輪になった。ベアトリスは一糸まとわぬ裸体になった。ブリッグスの手は背筋をやさしく撫《な》でおろし、お尻に触れると、一転して強い力をこめてつかんだ。図書室での出来事をなぞるような、だがもっと意図的な仕草だった

ベアトリスは目の奥に涙がこみあげるのを感じた。二人の間には何もない。彼の服のほかは。

ベアトリスは服を脱いだら恥ずかしくなるかもしれないと思っていたが、実際はそんなことはなかった。

子供時代には、医師たちに裸を見られた。それは必要な処置でしかなかった。ほぼ寝たきりで過ごす人生の一部だった。

だがブリッグスはベアトリスの体を物として扱ってはいなかった。大切なものに触れるような、ベアトリスに価値を感じていることが伝わってくる触れ方だった。壊れやすいと同時に強く、そして美しいものに触れるような。

ベアトリスは恥ずかしさもいたたまれなさも感じなかった。

ブリッグスの指が脚の間に沈み、秘めた部分を撫でる。

ベアトリスは濡《ぬ》れていたが、それすらも恥ずかしいとは思わなかった。ブリッグスは以前、ベアトリ

スのその部分が自分のために濡れると言っていた。濡れるのはいいことだと、彼を喜ばせることだと思っているような口ぶりで。そしてベアトリスは彼を喜ばせたいと願っていた。

ブリッグスに促されて彼のほうに向き直ると、彼の視線にさらされたベアトリスは呼吸を忘れた。彼の熱いまなざしに、ベアトリスは溺れた。

医師たちの冷たい視線とは違う。これは男性の欲望のまなざしだ。

ブリッグスは二歩下がり、暖炉のそばの椅子に腰をおろしたが、かたときも彼女の体から目を離さなかった。ベアトリスを見つめたまま、手をブリーチズの股間の前垂れにかけ、ボタンを外していく。そこから彼自身が引き出されると、ベアトリスの喉は締めつけられ、からからに乾いた。彼のそれは……ひそかに想像していたとおり、庭の石像とは比べものにならないほど立派だった。

大きく、太く……美しかった。

ベアトリスは彼の全身が見たくてたまらなかった。すべての衣服を脱ぎ捨てた裸体を。けれどそれが見られるかどうかは、自分の努力しだいだという気がした。それなら全力を尽くすまでだ。ブリッグスは自分の喜ばせ方を教えると言っていた。ベアトリスはがぜんそれを知りたくなった。どんな知識よりも、彼の喜ばせ方が知りたい。

「おいで」彼が言った。

「はい」ベアトリスは答えた。

「公爵閣下、だ」

ベアトリスはそれが叱責の言葉であることに気づいた。断固とした、だがやさしい叱責。それはベアトリスの感度を……さらに高めた。

「はい、公爵閣下」

ブリッグスの口元に笑みが浮かんだ。ベアトリスは少し歩いて彼の前に立ち、熱い視線にさらされる甘美さを味わった。

「ひざをつけ」

ベアトリスは無心で従い、彼の前にひざをついた。

「いいだろう」ブリッグスは言った。「僕の喜ばせ方を教えてあげよう。これを口に含んでごらん」

ベアトリスは驚かなかった。庭で彼が自分にしてくれた、あのすばらしい行為と同じことだ。同じやり方で彼自身が楽しんだとして、何を驚くことがあるだろう？　男と女の体は違うとしても、快楽を味わう方法は共有できるのだろう。

それにベアトリスは……自分が味わったものを彼にも味わってほしかった。あのすばらしさを。あの喜びを、彼にも感じてほしい。あのとき彼がしてくれたことを、私がしてあげられるのなら……。

彼の身を震わせ、声をあげさせることができるのなら。絶頂の瞬間に、体がはじけるような感覚を味わわせることができるのなら、ぜひともそうしたい。この瞬間、ベアトリスが望んでいるのはそれだけだった。自分の力を限界まで試してみたい。

そこでベアトリスは身を乗り出し、舌を突き出して彼自身の先端に触れた。想像もしなかったような、うっとりするような味がした。舌と手に伝わる感触もいとしくてたまらない。しなやかな熱い肌は、すぐに固くなった。

口の奥深くまでくわえると、ブリッグスの口から喜びのうめきが漏れた。ああ、私は彼を手に入れた。彼が私を手に入れたように。

その自覚がベアトリスをさらに大胆にした。

ブリッグスの手が背中に回ってきた。肩甲骨のあたりに肘を固定し、手をベアトリスの髪の中に差しこみ、指をからませてから、勢いよく後ろに引っぱった。

ベアトリスは悲鳴をあげた。

「止めるな」ブリッグスが命じ、ベアトリスは従った。頭蓋骨に走るチクチクという痛みが喜びと興奮を煽り立てる。

まるで彼が感じている快楽が、そのまま自分の体内に伝わってくるようだった。自分が感じた快感を超える彼の快感が伝わってくる。それが痛みで相殺されることで、ようやく現実に留《とど》まっていられる。

ブリッグスは腰を前後に動かしはじめた。彼自身の先端がベアトリスの喉奥に達するほどの激しさだった。

ベアトリスはそれを歓迎した。

夢中だった。ブリッグスに。髪を引っぱられることに。彼自身を突きいれられることに。そして自分の脚の間の欲求が加速していくことに。

ベアトリスは高ぶり続ける興奮をいくらかでも鎮めようと、自分の脚の間に指を伸ばしかけた。

「だめだ」ブリッグスは髪を強く引っぱりながら命じた。「自分で慰めるな。まだだめだ。僕が快楽を味わってからだ」

ベアトリスは身震いし、すべてのエネルギーを彼に傾けた。突然、彼の腰の前後運動が激しくなった。ブリッグスがうめき声と同時に果てると、ベアトリスは彼が放出したものを、あらかじめ訓練されていたような自然さで、飲みくだした。

ふと気づくと、ベアトリスは彼に背を向けた姿勢を取らされていた。ブリッグスはブリーチズのボタンを留め、彼自身を隠してしまった。

「上出来だった」ブリッグスは言った。「でもまだ許すわけにはいかないな。君にはお仕置きが必要だ」

「どうしても？」

「どうしても。君にはそれに耐えられるだけの強さがあるからだ」

「はい、公爵閣下」

ベアトリスは抱きあげられ、彼のひざの上にうつぶせにさせられた。ブリッグスの大きな手が、お尻の丸みに触れてくる。彼は一度肌を撫でてから、手を離した。そして次の瞬間、勢いよく肉の上に打ち下ろし、派手な音を響かせた。

ベアトリスは叫び声をあげた。痛みが野火のように全身に広がっていく。息つく間もなく、次の平手打ちが加えられた。そしてまた次の。だがどういうわけか、その痛みはベアトリスの意識を脚の間に向けさせた。そこに生まれる熱い快感に。

どこで痛みが終わり、どこから快感に変わるのか、ベアトリスには区別がつかなかった。打たれる熱さが、どこで果てしない欲求の熱さに変わるのか、判別できない。それは結局、同じものだからだ。熱が全身を駆け抜けていく。それは永遠に続いてほしい拷問だった。ああ、でももう耐えられない。ベアトリスはブリッグスの上で身をくねらせた。逃げたい、でも彼にもっと近づきたい。相反する願いを抱きながら、ベアトリスは自分の欲望の核を、彼の筋肉質の脚にこすりつけずにいられなかった。

「お願い……」

「まだだ」ブリッグスは手を勢いよく打ち下ろしながら言った。

体がけいれんした。

自分があの場所に近づいているのがわかる。子供時代に自分の中に築きあげた輝かしい場所。

そこでは誰も私に触れられない。誰も、何も。その内なる神殿の女王は私だから。すべてが私の思いどおりになるから。そう、私は耐えられる。

私は強い。

私は戦士だ。

私は弱者ではない。壊れものでもない。

私なら耐えられる。彼を受けいれられる。

平手打ちがくり返されるたびごとに、あらゆるものの輪郭がぼやけていき、現実感覚が強まったり薄れたりした。自分の魂が体と完全に繋《つな》がった感覚と同時に、魂が体の外に抜け出したような感覚がある。でも私はひとりぼっちじゃない。ブリッグスがいてくれる。私たちはわかち合っている。これはベアトリスに対して行われている行為ではなく、二人が一緒に体験している行為なのだった。神聖な、完全に二人だけの行為。なんとしても守りたい輝くダイヤモンド。誰にも渡したくない。ここにいるのはベアトリスとブリッグス、私たち二人だけ。

　そのときブリッグスが手の位置を変え、指を数本まとめて彼女の脚の間に押しあててから、深々と中に突きいれた。ベアトリスは叫んだ。これこそ彼女が欲していたものだった。潤った部分はすんなりと指を受けいれた。ブリッグスが一定のリズムで指を出し入れすると、満たされる感覚と肌に残る余韻の感覚が交互に訪れ、それがベアトリスを絶頂に運びあげ、果てさせた。

　ベアトリスは激しい震えを止められず、言葉にならない言葉をうわごとのように口走った。ブリッグスにしがみつくと、強く抱き返された。ああ、ずっと足りなかったのはこれだ。ずっと、ずっと前から求めていたものはこれだ。

　痛み。快楽。そしてブリッグスに、まるでかけがえのない宝物のように、抱きしめられること。

　ブリッグスはベアトリスを抱きあげると、ベッドまで運んでいった。そして頭板によりかかるように座ると、裸の彼女を自分のももの上に横たわらせ、背中を撫でた。

「よくやった」

　ベアトリスはぐったりしたまま、彼の胸に顔を埋めてすすり泣いた。悲しむように、喜ぶように。

　どういうわけか、悲しみと喜びが同時に感じられるのだった。彼の腕の中で弱い自分にも強い自分にもなったように。

「ブリッグス」ベアトリスはささやいた。

「おやすみ、ベアトリス」

「朝まで一緒にいてくれる？」

「ああ」

　その返事を聞くと同時に、ベアトリスは眠りに落ちた。

14

　ブリッグスは眠らぬままに朝を迎えた。正装のまま、ベッドの上に座っていた。毛布の下で身を丸めて眠っているベアトリスのほうは、まだ裸だった。

　彼女は美しかった。彼が与えるすべてを、彼の想像をはるかに超える強さを示して受けいれた。ただ耐えたのではなく、楽しんでいた。あの瞬間、ベアトリスは彼のものだった。

　彼女は痛みに降伏し、痛みと快感が交差する神聖な場所を見つけた。輝かしい絶頂を迎えた。

　そしてブリッグスは……ずっと隠そうとしてきた自分自身の一面を彼女に見せた。本当の子供時代を。本当の欲求を。

もしもベアトリスに拒絶されていたら……。

彼のすべてが拒絶されたも同然だった。

ブリッグスは自分のその一面を、女性には見せたことがなかった。セレナには見せようとしたが……彼女は怯《おび》え、拒絶した。彼に触れられることも、彼の……欲望も。セレナはブリッグスの欲望を獣欲とみなし、彼自身をけだもの扱いした。セレナは当初から寝室での行為に乗り気でなかったが、ブリッグスがさまざまなやり方を教えようとすると……はねつけ否定した。

当時の彼はまだ若く、うぶだった。セレナと一緒に、自分の両親とは違う関係を築けると信じていた。信頼と忠誠に基づく関係を。

セレナは自分の欲求をすべて受けいれてくれると信じていた。だが実際は、嫌悪されただけだった。その日以来、セレナは彼とベッドを共にしようとしなかったし、彼のほうも強制しようとはしなかった。これからも強制するつもりはなかった。

ブリッグスの欲望に欠かせない要素、それは相手の女性がみずから望んで服従することだ。かつても、これからも、妻が嫌悪するような方法で触れることはないだろう。

だがベアトリスは彼の欲求を嫌悪しなかった。

眠っているベアトリスが身じろぎした。ブリッグスは手を伸ばして彼女に触れた。

絹のようにすべすべした髪に触れたとたん、ベアトリスの腰を背後からつかみ、髪を引っぱりながら挿入するさまを想像した。

だめだ。それは……。

それは彼女の命を危険にさらしかねない行為だ。避妊の方法はあるが、いくら用心したところで危険性は完全には排除できない。ブリッグスは危ない橋を渡る気にはなれなかった。

ベアトリスが寝返りを打ち、彼を見あげた。その顔にゆっくりと笑みが広がっていく。

「おはよう、公爵閣下」

　ブリッグスは自分を抑えられなかった。鉄の自制心が揺らぐのはめったにないことだった。ブリッグスは……衝動に負け、彼女にキスした。やわらかくみずみずしい唇に。ベアトリスは頬《ほお》を上気させ、ほほ笑んだ。「夢じゃなかったのね」

「そうだよ」ブリッグスの胸は締めつけられた。ベアトリスは昨夜の行為が夢のようにすばらしかったと言っているのだ。悪夢だと言ったセレナとは違って……。

「目覚めたらまたひとりなんじゃないかと不安だったわ。ただのベアトリスに戻っているんじゃないかって」

　ブリッグスは眉をひそめた。「どういう意味だ？」

「前と同じベアトリス。いつものベアトリス。ひとりぼっちで、男性に触れられることもないベアトリスということよ」彼を見あげるまなざし。「あなたといると私……生まれ変わったような気がするの」

　ブリッグスははっとした。それは彼にも覚えのある感覚だった。

　自分はもうフィリップではない。

　今の自分はブリッグスだ。

　だからかつてフィリップが感じていた感情にとらわれる必要はない。

　ブリッグスは思わずほほ笑み、それ以上何も考えられなくなった。

　ただベアトリスを見つめ、彼女は自分のために生まれてきたのではないかと思えるほどの波長の合い方に感嘆することしかできなかった。最初からずっとそうだったのだろうか？　自分が見落としていただけなのか？

「まったく君には驚かされたな」ブリッグスは言った。「初めてだったくせに、あんな激しさを見せるとは」

「そんな私にがっかりした？」

ベアトリスの表情が不安げに曇った。

「その逆だよ。僕も心ゆくまで楽しんだ。あんな経験は初めてだった」

「あら、前の奥様がいたでしょう」

「嫉妬しているのかい、ベアトリス？」ベアトリスの目に涙がこみあげ、視線がそらされた。ブリッグスは眉をひそめた。「どうした？」

「彼女は私にはできないことを、あなたにしてあげたんだわ。あなたの子供を産んで……」

「君は彼女にはできなかったことをしてくれた」ブリッグスは言った。「僕にとってはそちらのほうが価値がある」

ベアトリスがその言葉に安心した表情を見せたので、ブリッグスは安堵《あんど》した。ベアトリスの不安な顔は見たくない。いつも満ち足りた平安の中で過ごしてほしい。二人でわかち合った行為の幸せな余韻に浸っていてほしい。

「今日は遊びに出かけようか」

「仕事があるんじゃないの？」

「ないわけじゃない」ブリッグスは言った。「でもせっかく君とウィリアムと一緒にロンドンに来ているんだ。公園にでも行ってみようじゃないか」

「うれしいわ」

ベアトリスが笑顔になったので、ブリッグスは満足した。


いったんベアトリスと別れ、昼の服に着替えたブリッグスは、ウィリアムを探しに行き、朝食が済んでいるのを確認した。

そして家庭教師に午後休みを与えた。

「今日は家族水入らずで出かけよう」ウィリアムに声をかけた。

ウィリアムは彼なりのやり方で喜んでいるように見えた。ひとりでそっとほほ笑んでいる。それを見たブリッグスの胸に浮かんだのは……自分は父よりもましな父親だ、という感想だった。その感想は彼を苛立《いらだ》たせた。自分の中に父に勝ちたいという願いが存在すること自体が苛立たしい。だがそれは確かに存在する。これほど強い願いだとは、今の今まで気づかなかったが。

　三人はピクニック用の弁当と一緒に馬車に乗りこみ、グローブナー・スクエアに向かった。馬車の中でブリッグスはもの思いに耽《ふけ》っていた。考えてみれば、自分とウィリアムがピクニックに進んでいくようになったのも、ベアトリスの影響なのだ。彼女は自分の暮らしになんと大きな影響を及ぼしたことだろう。

　この華奢《きゃしゃ》な体で、革命家も顔負けの変革を起こしてみせたのだ。

「君は戦士だ、ベアトリス」公園に着くと、ブリッグスは言った。

　ベアトリスは目をきらりと輝かせた。「私が？」

「ああ」彼はうなずいた。「僕が戦争を始めるときは、君に背中を守ってもらうよ」

　喜びにあふれたベアトリスの笑顔を見て、ブリッグスは満足感に浸った。それに気を取られて、ほんの一瞬ウィリアムから注意がそれた。われに返って振り返ったときには、息子は姿を消していた。

「ウィリアム」彼はそう言いながらあたりに目を配り、水辺を走り回っている子供の集団に目を凝らした。

　ウィリアムはようやく息子を見つけた。カードの箱を持って、真剣な表情で三人の男の子に話しかけている。ブリッグスは息をのんだ。くつろいだ姿勢で座り直したが、いつでも動けるように神経は張りつめていた。

必要とされていないのに出しゃばってはいけない。ウィリアムがほかの子供と話したいのなら、そうさせればいい。むしろウィリアムは子供どうしの会話をするべきだ。これは歓迎すべきことだ。当然のことだ。

だがそこでひとりの男の子がウィリアムの箱を取り上げ、地面に投げ捨てた。カードも捨てた。

「お前、変だぞ」別の男の子が言った。「ローマなんて、誰も興味ないんだよ」

「頭がおかしいんだろ」もうひとりが言い、ウィリアムを突き飛ばした。ブリッグスはさっと立ちあがった。

「君の家庭教師はどこにいる」そう言いながら出ていくと、男の子は顔を上げ、目を丸くした。父親が貴族なのだろう、とブリッグスは推察した。この子は明らかにブリッグスの高い地位を知っている。男の子の顔はみるみるうちに青ざめていった。

「あの……僕は……」

「家庭教師はどこだ？　君が礼儀知らずの乱暴者なのは、教師の怠慢だ」

ひとりの女性があわてふためいて駆けよってきた。

「申し訳ありません」

「この子の父親に今日の報告をするときは、ブリガム公爵の息子を侮辱した一件も伝えてもらいたい。僕はこの一件を看過する気はない」

「失礼いたしました、公爵閣下」家庭教師は言った。「誠に申し訳ありません」

ブリッグスは箱とカードを拾いあげると、荒々しい手つきでカードを箱に詰めた。そしてウィリアムの手の中に押しこんだ。「ほら」

ウィリアムはうつむいて黙りこんでいた。

二人は自分たちが座っていた場所に戻った。ベアトリスは敷物の前に立ち、憤慨した顔をしていた。

ベアトリスはしゃがみ、ウィリアムに声をかけた。

「大丈夫?」

「ウィリアムは問題ない」ブリッグスは言った。「だがこれからは……」

そこでウィリアムは泣き出した。ベアトリスにもたれかかり、声をあげて泣き出した。

「ウィリアム」ベアトリスは彼を敷物に座らせると、胸に抱きよせた。「大丈夫よ。もう大丈夫だから」

「泣くな」ブリッグスは怒りを爆発させた。

泣いているところをほかの子供たちに見られたら、今後の状況が悪くなるばかりだ。泣き虫の烙印《らくいん》を押されるのは最悪だ。それこそブリッグスが恐れていることだった。一度ほかの子供たちに攻撃対象とみなされたら、そこから抜け出すのは不可能だ。ウィリアムにケンダルのような友達ができるとは限らない。いつも彼の味方になり、かんしゃくを起こしたときも辛抱強く付き添い、忠告をしてくれる親友が……。

「ほかの子に馬鹿にされたくなければ、話し方を身につけなさい。相手が興味をもちそうなことだけを話すんだ。そして相手の話に耳を傾けてやるんだ。相手にとって興味のない話題を、延々としゃべり続けるのは一番よくない」

「ブリッグス」ベアトリスが口を挟んだ。「ウィリアムはまだ子供なのよ、カードが大好きな子供なの。悪いのはあの子たちのほうじゃないの」

ベアトリスは僕に腹を立てている。だが彼女には理解できないのだ。

できるはずがない。そこまで深く僕を理解できる人間などいるはずがない。

「そういう問題じゃない」ブリッグスは言った。「あの子たちが悪いかどうかの問題じゃない。たしかに彼らは悪いさ。あんなジャッカルのような卑劣な連中は父親に殴られて躾《しつ》けられるべきだ。だがそれとこれとは話が別なんだ。ウィリアムは涙を見せれば余計に見下されるんだよ。どちらが悪いとかいう話じゃない……子供はああいうことをするものなんだ。普通と違う人間がいれば、子供はその違いをいじめの材料にする。みじめな思いをさせる。生まれてこなければよかったとさえ思わせる。だからウィリアムには人前で泣くなと言っているんだ」

　ウィリアムはまだベアトリスの胸で哀れっぽくすすり泣いていた。「ウィリアム」ブリッグスは険しい声で言った。「いい加減にしないとピクニックを終わりにするぞ」

　ブリッグスは息子を怯えさせ、泣きやませることに成功した。

「彼らのせいで悲しんでいる姿を、彼らに見せてはいけない」

「だって悲しいんだもの」

「そういう問題じゃない。あんな連中のために涙を流すな。覚えておきなさい。あれはお前の話を聞かせてやる価値のない連中なんだ」

　三人は食事をとったが、ブリッグスに味を楽しむ余裕はなかった。頭の中は怒りと、記憶の表面に浮かびあがり平穏を乱す思い出でいっぱいだった。

　夕方には、三人とも事件をいくらか忘れることができた。ブリッグスも気持ちの余裕を取り戻した。

　だがタウンハウスに帰ると、ブリッグスはまた苛立ちにとらわれた。ウィリアムが子供部屋に戻ったのを見届けると、ベアトリスを彼女の寝室に引っぱりこみ、昨夜と同じような、だが激しさを増した行為に耽った。彼が快楽を味わい、ベアトリスが味わい、二人とも最後まで達すると、ベアトリスは彼のひざに頭を乗せて、静かに話しはじめた。「ウィリアムに言ったことは、本気ではなかったのよね？　ほかの子にカードの話をするなだなんて。とても厳しい言い方だったから、恥ずかしいことだと言っているように聞こえたわ」

「ウィリアムが自分を恥じる必要はないさ」ブリッグスは言った。「僕もウィリアムを恥ずかしいだなんて思っていない。本当だ。だが僕が世界で一番息子を誇りに思っている父親だったとしても、そんなことはなんの助けにもならない。子供は人と違うものに目をつける。そして……残酷に攻撃する。それが子供の本性だ。それが自然な行動なんだ。自分では止められないんだろうな、生まれつき備わったものだから。弱い者を餌食にして、生まれてきたことを後悔させずにはおれないんだ」

ブリッグスは少年時代、村で年上の少年に地面に殴り倒されたことを覚えていた。少年の母親は震えあがっていたが、彼女を怯えさせたのは息子の暴力性ではなく、ブリッグスの身分だった。

だが相手の少年はブリッグスの身分など気にしていなかった。

〝このいかれ野郎が〟

彼はブリッグスに向かってそう吐き捨てた。

ことの発端は、少年に天気のことを質問されたブリッグスが、蘭《らん》の栽培に理想的な天候の話をしたからだった。ブリッグスは顔を殴られるまで、とめどなく話し続けていた。

ブリッグスの頭の中では、天気と蘭は結びついていたのだ。相手の少年にとってはそうではなかったのだと、今なら理解できる。だが当時は無理だった。何もわかっていなかった。

「でも、ブリッグス……」

「ベアトリス、僕を信じてくれ。本当の話なんだよ」

「そうでしょうね。馬車の旅のときもあなたが正しかったもの。確かにあれはウィリアムにとって辛《つら》い体験だったわ。でもロンドンで彼がどれだけ成長したかにも目を向けてみて。ウィリアムは街の見物を楽しんでいるし、このタウンハウスも気に入ったようだし、かんしゃくだってずいぶん落ち着いたわ。新しい環境に興味津々で、喜びを見いだしている。もしあなたがウィリアムを馬車の旅の辛さから守っていたら、そういう経験からも遠ざけることになっていたのよ。それこそ悲劇じゃないかしら。それに、このことも考えてみて……もしあなたが兄の希望どおりに私を守り続けていたら……私はあなたから大きな幸せをもらうこともできなかったのよ」

　ブリッグスは身じろぎした。「僕が君に幸せを与えていたとは知らなかった」

「してくれているわ」ベアトリスは言った。「あなたのおかげで私は……繋《つな》がれたの。自分の体と。そしてあなたと。うまく説明できないけど、私は子供時代を傍観者として過ごしてきたの。家族の中で自分だけがよそもののような気がしていた。私はいつでも家に残っていたわ。ヒューが学校に入っても、社交シーズンにロンドンに行っても、私は家にいた。私はあの屋敷の幽霊だったのよ。何か特別なことでも起きない限り、両親は私のことなど忘れているのが常だった。

　母も社交シーズンになると私を残してロンドンへ行ってしまうことがあったわ。父は父で愛人たちを屋敷に招きいれていた。彼女たちを……私の家庭教師だと偽って。父は私には何も言わなかった。父は……私には何もわからないと思ってたんだわ。母はよく私の部屋の前で泣いていた。私を哀れんで泣いているときもあれば、自分を哀れんでいるときもあった。私はいつも、自分が別の世界、ガラス張りの箱の中から外の世界をのぞいているような気がしていた。まわりの人たちに支配され、それでいて彼らとは隔てられているような。隔離されているような。

　ほかの家族がみんなロンドンに行ってしまって、

私ひとりが家庭教師と一緒に家に残ることもあったわ。私の肺は都会には耐えられない、という医者の診断があったから。だから私は頭の中で旅することを覚えた。夢みることを。本の中に、現実では見つからない幸せを探すことを。でも……ブリッグス、あなたならわかるでしょう、それがどんなにみじめなことか。

あなたと結婚して、私は現実に生きられるようになった。まるで天啓のようだったわ。やっと本当に自分になれた気がした。この間あなたに言ったでしょう、自分がただのベアトリスに戻るのが不安だったって。でもあなたと一緒にいると、自分がベアトリスでよかったと思えるのよ」ベアトリスは長いため息をついた。「あなたは苦痛を楽しむけれど、あなたが与えて楽しむ側なら、受けて楽しむ側もいなくてはならない。それでこそバランスが取れるのよ。人生って……そういうものでしょう。美しいものを手に入れたければ、苦痛にも耐えなくてはいけない。そうでしょう？」

「それはゲームの話だよ、ベアトリス。寝室でのゲームだ。人生はまた別物だ」

ベアトリスの目はやさしく、同情に満ちていた。「ただのゲームじゃないわ、私にとっては。それだけじゃないの」

「ベアトリス」ブリッグスは言った。「僕は努力して身につけたんだよ……あるべき自分になる術《すべ》を。僕は自分を律することを……衝動を発散せずに抑えることを学んだ。素の自分になるには、それにふさわしい場所がある」

「娼館《しょうかん》ね」

「以前の僕なら、そうだと答えただろう。金で買った女たちが相手なら、おたがいに欲しいものはわかっている。僕は彼女たちの期待に応え、彼女たちは僕の期待に応える。だがそのやり方を娼館以外の場所に持ちこむような真似《まね》はしない」

「そんなことをしたら大変なことになってしまうものね」

「そうだ。他者が君をどう扱うかは、君にはどうにもできない問題だ。だが必要以上に素の自分を見せないことはできる」

「私はウィリアムが傷つくのを見たくないのよ」

「僕だって見たくないさ」ブリッグスは言った。「だから僕はウィリアムを守る。あらゆるものから。その最善の手段が、あの子に教えることなんだ……自分を普通の人間に見せる方法を」

彼は悪目立ちする辛さを知っていた。あの年上の少年は……ブリッグスが勇気を出してメイナード・パークの外に出るたび、ほかの子供たちを集めて彼を追い回した。

やがてブリッグスは外に出るのをやめた。

自分はひとりのほうが好きなのだと思うようになっていた。

人前でのふるまいかたを教えてくれたのはヒューだった。

〝花のことばかり話すのはやめろ、ブリッグス〟

〝それ以外の話もしてる〟

〝確かにな、でも花の話が多すぎる。それにお前の言うそれ以外の話って、土や日照のことじゃないか。そんなの誰も興味ないんだよ〟

〝ほかに何を話せばいいかわからない〟

ヒューは一瞬面食らったような顔をしてから、言った。〝お前、女の胸を見たいと思うか？〟

ブリッグスは驚きと恥ずかしさに包まれた。当時の彼は性的な空想をするようになったばかりだった。だがヒューの質問に答えるのは難しくなかった。

〝思う〟

〝男はみんなそうなんだよ。だから何を話せばいいかわからないときは、女の体の話をしろ〟

不埒《ふらち》であれ。魅力的であれ。ブリッグスはその教えを実践した。彼は努力して放蕩《ほうとう》者になったのだ。

その恩恵は大きかった。

「私も普通になるのが夢だった。みんなと同じような女の子になりたかった。みんなと同じような将来を思い描きたかった。でもそれは私向きの人生じゃなかったんだわ。もしも病弱な体に生まれつかなかったら私は……あなたとわかち合った行為に欲望を燃やすこともなかったでしょう。今ここにあなたといる私から、生まれつき背負ってきたハンデだけを取りのぞくことはできないの。ずっとこの自分で生きてきたんだもの。違う自分だったらよかったなんて言えない。ベアトリスとして生まれなかったらよかったなんて言えないわ。何かひとつでも違っていたら、今ここに私という女性はいないかもしれないから。もちろん好きこのんで苦労をしたいとは思わないわ、名ばかりでない本当のあなたの妻になれたらどんなにいいか……でも危険や、不安や、これまで耐えてきた経験が消えてしまったら、あなたと一緒に見つけた宝物だって消えてしまうのよ」

ブリッグスはベッドの頭板に頭を乗せた。気持ちの整理がつかなかった。「僕の過去に起きたすべての過ちを取り消すことができるなら、僕らはそんなものを宝物だとは思わないかもしれない」

「そうね。でもそれは過ちとは呼べないわ」ベアトリスは言った。「今私たちが二人とも幸せなら、過去は過ちではないのよ」

「父の侮蔑を避けるために、僕は素の自分とはまったく違う人間になるしかなかった。僕は父に疎まれていたんだ。年月がたって、やっとありのままの僕を好きになってくれる女性にめぐりあえたと思ったら……彼女も僕を疎んじるようになった」

この会話を早く打ち切らなければ、とブリッグスは思った。こんなことを話して何になる。過去の傷をえぐって何の意味がある。自分はもう父には勝利した。ありのままのウィリアムを受けいれてみせたのだから。

苦いものがこみあげた。

〝本当に？〟

本当だ。ウィリアムにあんなことを言ったのは、あの子を守るためだ。息子のふるまいを矯正したいなんて本心では思っていない。僕はウィリアムの感性を愛している。息子の関心の対象は、僕の関心の対象でもある。ただ、世間がそれを否定するというだけだ。僕は父にされた仕打ちを息子にしているわけではない。

「僕は父が望むような息子じゃなかった」

「どうして？」ベアトリスは真剣な目で彼を見あげた。「あなたは理想的な跡継ぎだわ。ハンサムで、頭も切れて、あなたと会話をして楽しくならない人なんてひとりもいない。どうしてあなたのお父様は、あなたを誇りに思わなかったの？」

「昔の僕は違ったからだ」ブリッグスは答えた。「僕は努力したんだよ。爵位の後継者、ブリガム公爵になれるように努力した。こだわりや特定分野への強い関心、融通のきかなさといったものは、円滑な人間関係の妨げになる。僕は痛い目に遭いながら学んできた。僕は村の子供たちにいじめられていたんだよ。彼らは僕が普通でないからといって、言葉とこぶしの両方でたたきのめした。学校の同級生も同じだった、ヒューが僕にふるまい方を教えてくれるまでは」

「だからウィリアムにも同じ努力をさせようというのね」ベアトリスは穏やかに言った。

「君は何も手を出さなくていい」

「ブリッグス……もっと話して。あなたのお父様のことを。あなたのことを」

「君の目の前にいる男が答えだ」ブリッグスはそう

言い切ることで、自分の言葉を信じようとしていた。かつての自分とは違う人間になりおおせたのだと。

「僕はあるべき自分になった。皆が知っているのは、今のこの僕だけでいい」

ベッドを下りると、ベアトリスが手を伸ばしてきた。

「今夜は君と一緒にはいられない」

「どうして？」

「わかっているだろう」

ベアトリスの存在が、僕の中で、責務よりも大きくなってはいけないからだ。

努力して作りあげた自分よりも大きくなってはいけないからだ。

忘れてはならない。ベアトリスがベッドで僕を受けいれたとしても、過ちだらけの過去が消えるわけではないことを。

フィリップが過ちだったから、僕はブリッグスになったのだ。

ブリッグスはひとり廊下にたたずみ、自分の死後、次代の公爵になったウィリアムを想像した。胸にうつろな穴があいたような気がした。

その想像を払いのけると、彼は歩きだした。息子に手本を示さなくてはいけない。あるべき公爵像はわかっている。その生き方をすると同時に、ウィリアムとベアトリスを守る。

大事なのはそれだけだ。

15

数日が過ぎても、ベアトリスは公園での一件が忘れられなかった。ブリッグスはウィリアムを深く傷つけた。意図的に傷つけたのではないことはわかっている。それでもウィリアムは……あの日以来、様子が変わってしまった。口数が少なくなった。

子供たちに悪口を言われただけならウィリアムはそこまで萎縮しなかったのではないか、とベアトリスには思えた。父に話すなと言われたから、黙りこんでしまったのだ。

ブリッグスがそう言った理由はわかっている。彼には息子を傷つけようとか、矯正しようとかいう意図はなかったのだ。「ウィリアム」ベアトリスは声をかけた。「今日は散歩に行かない？」

「行かない」というのが彼の答えだった。

ベアトリスの胸は痛んだ。

「じゃあ、何がしたい？」

「何も」

「ねえ、庭に出てみましょうよ」

ベアトリスはウィリアムが苛立《いらだ》ちを自分にぶつけているのだろうと察し、なんとかなだめて庭に連れ出した。ウィリアムは庭に並ぶ石像に少し心を癒やされたようだった。ロンドンに来て以来、昼間に庭に出たことがなかったベアトリスは、あらためて日の光のもとで庭を眺めた。そして庭の隅に大きなガラス張りの建物があることに気づいた。

「あれは何？」ベアトリスはウィリアムにきいてみた。

「うーん」ウィリアムは指さされた方向に目をやって言った。「知らない」

ウィリアムは今までこのタウンハウスに来たことがなかったのだ、とベアトリスは思い出した。馬鹿な質問をしてしまった。

「ごめんなさい。あなたもこの家に来たのは初めてなのよね。忘れていたわ」

「メイナード・パークにある建物と似てる」ウィリアムが言った。「温室だよ。花を栽培する場所」

「花？」

「そう。蘭《らん》の花を」

メイナード・パークに温室があるというのはベアトリスには初耳だった。ブリッグスは何も言っていなかったし、敷地内を全部見て回る機会もなかったのだ。

「見に行きましょうよ」

ウィリアムは気乗りしない様子だったが、ベアトリスは彼の関心を石像から引き離せただけでもいい兆候だと思い、説得して一緒に行くことにした。二人は小道を下って温室まで行き、ガラス越しに中をのぞきこんだ。

中は花でいっぱいだった。美しい花園のようだった。

ベアトリスは扉を細めに開けて中に入り、あたりを見回した。

名前も知らない花々が咲き誇っている。異国情緒を漂わせる、色とりどりの希少な花々。

「僕、ここに入っちゃいけないんだ」ウィリアムが言った。

「どうして」

「そういう決まりだから」

「あなたは初めてタウンハウスに来たんでしょう、どうしてそういう決まりがあると思ったの？」

「メイナード・パークの温室の決まりだよ」

「つまらない決まりね。私が一緒にいれば、叱られたりしないわよ」

ベアトリスは安心させるように彼の手を握った。そして二人は美しい花々が植えてある花壇の間の道を歩きはじめた。

ガラスの扉の外に人影が現れ、扉が開いた。入ってきたブリッグスは……激怒しているように見えた。

「何をしている」

「花を見ているだけよ」

「ウィリアムには温室に入るなと言ってある」

「それは聞いたけど、私と一緒ならいいかと……」

「出ろ」ブリッグスが言った。

「ブリッグス……」

「出ろ」ブリッグスの声は険しかった。

ベアトリスは彼を見た。ハンサムな顔が怒りにゆがんでいる。胸がぎゅっと締めつけられた。

私にはこの人が理解できない。毎晩私に天にのぼるような思いをさせておきながら、終わると寝室を立ち去り、墜落するような思いをさせる人。私を満たす一方で、満たされない欲望にうずかせる人。

ブリッグス……。

「この植物はとても繊細なんだ」ブリッグスは言った。

ベアトリスはそれを聞いてはっとした。問題はウイリアムではない。ブリッグス自身なのだ。彼が本当に守ろうとしているのは植物ではなく、もっと別のものだ。

二人で夕食をとったあと、ブリッグスは食堂を出ていった。書斎にだろう、とベアトリスは見当をつけた。

ベアトリスのもとにはヒューからの手紙と、エレノアからの手紙が届いていた。どちらの手紙にも、まもなく始まる社交シーズンに合わせてロンドンに向かうと書いてあった。

ベアトリスの気分ははずまなかった。兄に、そしてエレノアに会えるというのに。それなのに……二人が来ることで今のバランスが崩れてしまったら、と身勝手な不安が先に立ってしまう。

　ブリッグスの自分に対する態度に、そして毎晩の寝室での行為に、どんな影響が出るのだろう。

　できるものなら避けたかった。今の暮らしに、バイビー・ハウスや自分の過去が侵入してくるのがいやだった。

　けちな了見だとわかっていても、そう考えずにはいられなかった。

　ベアトリスは寝室でブリッグスの訪れを待っていたが、彼はやって来なかった。とうとう待ちくたびれて、書斎まで行って中をのぞいてみたが、彼の姿、はなかった。ベアトリスは直感を頼りに、階段を下り、庭を眺めた。予想どおりの光景があった。温室があるあたりで、小さな琥珀色《こはくいろ》の光がちかちかとまたたいている。

　彼だ。あの場所に鍵がある。彼という謎を解く鍵が。ベアトリスは外に出ると、淡い光のもとへと急いだ。ガラスの窓越しにのぞくと、彼がいた。温室の中で、一輪の花の上にかがんでいる。

　ベアトリスは温室の扉を押し開けた。門前払いされないように、ノックはしなかった。

　中に入ったからといって、追い返されないとは限らない。それでも……ブリッグスが体を硬直させ、振り返った。

「いつもここにいたのね。姿が見えないときは書斎にいるのかしらと思っていたけれど、本当は温室にいたのね。ウィリアムが教えてくれたわ、メイナード・パークにも温室があるって」

「いつもじゃない」ブリッグスはつぶやいた。

「どうして温室のことを教えてくれなかったの？」

「昔僕は学んだんだよ、誰も関心を持たない話題というものがあることを。関心を持たない他人が悪いわけじゃない、僕が努力すればいいだけだ。どんな話題なら人を引きつけるかを学び、それだけを話すようにすればいい」

「あなたは……花が好きだったのね」

「園芸学と植物学がね」ブリッグスは訂正した。

「難しければ難しいほどいい。イギリスの風土に合わない植物ならさらに好ましい。そのほうがやりがいがある」

「いつから好きだったの？」

ブリッグスが暗いまなざしでベアトリスを見つめた。「思い出せないほど昔から」

「花はあなたにとってのカードなのね」ベアトリスは静かに言って、あたりを見回した。「知ってた、ブリッグス？　あなたとウィリアムはとてもよく似ているのよ」

「あの子が好きなのは建築だ。僕は花。似ていないさ」

「いいえ、似ているわ。だからあの男の子たちがウィリアムをいじめたとき、あんなふうに反応したんでしょう。あなたにもみんなに冷たくされた時期があったんだわ、そうでしょう？」

「どうでもいいことだ」

「どうでもよくないわ」ベアトリスは言った。「あなたはお父様に冷たくされていたのね」

ブリッグスは乾いた笑い声をあげた。「父のような人間が、園芸のような趣味をどれだけあざ笑ったか、君に想像できるかい？」

「できないわ」ベアトリスは答えた。「私はあなたのお父様を知らないもの。あなたが話してくれなければわからないわ」

「父は花を嫌った。僕が好きになったものはすべて嫌った。これ以上は話したくない」

「どうして？」

「そんな話は君を退屈させるだけだからだ。僕が大切なものの話を聞かせると、相手の目は退屈そうにどんよりしてくる。僕が本当の自分を見せると、相手は嫌悪する。そんな経験はいやになるほどくり返してきた。これ以上くり返したくない」

「私は自分に理解できないものをあざ笑ったりしないわ。子供の頃は……友達を作る機会に恵まれなかったけれど、もし機会があったら、あなたと友達になろうとしたかもしれないわ」

「そんなわけはないさ、ベアトリス。君は病弱な体に生まれついたせいで家に閉じこもる暮らしを強いられたが、健康な体に生まれていたら、ウィリアムに嫌がらせをした連中と同じような子供になっていたはずだ。それが人間の本質だ。僕たちはそういう生き物なんだ」

「憂鬱な話ね」

「人間は憂鬱な生き物だよ。それは否定しようのない事実だ」

「でも今の私は子供じゃないわ。あなたが話してくれれば、きっと理解できると思う」

「自分の話はしたくない。そんな話は……」

「私は知りたいのよ、ブリッグス」ベアトリスは言った。「あなたを知りたい。私にとっては大切なことなの。あなたは私の大切な人だから。あなたにとって大切なものは、私にとっても大切なの。きっと理解できると思うわ。お願い、チャンスをちょうだい」

「人生から僕が学んだことがあるとすれば、自分を必要以上にさらけ出してはいけないということだ。弱みを見せたら引き裂いてやろうと待ち構えている人間は常にいる。必ずいるんだ。僕の父も……」

「私はあなたのお父様じゃないわ」

「君と父を混同しているわけじゃない」

「何がきっかけで花に興味を持つようになったの？」

「ベアトリス、僕の傷を癒やそうとしてくれなくていいんだよ。僕は努力して自分を変えた。園芸は自由時間の趣味、それで満足なんだ。何も問題はない」

「私はあなたを理解したいのよ。それをあなたに否定されたら……」

「なるほど」ブリッグスが言った。「僕を理解したいんだな？」彼が詰め寄ると、ベアトリスは怯《おび》えて後退した。彼が放つ激しさに面食らっていた。彼の心の中で何が起きているのか、見当もつかない。彼はそれを言葉に出そうとしない。その事実が……ベアトリスを傷つけ、彼女の前に立ちはだかった。

ブリッグスは彼女の腕をつかみ、自分のほうに引きよせた。

「君は僕を哀れんでいるのか？」

「わからない」ベアトリスはか細い声で言った。

「息子のことは哀れんでいるんだろう」

「違う」ベアトリスは言い切った。「それは違うわ。私はウィリアムを哀れんでなんかいない。あの子が好きなだけ。すばらしい子……特別な子だわ。あの子は普通とは違っている……孤立するのがどんな気持ちか、私も身をもって知っているわ。きっかけがなんだったかは関係ない。建築だろうと、病気だろうと。行き着くところは同じなのよ。内側に入れず、外側から眺める側になるということ。そしてときには孤独に負けそうになるの。私はあの子を哀れんでいないわ。あなたのこともよ」

「哀れむかもしれない。本当のことを知ったら。僕の真実を」

「話して」

「父は息子を欲しがっていた。常に跡継ぎを欲しがっていた。ついに待望の長男を授かると、彼の人生は完璧なものになった。やがて次男《スペア》も生まれた。悲劇が起きたのはそのあとだ。長男が死んだ。父の一番大事な、完璧な跡継ぎが。父の手元に残されたのは……ただの予備《スペア》だった」

「ブリッグス……そんなことがあったなんて。知らなかった……」

「兄は十歳で亡くなった。僕が二歳のときに。兄のことはろくに覚えていないが、二歳の僕はすでに兄よりも劣っている兆候をはっきりと示していたようだ。持って生まれた才能の差は歴然としていた。父は機会があるごとに兄との差を僕に伝えた。兄は一歳になる頃には完全な文章を話していたというのに、僕ときたら四歳まで一語文すら話せなかった。僕の頭の中は混沌《こんとん》としていた。しょっちゅう言葉にできない曖昧な概念をこねくり回していた。小さなものに執着した。ある時期には結び目、それから靴ひもというように。やがて庭に、植物に魅了されるようになった。僕は何もかも知り尽くしたいと思った。植物はどんなふうに育つのか、どこで育つのかを。だから学んだ。メイナード・パークの果樹温室《オランジェリー》に、暇さえあればこもるようになった。だが父はほかのことに興味を持たせたがった。僕を矯正しようとしたんだ。学校になじめるように……蘭《らん》のことしかしゃべれない僕が、残酷ないじめの対象にならないように」

「そんな、だってあなたは……」

「そうだよ。今の僕はうまくやっている。努力したからね。もともとの性格に孤独が拍車をかけたせいか、長い間苦労しなければならなかったが。もしヒューがいなかったら、学校には永久になじめなかっただろうな。でもそんなのはくだらないことだ」

「くだらないものですか。あなたはいまだに傷ついているじゃない」

「執着の強さのおかげで、うまくいったこともある。学業や、公爵領の管理。そして女遊びだ」

　ベアトリスは頬に血がのぼるのを感じた。彼の口からほかの女性の話は聞きたくない。

「父から見れば僕は予備でしかなかった。大事ではないほう、愛する気になれないほうの息子だった。だが……僕は承認欲求を別の形で満たすようになった。父からのお仕置きという形で。父は僕にお仕置きを与えたのさ、父の望む話題についてうまく話せないと、その罰として」

「まあ」ベアトリスはつぶやいた。ブリッグスが自分に与えるお仕置きを連想せずにはいられなかった。

「子供は制御のきかない生き物だ」

「あなたは自分も相手も制御するのが好きね」

「ああ。希少な花も好きだよ。複雑で繊細な花を世話する側は、その方法を熟知していなければならない。細心の注意を払って対象を観察し、あらゆる環境要因を考慮に入れる。女を相手にするときと同じだ。喜びと痛みのバランスが完全に釣り合う一点を探りながら、対象の呼吸に注目する。そして目に」

　ブリッグスはもう一歩距離を詰め、ベアトリスは逆に一歩後退し、植物用の台にお尻をぶつけた。温室のこの区画はからっぽで、台の上には何も置かれていなかった。

「君はまるで一輪の蘭だよ」ブリッグスがささやいた。「君の世話は僕がする。君が美しさを失うようなことがあれば、それは僕の失態だ。責めを負うのは僕だ」

　ベアトリスにはようやく理解できた。彼は支配とも責任とも無縁の子供時代を送ったあと、完全な支配と責任を手に入れた。一方、ベアトリスは……自分が無防備で、不安定だと感じていた。だからなによりも安心感を求めた。自分に対して支配的な立場にある人々を信じたいと願っていた。だが父は自分を最優先する人間だったし、その父に悩まされていた母はベアトリスに向ける注意が散漫になりがちだった。そして医師たちは……ベアトリスには彼らの施す処置が、彼らの言うほど信頼できるものには思えなかった。

だがベアトリスは自分に施される処置をただ受けいれなければならなかった……自分が許可していない行為を。

そこに安心感をくれるブリッグスが現れた。彼の手が自分に触れるとき、ベアトリスはそれが正しい世話であることを知っていた。

私は彼の蘭。そして彼は庭師なのだ。

「父は僕に、お前が死ねばよかったと言ったんだ」ブリッグスがそう言ったとき、彼の唇はベアトリスの唇に押しあてられる寸前だった。「兄の代わりにお前が死ねばよかったんだと」

「ブリッグス……」

「僕はよくやっている、そうだろう？　僕は父よりも上等な人間だ。死んだ父に今の僕を見せてやれないのが残念だよ」

「ブリッグス」ベアトリスは自分から彼に近づき、キスした。激しいキスを。ブリッグスは彼女を強く抱きしめ、彼女こそあらゆる生命の源であるかのようにキスをした。「あなたを知りたいの」ベアトリスは彼のクラバットをほどき、シャツの襟元を押し広げた。これが二人のゲームのルールに違反していることはわかっていた。ベアトリスが彼の衣服を脱がせることは許されていないし、命じられてもいない行為を自発的にすることも許されていない。だがベアトリスは夢中だった。彼のキスと、彼を切ないほど求める自分の欲求に夢中だった。

ベアトリスが彼のシャツを広げて肩まで下ろすと、ブリッグスも彼女のドレスの前側を引き裂くように開き、むきだしになった胸の頂を容赦なくつねりあげた。ベアトリスは叫び声をあげ、彼のブリーチズの前垂れに手を伸ばして、彼自身を取り出し、指をからめた。強く握りしめると、自分の脚の間に切ない昂《たか》ぶりが生まれた。今のベアトリスは自分が何を欲しいのか、はっきり知っていた。きっとブリッグスは指で私の欲求に応えようとする。でも私が本当に欲しいものは、私の渇きを癒やすのは、指じゃない。

私は清純なベアトリスじゃない。今の私は違う。自分が何をブリッグスに求めているのか、はっきり知っている。彼が私に何を味わわせてくれるのか、はっきり知っている。だからそれが欲しい。自分たち二人が過去にどう折り合いをつければいいのか、ベアトリスにはわからなかった。ベアトリスを守りたいというブリッグスの欲望。自由でありたいというベアトリスの欲望。ヒューに対してブリッグスが抱いている敬意。ブリッグスを癒やし、彼の欲望すべてを満たしたいというベアトリスの欲望。

ブリッグスは彼女のスカートをももまでめくりあげると、指で脚の合わせ目に触れて撫《な》でようとした。

「お願い」ベアトリスはすすり泣いた。「お願い」体を弓なりにそらせると、ブリッグスは彼女を植物用の台の上に抱きあげ、ももを押し広げた。彼自身の先端を、ベアトリスの潤った窪《くぼ》みに当て、こすり、ベアトリスを気も狂わんばかりに昂《たか》ぶらせた。彼は私の欲しいものをちらつかせて焦《じ》らしている。彼自身を。私の中に欲しい。その太くたくましい部分を。

「お願い」ベアトリスはかすれ声で言った。「入れて。お願い」

ブリッグスの動きが止まった。

ベアトリスの中で何かがうごめいた。欲望が。

そして彼の名前が。

ベアトリスは彼の先端が自分の入り口に押しあてられるのを感じた。彼が入ってきた。ほんの一センチだけ。ベアトリスはあえいだ。

「お願い」ベアトリスは懇願した。「フィリップ。あなたが欲しいの」

ブリッグスはうなり声をあげると、押し入った。ベアトリスが叫ぶと、力強い手が乱暴に彼女のお尻をつかみ、彼が根元まで入ってきた。

ベアトリスは新たな痛みに、新たな親密さに酔いしれた。彼がいる。私の中に。あまりの深さに、呼吸ができない。

ブリッグスが動きはじめたが、それは容赦のない動き方だった。荒く猛々《たけだけ》しい突きはベアトリスがもたれている台を揺らし、ガラスの窓にぶつからせ、その音が二人の激しい呼吸と混じり合った。ベアトリスは快感のあえぎを漏らした。粗削りな台の表面のささくれが繊細な太ももの肌に食いこむ感覚が、体内に彼が満ちてくる感覚と混じって、ベアトリスは呼吸を忘れた。彼女は夢中だった。彼が突くたびに快楽の源が刺激される。ブリッグスは彼女の髪をつかみ、力強い挿入のたびに髪を引っぱり、ベアトリスを絶頂に押しあげた。絶頂の快感は波のように押しよせ、何度も何度も続いた。そこでブリッグスは腰を引き抜き、自分の手で二度こすって、外に放った。

それが終わると、ブリッグスは彼女を抱きしめたまま、荒い呼吸をついた。「するべきじゃなかった」低いうめき声だった。

ベアトリスは彼の頬に触れた。やさしく甘い感覚が胸の中に広がっていく。「どうせいつかはしていたわ」ベアトリスはささやいた。「ほかのことでは代わりにならなかった。ブリッグス、私、ずっとこうしてほしかったのよ」

「君の体の外で果てたからといって、安全とは言えないんだ」ブリッグスが言った。

「私が自分の人生で引き受けるリスクの程度をあなたが判断してくれなくていいのよ」

「それは違う。君は僕のものだ」

「私は蘭じゃないのよ。ガラスの箱に入れておかなくていいの。私はそんなに弱くない。子供扱いしないで、お願い」

「どうしてわからないんだ、僕は君を子供扱いしているわけじゃない。大切に扱っているんだよ。僕自身は大切に世話をされた覚えがない。父は僕が何年もかけて育てた花々をすべてたたき壊した。僕が十三歳のときだ。父は僕が執着を抱いた対象を壊すことに喜びを感じていた。僕がその対象に時間と情熱を注ぎ、それを失う痛手が果てしなく大きくなるまで待ってから、壊すんだ。メイナード・パークに僕が自分のものと呼べるものはなかった。ひとつもだ。ホールには僕の名前を怒鳴る声がしょっちゅう響き渡っていた。父は僕が期待に応えなかったと判断すると、声を荒らげて罵った」

自分の名前。

手塩にかけて育てた花々。

父は僕が自分のすべてを嫌悪するように仕向けた。

ベアトリスの手がまた顔に触れてきた。「私はお父様に虐げられたあなたを哀れもうとは思わない。あなたのお父様を哀れむわ。自分の息子を理解しなかった彼を」

「父は誰よりも僕という人間を知っていたんだ」

「あなたを一番知っているのは私よ。あなたの妻だもの」

「妻が夫の一番の理解者だとは限らないんだよ、かわいいベアトリス」ブリッグスは彼女のあごに触れた。「セレナは僕のすべてを知りたいなんて思っていなかった。彼女が望んでいたのは安楽な生活と、子供を持つことだけだった……」

「あなたは私には子供を持つことを禁じているわ」

「僕が禁じたわけじゃない」

「二人で医者に相談してみてはいけないかしら? 私を子供時代から診ていて、私の治療を続けることで莫大《ばくだい》な報酬を確保している医者の言葉を真に受ける必要があるのかしら。ほかにも医者はいるはずよ。相談だけでもしてみたいわ」ベアトリスはブリッグスと目を合わせた。胸がぎゅっと締めつけられた。

「私との間に子供は要らないと、あなたが思っているのでなければ」

「ベアトリス……」

「そうなのね？」呼吸が乱れる。「私との間に子供は要らないと思っているのね」

「僕はもともと再婚する気はなかった。君と結婚しても、君には触れないつもりだった。少し時間をくれないか。結婚以来、あまりに多くのことが変わってしまった。考える時間が欲しい」

ベアトリスはごくりとつばを飲んだ。「医者に相談するのはかまわない？」

「ベアトリス……」

「私と一緒にベッドに入ってくれる？　私の体の外で果ててもいいの、でも朝まで私のそばにいて。どうか、ほかの女の人にはもう触れないで」

ブリッグスは彼女を台から抱きおこすと、自分がはおっていた上着を脱いだ。それで彼女の体を包み、抱きあげたまま温室を出た。屋敷に入り、階段をのぼって、そして初めて自分の寝室に彼女を入れた。

自分のベッドの中央に彼女を寝かせると、自分の服を脱ぎはじめた。ベアトリスは彼の裸体を見るのは初めてだと気がついた。どんな行為をしていても、彼はベアトリスの前で裸になろうとはしなかった。

ベアトリスはいったん自分の服を脱いでから、また横になり、待った。ベッドに乗ってきた彼の裸の体が、彼女の体にぴったりと密着した。ベアトリスは泣きそうになった。なんというすばらしい感触。これをどれほど……どれほど望んでいただろう。二人は結婚以来初めて、同じベッドで眠った。

16

続く数日、ベアトリスはかりそめのものとは知りつつ、幸福に浸っていた。ブリッグスは温室でしたのと同じやり方で何度も彼女を抱いていた。彼を体内に迎えるのはすばらしい喜びだった。彼が自分の中で果ててくれないのは残念だったが、ベアトリスは彼が別の医者に相談するという案に賛成してくれるまで、粘り強く働きかけようと決心していた。

今日はヒューとエレノアがロンドンに到着する日だ。ブリッグスは貴族院でヒューと会う予定で、ベアトリスのほうはエレノアをタウンハウスのお茶に招くことになっていた。

ベアトリスは女主人役を務め、友人をもてなすためのドレスを着るのを楽しみにしていた。名実ともにベアトリスはこの家の女主人なのだった。本当の意味でブリッグスの妻になったのだから。

ベアトリスは彼をフィリップと呼びたいと思っていたが、呼んだときに彼が無言で受け流したので、もう呼ばないほうがいいような気がしていた。二人の間にある空気を壊すのはためらわれた。

ベアトリスは小さな幸福の輝きを胸に抱きしめ、鏡をのぞきこんだ。侍女がお茶会用に選んだミントグリーンのドレスは美しかった。ドレスのおかげか、自分もはつらつとした美人に見える。もしかすると夜ごとブリッグスの腕の中で眠っているおかげかもしれないけれど。

扉が開き、家政婦が入ってきた。「奥様、ミス・エレノア・ヘイスティングスがおいでです」

ベアトリスが寝室を出て昼用の居間《モーニング・ルーム》に入ると、そこにはすでにエレノアが座っていた。

「エレノア」声をかけると、友人は立ちあがり、早足で部屋を横切ってベアトリスを抱きしめた。

エレノアはあいかわらず優雅で美しかった。絹のドレスの淡い青色が、瞳と肌の色をいっそう引き立てている。

「元気だった？」ベアトリスは聞いた。「ヒューにいじめられたりしていない？」

「あなたのお兄様はいつもどおりよ」エレノアはそう言うと、目をそらした。

ベアトリスはじっと友人の顔を見つめた。「何か悩みがありそうね」

「悩みなんてあるはずないわ」エレノアが答えた。「私は社交シーズンのロンドンに来ているのよ。そしてこれから夫を見つけるの。浮かれていなくちゃおかしいでしょう？」

「そうね」ベアトリスは言った。「それがあなたの希望なら」

「私はあなたとは立場が違うのよ、ベアトリス。私の場合は結婚してもしなくても、この世に自分の家と呼べる場所はないの」エレノアはため息をついた。「ごめんなさい。こんなこと言うべきじゃなかった。あなたのお兄様はあなたを結婚させまいとしていたのにね」

ベアトリスは首を横に振った。「気にしないで」

扉が開き、車輪つきの配膳台を引いてメイドが入ってきた。二人の前にサンドイッチとケーキ、紅茶のポット、美しいティーカップが並べられた。

ベアトリスはほほ笑んだ。「私は結婚してよかったと思うわ」ブリッグスや、彼と一緒にした行為が連想され、頬が熱くなった。「その……つまり……自分の家でこうしておもてなしができるのがうれしいのよ」

「ブリッグスはどうなの？」エレノアが聞いた。

「彼は……私、彼がとても好きよ」

「もちろんそうでしょうね。あなたは昔から彼が好きだったから」

「私、折を見て医者に相談しようと思ってるのよ」ベアトリスは切り出した。「赤ちゃんを授かってもいいものかどうか」

エレノアは驚いた顔をした。「でも、前に無理だと言われたんでしょう」

「ええ、でもね……」ベアトリスは顔が赤くなるのを感じた。もう隠し通しておけない。「私、彼と夜を一緒に過ごしているのよ」

「まあ、ベアトリス……」

「どうしても……そうせずにはいられなくて……あなたにはわからないわ、エレノア。彼は私の半身なのよ。私は……」

「あなたは彼を愛しているのね」エレノアが静かに言った。

その言葉はベアトリスの胸の奥の糸をかき鳴らし、頭の中に鐘の音を鳴りひびかせた。胸を甘い痛みが貫いた。

ああ、なんということ。

できれば知らずにいたかった。

「愛というのは」ベアトリスはのろのろと言った。「もっとやさしいものだと思っていたわ」

「ブリッグスはやさしくないの？」

「彼は……だめだわ、うまく説明できない。お願い、私たちのことはヒューには内緒にしてね」

「あなたたちはもう夫婦なのよ」エレノアが言った。「もしもあなたのお兄様が、本気であなたたち夫婦の関係を管理する気でいるのだとしたら……それは無茶な話だわ」

「それでもヒューには言わないで。ヒューはブリッグスを自分の代理にしようとしていたの、でも……。私はブリッグスの被後見人じゃないわ。私は彼の妻なのよ。この気持ちが愛なのかどうか、私にはわからない……ブリッグスにはときどき胸をえぐられるような思いにさせられる。でも同時に、彼のそばにいられないなら死んでもいいという気もするの」

「私の知っている限りでは」エレノアが言った。「それを愛と呼ぶのよ」

「ブリッグスと私の間にある感情は、人には理解されにくいものなのよ。私にとってはそれが愛なのかもしれない」ベアトリスは動揺していた。愛とは小説に出てくるような感情だと思っていた。自分が感じている鮮烈で鋭い、呼吸を忘れ死が頭をよぎるような思いとは別物だと思っていた。

そこが彼の寝室であろうと、自分の寝室であろうと、温室であろうと、二人がいる場所に甘いロマンスはなかった。あるのは憑《つ》かれたような狂おしさだった。その狂おしさの中にすべてがあった。天に昇るような喜びも、深い悲しみも、快楽も、痛みも。

二人でいるときの私たちはどこまでも恥知らずでふしだらで、いびつな部分を隠すことなくむきだしにしている。私たちを……私たちを小説の題材にしようと思うような作家はいないだろう。それはきっと目を覆いたくなるような物語になるだろう。あまりに暗く、あまりに刺激の強すぎる物語に。

「私も誰かを愛せるといいんだけど」エレノアが言った。「自分に釣り合う相手をね。感じのいい伯爵の次男あたりかしら」

「あなたが欲しいものは感じのいい伯爵の次男じゃないでしょう」

「違うわ。彼は伯爵の次男じゃないもの」エレノアが言った。「どうしたら愛せるのかわからないわ……公爵閣下の誰かを」

「ずいぶん他人行儀な呼び方ね」

「仕方ないわ。ここはロンドンだもの。体面というものを気にしなければならないわ」

「ヒューに叱られたの？　体面を考えろと言われたの？」

「彼が正しいのよ」エレノアの頬は赤く染まりかけていた。「社交界では、自分の立場をわきまえなければいけないわ。私は彼の妹じゃないんだもの」ベアトリスはじっとエレノアを見つめ、見極めようとした……兄とエレノアの間に、何かあったのだろうか？

　ヒューが自分の被後見人とその種の関係に陥るはずがないことをベアトリスは知っていた。ヒューにとってエレノアはさまざまな面で不釣り合いな相手だ。だとしても……釣り合うかどうかの問題ではないことを、ベアトリスは知っていた。ひとたび誰かに欲望を抱いたら、そして相手も自分に欲望を抱いたら、自分たちはたがいに相手のために生まれてきたような一対だと知ってしまったら。

　愛はやっかいなものだ。『エマ』からベアトリスが学んだのはそのことだった。人は往々にして一番しゃくに障る相手、一番好きになりたくない相手を愛してしまう。

「あなたが来てくれてよかった」ベアトリスは言った。「ここにはウィリアムとブリッグスしかいないから……誰か話し相手が欲しかったのよ。ごめんなさいね、こんな話をして。あなたは……まだ独身なのに。でも……肉体的な繋《つな》がりって、すばらしいものよ」

　エレノアは笑った。声を出して笑った。「わかるわ」

「まあ、エレノア！」

「いいえ、私も経験したという意味じゃなくて……頭で理解できるということよ」

　自分とブリッグスがしている行為の中にはエレノアの理解が及ばないものもあるだろう、ベアトリスは思った。エレノアだけではない、きっとほとんどの人には理解できないはずだ。それでも私たちはそういう行為をする。それについては誰にも話さないでおこう。人目を忍ぶ、二人だけの行為だから。

「ブリッグスが私を愛しているとは思えないのよ」ベアトリスは言った。「うまく説明するのが難しいけど。彼は……」

「父親としてはどんな感じなの？」

「すばらしいわ」ベアトリスは思わずほほ笑んだ。

「すばらしい？」

「ええ。ほかにどう言えばいいかわからない」

「父親としてのブリッグスを想像するのは難しいわ。いろいろ評判を知っていると」エレノアが言った。

ベアトリスは一瞬考えこんでから答えた。「彼の評判は過大評価でもあるし、過小評価でもあるわ」

それは事実だった。ブリッグスは以前ベアトリスがとぼしい知識の中で想像していたような意味での放蕩《ほうとう》者ではなかった。彼は激しい性格の持ち主だし、自分たちの間で燃えさかる欲望はありきたりのものではない。

ほとんどの人にはいかがわしいとみなされるものだ。堕落しているとさえ思われるかもしれない。けれど、それが自分たちの欲望なのだった。二人だけの、誰にも理解できない、誰の許しも要らないものだった。

「あなたが幸せそうでよかった」エレノアが言った。

「あなたが幸せそうに見えないから、私はよかったとは思えないわ」ベアトリスが答えた。

「私なら何とかやっていけるから心配しないで。私のような人間が……あなたの家族に引き取ってもらえただけでも運がいいのよ。高望みをしておいて、それが手に入らないから落ちこむなんて、恥ずかしいことだわ。天の星に手を伸ばしてつかむことができないのと同じように、私があなたのお兄様と一緒になることはできないの。私の心はどうしようもなく愚かなの。私はほかの男性と結婚しても、あなたのお兄様を愛し続けていくつもりよ」

「本当にそれでいいの？」

「だってそれ以外にどうしようもないじゃない」エレノアはつぶやいた。

「あなたの夫になる人はどうなるの？」

「結婚相手に愛を期待する男性は少数派だと思うわ」

ベアトリスは考えこんだ。「私も夫に愛を期待していなかったわ。でも私にとってブリッグスは世界で一番大事な人なの。彼は強い人よ……冷たくて、超然としていて。それでも私はこの腕に彼を抱きしめたくなるの。過去のすべてから守ってあげたい」

「ブリッグスは前の奥様のことをまだ悲しんでいるの？」

「違うわ、彼は……」そこまで言ったところで、はっと思い当たった。「彼が前の奥様に抱いているのは怒りよ。深く、激しい怒りだわ」

「まあ」エレノアが言った。

「私はほかの誰よりも彼を深く理解していると思うわ。それでもまだ彼を理解し尽くしたとは言えない」

「そう考えると、結婚が一生ものなのはありがたいことね」

「ええ」ベアトリスは言った。「本当にそのとおりね」

「私もいざ結婚が決まったら、少しでもいい面を見つけるようにしたいわ」

「今夜、あなたの目に留まるような粋でハンサムな男性が現れるといいわね」

「ええ」エレノアが呟いた。「そうだといいわね」

ブリッグスはヒューとの約束を守るどころか、後先を考えずに妻を抱いてしまっていた。

そして彼女に触れることを我慢できなくなっていた。

〝フィリップ。お願い〟

その言葉が頭の中で今も響いていた。ベアトリスは乞い求めていた。彼の名前を呼び、抱いてほしいと。

ブリッグスはそれに抗《あらが》えなかった。夜ごと彼女の中に身を沈めるたびに、自分があるべき理想像から遠ざかり、欲望という名の暗闇に溺れていく気がしていた。

ベアトリスの体内に子種をまいてはいない。

だが、それが万全な予防策ではないことはわかっている。

自分の子を腹に宿したベアトリスの姿を想像すると、不安より先に本能的な満足感が湧きあがった。

セレナは妊娠中、彼に触れられることをいやがっていた。ベアトリスも同じようにいやがるかもしれない。だがきっとベアトリスなら、妊娠した体を彼から隠そうとはしないだろう。ブリッグスには確信があった。そして自分もその状態の彼女に欲情するだろう。

妻の兄も出席する舞踏会に向かう馬車の中で、妻と並んで座りながら考えるようなことではないのだが。

ベアトリスは彼の肩に頭を乗せ、寄りかかっていた。彼女は何の気負いもなく、こうして自然に彼に触れてくる。

ブリッグスは彼女に触れられるようになって初めて、自分がどれだけそれに飢えていたか気づいた。

何気ない触れ合い。ベッドで快楽をわかち合うときの触れ方ではなく、親しみを表す触れ方。寄りかかってくる体の重みは、彼女がそばにいるという証《あかし》だった。

何気なく触れ合えるような関係は、彼の人生からは失われていた。

“いや、お前の人生にそんなものは最初から存在しなかった”

「今夜の君は美しいよ」ブリッグスは彼女の外見に注意を戻すことで、心の声を無視しようとした。

今夜、ベアトリスの身を包んでいる緋色《ひいろ》のドレスは罪深さを感じさせた。肌の露出度はほかのドレスと変わらないが、その色が罪を宣言しているようだった。

「君は何歳頃から家をこっそり家を抜け出すようになったんだ？」

それはブリッグスが最近疑問に思っていたことだった。

出会った頃のベアトリスは、病み衰えた青い顔をした少女だった。それがいつ変化したのだろう。

「十四歳よ。夜になると寝室の窓から抜け出していたの。その頃は……そのせいで死んだとしてもかまわないと思っていたわ。壁を見つめて暮らすのには飽き飽きしていたから」

「僕にはそれでかまわないとは思えないな」ブリッグスは彼女を見つめた。彼女が赤ん坊を本気で欲しがっていることを、しぶしぶながら理解しはじめていたからだ。

ベアトリスは自分の安全など捨ててもいいと思っている。彼女は飢えている。経験に飢えているのだ。別の形で満たしてやればいい、とブリッグスは考えた。

満たしてやれば、ベアトリスは自分の子供を持つという渇望を忘れるだろう。

「あなたの言いたいこともわかるわ」ベアトリスは言った。「でも人は生きている限り、リスクと無縁ではいられないのよ」

「ひとくちにリスクといっても、程度はさまざまだよ」

「そうかもしれないわ。でも、だからといってあきらめるには、私は人生を愛しすぎている。月光の下で走り回るチャンスを、私は勇気を出して手に入れたのよ。自宅の庭でぶらんこに乗るのにも、策略を練らなくてはいけなかった。夫に抱いてもらえたのも、乞い求めたからだわ。そもそも結婚だって、戦わなければできなかった。こういうことが私にとってどれだけ大事だったか、あなたにはわからないの？」

「ベアトリス」ブリッグスは厳しい声で言った。「君は強い人だ。その点は尊敬する。だが……」

「あなたは私を守りたいのよね」

「そうだとも」

「ヒューのために私を守りたいの？　それとも私のために？」

一瞬、ブリッグスは答えに詰まった。「僕のためだ」

ベアトリスははっと息をのみ、視線をそらし、黙りこんだ。レディ・スミスの屋敷に着くと、彼らは舞踏室に案内され、ブリッグスはすぐにヒューに呼び止められた。

ベアトリスは先日出会ったにぎやかなレディのグループにつかまり、エレノアを連れておしゃべりの輪に加わった。

「ロンドンはどうだ？」ブリッグスは尋ねた。

ヒューの表情は読みにくかった。「エレノアのダンスカードは予約で埋まっている。大成功だ」

被後見人の華やかなデビューを誇っているはずのヒューの声は、絞首台に送られる囚人のようだった。

「それならいいが」

ヒューがちらっと彼のほうに視線を向けた。「お前のほうはどうだった？」

「別に変わりはないさ。ベアトリスは社交シーズンを堪能している」

「そうか」ヒューはうわの空でそう言うと、視線をあちこちにさ迷わせた。

「ウィリアムもロンドンを楽しんでいるよ」ブリッグスが自分からウィリアムの話をするのは珍しいことだった。ヒューに対してさえも。

ヒューは驚いたように片眉を上げた。

「よかったじゃないか」

「ウィリアムはすばらしい義理の母を持ったよ」ブリッグスは続けた。「息子は……ベアトリスのおかげでずいぶん成長した。僕にもあんな愛情を注いでくれる母親がいたら、だいぶ違った人間になっていただろうな」

なぜそんなことを親友に話す気になったのか、自分でもわからなかった。ヒューが学校に入学した頃の自分を知っているからかもしれない。自信というものをまったく持っていなかった自分、ほかの子供たちと会話ができなかった自分を。

「それは何よりだ。お前の側にも結婚したかいがあったわけだ」

「彼女にもそう思ってもらえるといいんだが」

「正直言って、妹にそんなことができるとは思ってもみなかった」

「ベアトリスは強い女性だよ」ブリッグスは言った。声に称賛がにじまないようにするのは難しかった。だが、どうして称賛を抑える必要がある？　ヒューには理解させなければいけないのだ。ベアトリスという女性を。ヒューはいまだに妹を子供扱いしているが、そうではない。ベアトリスは強く毅然《きぜん》とした女性だ。ベッドでの彼女は……。

ヒューが急に何かに気を取られたように、顔を別の方向に振り向けた。ブリッグスは親友の視線を追った。ヒューの被後見人がダンスフロアで男の腕に抱かれている。

「あいつはだめだ」ヒューが言った。

「アバナシーか？　どうして」

「お前もよく知っているはずだ」

「僕らと同じで、娼館《しょうかん》の常連客だからか？」

「倒錯癖があると噂《うわさ》されているからだ」

「僕だってそうだ、お前も知っているとおり」

　ヒューが険しい表情で彼を見た。「ああ、だがお前は信用できる。お前がそんな行為をうちの妹にするはずがない」

　ブリッグスは歯を食いしばり、エレノアのほうを示して言った。「彼女はお前の妹じゃない」

「違うさ」というのがヒューの答えだった。「もちろん違う」

　ベアトリスがレディのグループから離れ、まばゆい笑みを浮かべて近づいてきた。そして兄に向かって言った。「会えてうれしいわ」ここが舞踏室でなかったら、彼女はヒューに飛びついて抱きしめていただろう。

「同感だ。ロンドンの空気はお前に合っているようだな」

「ええ」ベアトリスは挑むように言った。「合っているわ。でも兄さんがそう思っていなかったことは、覚えているわよ」

「私の考え違いが証明されてうれしいよ」

「あら、意外なこともあるものね。ケンダル公爵が自分の過ちを認めるなんて、思ってもみなかった」

「この場合は」ヒューは言葉を継いだ。「喜んで過ちを認めるさ」

「私のいとしいご主人様」ベアトリスはブリッグスに向かって言った。「一曲踊っていただけないかしら。二人でエレノアを見張っていましょうよ。兄も感謝すると思うわ、そして殺気のこもった目で彼らをにらむのをやめるでしょう」

「誰がそんなことを」

「あなたよ、お兄様。エレノアにみじめな思いをさせないで」

「なんだと？」

「エレノアにみじめな思いをさせないでと言ったのよ」ベアトリスはくり返した。「後見人としての責任感からだとしても、別の男性に渡したくない欲からだとしても、ベアトリスにみじめな思いはさせないで。彼女を幸せにしてあげて」

「アバナシーとでは幸せになれないんだ」ヒューはむっとした声で言い、ブリッグスは妻の洞察力に舌を巻いた。自分には見えていなかったものを、ベアトリスはずばりと言いあてたのだ。

「それは兄さんが決めることじゃないわ。ベアトリスにとって何が幸せなのかは、彼女自身に決めさせてあげて」ベアトリスはとげとげしいため息をついた。「いくら世間の風に当てたくないと頑張ったところで、それは無理な話なの。兄さんが最善だと思う生き方を、みんなにさせるのは無理なのよ」

「いや、できるさ」ヒューは言った。「私は公爵だからな」

「頑固者の石頭」ベアトリスはそう言い捨てると、ブリッグスに向かって言った。「踊りに行きましょうよ」

ブリッグスは肩をすくめ、ベアトリスに引っぱられるようにしてダンスフロアに出ると、彼女を腕に抱いた。「大胆な発言だったな」

「エレノアがみじめな思いをしているのは、兄を愛しているからよ。兄は堂々と嫉妬心をあらわにできないのよ、それというのも……」

「ベアトリス」ブリッグスはやんわりとたしなめるように言った。「たとえヒューが彼女をそういう目で見ているとしても、いや、僕にはそんなそぶりを見せたこともないが、ヒューは絶対に態度に出さないさ。エレノアはあらゆる意味でヒューより下だし、彼の保護下にあるんだから」

「わかってるわ。エレノアだってそんなことは百も承知よ。だからといって彼女の気持ちは変えられない。兄が本当の意味で彼女に恩恵を施したいなら、兄は彼女を幸せにしてあげなくてはいけないのよ」

「人の心はやっかいなものだ」

「ええ」ベアトリスは我が意を得たりとばかりに同意した。「本当に」

　当のエレノアはといえば、次々にパートナーを交換して、じゅうぶんに楽しんでいるように見えた。まれに見る美しい娘だ、とブリッグスは思った。透きとおるような色合いの見事な金髪は、ベアトリスの愛らしい栗色《くりいろ》の巻き毛に比べればかすんでしまうが、それでも心奪われる男は多いだろう。称号や財産とは無縁の娘だが、ケンダル公爵という強力な後ろ盾がついており、少なからぬ持参金が期待できる。エレノアにはきっといい相手が見つかるだろう。

　ベアトリスの手が頬に触れた瞬間、ブリッグスは現実に引き戻された。

「今、私のことを忘れていたでしょう」

「そんなことはないさ」ブリッグスは言った。「絶対に」

　ベアトリスの頬が紅潮した。「前は舞踏会が楽しみでしょうがなかったのに。今は早く帰りたいと思っているのよ、あなたと二人になりたいから」

「ヒューがいなかったら、君をまた庭に連れていくところだよ」

「それもすてきね。でも今回は私があなたを喜ばせる側になりたいわ」

　ブリッグスは彼女の腰を抱いていた腕を肩甲骨のあたりに上げ、自分のものだと示すように、うなじに手を添えて強く押さえた。ベアトリスの身震いが伝わってきた。

「それはあとのお楽しみだ」

「約束よ。言っておくけど私、今夜はとても乱れたい気分なの」

「厳しいお仕置きが必要だな」

ベアトリスの笑みが舞踏室全体を明るく照らした。ブリッグスは自分の心の奥まで明るく照らされたような気がした。

「待ち遠しいわ」

ブリッグスはそこでふと顔を上げた。視線を感じたのだ。直感は正しかった。ケンダル公爵の鋭いまなざしが、短剣のように自分の背中を狙っている。

「おいで」ブリッグスは言った。

ベアトリスを連れて舞踏室の奥からテラスに出ると、ヒューも彼らを追って動き出した。

ブリッグスは自分の私生活について、親友と話し合いたい気分でなかった。

「どうしたの？」

「すぐにわかるさ」

テラスに出てきたヒューが口火を切った。「私は何を見せられたんだ？　お前たち二人のダンスフロアでのあのいちゃつきようはどういうことだ」

「私たちは夫婦なのよ」ベアトリスが指摘した。「夫に誘惑された妻が傷物になるなんておかしな話だわ」

「へ理屈をこねるな」ヒューが言った。「お前たちの結婚に特別な事情があることは私もお前もよく知っているはずだ」

「いくら兄さんでも夫婦の事情に口出しされたくないわ」

ブリッグスはベアトリスに、僕の命を危険にさらさないでくれと言いたいところだった。僕はまだ生きていたい。

「ブリッグス、お前には頼みごとをしたはずだな」

「ああ。妹の面倒をみてくれと頼まれた。後見人のように接してやれと」

「私の目には、その関係が変わったように見えたが」

　ここが運命の分かれ目だ、とブリッグスは察した。

そして引くか進むかを自分の胸に問いかけた。答えはすぐに出た。引くことはできない。

「たぶんお前は自分の被後見人に対する感情を、僕とベアトリスに重ねているんだよ」

　ヒューが一歩前に出た。「この卑怯者《ひきょうもの》め。私の名誉を愚弄する気か」

「嫉妬に燃えている男がどんな顔をするか僕は知っているんだよ、ケンダル。僕の目は節穴じゃない」

「ベッドに連れこんだことのある女に向ける男の目つきを私は知っているぞ」

「夫とベッドを共にしたからといって私を責めるの？」ベアトリスが口を挟んだ。「口を出す権利があるとでも思っているの？　兄さんが管理すべきことだと思っているの？　やりすぎよ、ヒュー。私の人生を支配しないで。私がどこまで耐えられるかは兄さんが決めることじゃないわ」

「子供ができればお前は死ぬかもしれないんだ」

「ええ。でもブリッグスと結婚していながら、彼とベッドを共にしないでいたら、私は死ぬかもしれない。ええ、呼吸だけはしているでしょうよ、でも心が壊れてしまう」

　ヒューは一歩下がった。あごの筋肉がぴくぴくと引きつっていた。だが彼はすぐにショックから立ち直った。「ブリッグスは円卓の騎士じゃないぞ、ベアトリス。悪い竜だ。お前は炎で燃やし尽くされてしまう」

「だったら私は悪い竜が好きなのよ。竜が吐く炎も含めてね。兄さんは私を弱者扱いするけれど」ベアトリスは続けた。「これ以上私の人生に介入したら、知りたくないことまで知ることになるわよ。私が夫の欲望におじけづくとでも思っているの？　反対よ、喜んで飛びつくわ。そんなことさえ知らないくせに、私を知った気にならないで」

「お前はブリッグスの前妻が死んだ理由を知っているのか？」

今度はブリッグスが一歩前に出る番だった。「それは行き過ぎだ」

「妹を娼婦《しょうふ》扱いしたのなら、行き過ぎたのはお前のほうだ」

「兄さんは私に、娼館に通う夫の妻であれと言いたいの？　夫に抱かれる妻にはなるなと言いたいの？　それが私の望みでも？」

「お前には……」

「お前にはわからないと言いたいの？　私の人生をどうしたいかは私が決めることよ。私は痛みと孤独に耐えて今の強い自分になったのよ……私の生き方に口を出さないで。それは兄さんが指図することじゃないの。私の夫にも指図しないでもらいたいわ」

ヒューはブリッグスのほうを向いた。「妹の命を危険にさらすつもりなら、友人の縁を切るぞ」

「お前がベアトリスの幸せを軽視するなら、僕のほうこそ友人の縁を切らせてもらう。さあおいで、ベアトリス。もう帰ろう」

「そうね」彼女は答えた。

だが次の瞬間、ベアトリスは彼の顔に触れ、大胆にも唇にキスをした。「私も帰りたいわ」

そしてヒューを無視して横を通りすぎ、舞踏室に戻っていった。

続いてブリッグスが通りすぎようとすると、ヒューがその胸に手を押しあてて制した。「裏切ったな」

「その言葉をそっくりお前に返すよ」ブリッグスは胸が切り裂かれるような痛みを覚えながら言った。「お前も僕の家族と同じで、結局は僕を嫌悪する。僕の味方はベアトリスだけだ」

「それは妹の一時の気の迷いだ」

「きっとそうだろうな」ブリッグスは言った。

「もし妹に子供ができて、死にでもしたら……」

その言葉はブリッグスの胸を深々と貫いた。短剣が心臓に突き立てられたようだった。あまりの恐怖に、ブリッグスは息苦しさを感じた。

だが僕は知ってしまった。彼女の欲するものを。

彼女に何ができるかを。

彼女の渇望するものを。

妥協と共に生きていては彼女が幸せになれないことを知ってしまった。

彼女はあきらめていない。

ベアトリスを鎖で縛る側になるくらいなら、地獄に堕《お》ちたほうがましだ。

「そうなったら僕は永久に自分を許せないだろうな。だがお前は身勝手にも妹を物扱いした。ベアトリスを、自分が指導し世話を焼いてやらねばならない子供扱いした。僕には息子がいるから、父であることと夫であることの違いはわかっている。僕はベアトリスの兄ではないし父でもない。ベアトリスは僕の妻だ。僕は彼女の終身刑なんだよ」

「絞首台にならないといいがな」

「ベアトリスは子供じゃないんだ。自分の望みさえわからない弱者として扱われながら、ただ生き長らえろとは言えない」

「立派なごたくを並べたものだな。要はお前が下半身を制御できないだけだろう」

「かもしれないな。僕は彼女を抱きたいだけなのかもしれない。だがベアトリスはそれをいやがってはいない。僕らは二人とも特殊な炎に焼かれて出来上がった人間だ。いずれ自分たちにも想像がつかないほど似合いの一対になるだろう。僕はそれを恥とは思わない。思ってたまるものか」

「お前とは絶縁する」

「だったらベアトリスとも絶縁してもらう。彼女は僕の妻だ。僕の家族だ。僕の家族は僕が守る」

ブリッグスはたったひとりの親友だった男のそばを通りすぎた。

舞踏室に入ると、そこにベアトリスが、自分を抱きしめて立っていた。ブリッグスは気づいた……自分がベアトリスを手に入れたことに。

この瞬間、彼は彼女を手に入れたのだ。

二人で馬車に乗りこむと、ベアトリスが彼のももに手を置いてきた。「ごめんなさい。兄はあなたに残酷なことを言ったわ。あまりにも残酷なことを。あなたは高潔な人よ、ブリッグス……」

「そうじゃない」ブリッグスは答えた。「ヒューは正しい。僕が高潔な人間だったら、君に触れなかっただろう。僕は高潔さなど持ちあわせていない。僕はただ幸せな君を見たかっただけだ。そして君を抱きたかった。それだけさ」

「あなたが高潔でなくて残念だなんて思わないわ」

「わかっているよ」

「兄はあなたの前の奥様の話を持ち出すべきじゃなかったのよ」

そのとおりだ。だが僕はそろそろセレナのことをベアトリスに話すべきなのかもしれない。

だがブリッグスは話さなかった。話せなかった。

二人は馬車の中で黙りこくっていた。そして家に着くと、罪をむさぼるような一夜を過ごした。

翌日、外出先から帰宅したベアトリスは緊張に青ざめ、目を大きく見開いていた。

「医者は何と言っていた？」ブリッグスは尋ねた。

「妊娠には危険がつきものだと言っていたわ。どんな女性に対しても絶対の安全は保証できないって」

ブリッグスは笑ったが、目は真剣だった。「慎重な回答だな」

「今の私がほかの女性と比べて特別に体が弱いとは言えないんですって。私たちかなり詳しく話し合ったのよ、肺の持病や、ここ数年発作は起きていないことについて。子供時代に私と同じような肺の病気を患っていた人は、大人になると体がうんと丈夫になることがあるんですって。ただしその確率を調べるのは難しいらしいわ、肺を患った子はたいていの場合、大人になる前に死んでしまうから」

「なるほど」

「私たちは赤ちゃんを授かってもいいだろう、というのが医者の意見よ」

ブリッグスは急に、ベアトリスを赤ん坊に取られたくないという嫉妬を感じた。

「まあ、そのうちでいいんじゃないか」

「そうね。今すぐでなくていいと私も思うわ。でもね私、なんの制約もなく、してみたいのよ。せめて今夜だけでも」

欲望という獣がブリッグスの体内で目覚めた。彼女が何を言いたいのかはわかっている。「フィリップ」ベアトリスがその名を口にした。「私をベッドに連れていって」

日はまだ落ちていなかったが、そんなことはどうでもよかった。ブリッグスは彼女を抱きあげると、堂々と階段を上っていった。使用人たちは彼が公爵夫人に何をするつもりか察したに違いない。だがブリッグスは気にしなかった。

彼は妻のために、唯一の親友を失った。

だが何度機会があったところで、同じ選択をするだろう。ヒューの言ったとおりなのかもしれない。自分は下半身を制御できないだけなのかもしれない。だが、それだけではない気がした。もっと深い理由がある気がした。「僕のために脱いでごらん、かわいいベアトリス」

ベアトリスはためらうことなく服従した。誘うような視線で彼を見つめながら、一枚ずつ服を脱いだ。

ブリッグスの目に彼女はまばゆく輝いて見えた。

彼は神になったような気がした。過保護に育てられた高貴なレディが、自分の前ではこんなにも不埒《ふらち》な姿を見せるとは。

「ひざまずけ」

ベアトリスは彼の前にひざをつき、熱いまなざしを彼自身に注いだ。これは娼婦の訓練された服従ではない。贈り物だ。この贈り物を受けとる資格が自分にあるのだろうか、とブリッグスは自問した。ない。あるわけがない。

ベアトリスはセレナのことを知らないのだ。セレナに何が起きたのかを。

ブリーチズから彼自身を引き出すと、ベアトリスの後頭部に手を添えて、乱暴に口の中に突きいれた。

いつもどおり、ベアトリスは彼に服従した。完全なる自由意志をもって。

そして彼のすべてを至福の表情でむさぼった。

ブリッグスは果てそうになると、ベアトリスの動きを止めさせた。

彼女を抱きあげて運び、ベッドの上でひざまずかせ、肩甲骨の間に手を添えて彼女の胸をマットレスに押しつけた。尻が高々と宙に突きあげられる。彼女はその部分さえも美しかった。自分はけっして彼女を抱き飽きることはないだろう、とブリッグスは考えた。

「これが欲しいのか？」

「はい」とベアトリスが答える。

「僕のすべてが欲しいのか？」やわらかくみずみずしい肉を平手打ちすると、真っ赤な手の跡が残った。

ベアトリスは身をくねらせ、苦痛より快楽の割合が勝る悲鳴をあげた。「はい」

「生涯をかけて、その気持ちは変わらないか？」

「はい」ベアトリスの返事と同時に、さらなる平手打ちが響いた。

「僕は倒錯者だ。その僕と一緒に堕ちる覚悟はあるんだな」

「はい」返事に合わせて、ブリッグスはまた思い切り平手を打ちつけた。何度も、何度も、ベアトリスの口から漏れるのが呼吸なのか、肯定の返事なのかがわからなくなるまで打ち続けた。自分の手で烙印《らくいん》を押すように。

　ベアトリスの体が震えはじめた。彼も同じだった。

「フィリップ」彼女が言った。「お願い、フィリップ」

　彼女にその名前で呼ばれると、魂が安らいだ。この瞬間、彼は自分がフィリップなのか、ブリッグスなのかという迷いを忘れた。

　自分はベアトリスのものだ。

　潤った部分に彼自身を押しあて、激しく突きいれる。出し入れを何度もくり返す間、部屋に響くのは肉が肉を打つ音だけだった。ベアトリスが絶頂に達して締めつけてくると、彼はもう耐えられなかった。自分の手綱を手放し、彼女の中で果てた。

「フィリップ」ベアトリスがささやいた。「フィリップ、あなたを愛してるわ」

17

ベアトリスは動揺していた。自分が口にした言葉に驚いていた。

欲望を満たしたあとベッドに横たわった状態で、ベアトリスは心の平静を失い、愕然《がくぜん》としていた。彼への愛を、口に出して伝える気はなかったのに。少なくとも今はまだ。

でも黙っていられなかった。もうこれ以上は。

後悔は……していない。悲しいとも思わない。きっと言ってよかったのだ。言うしかなかったのだ。

「愛しているわ」

「愛か」彼がつぶやいた。「僕には……その言葉の意味さえわからない」

「愛がどんなものかわからないの？」

「君は僕を愛していると言うが」皮肉な声だった。

「僕はそうは思わない。それに、この会話を続ける気もない。こんな……馬鹿げた話を」

「どこが馬鹿げているの？」

「僕は誰にも愛されない人間だ。誰にも。今まで僕にその言葉をささやいた者はひとりもいなかった」

「ブリッグス」ベアトリスの胸は締めつけられた。

「フィリップ」

「その名前で呼ばないでくれ」

「私の中に入っているときは、その呼び方でもいやがらないのに」ベアトリスは彼から離れ、ベッドの外に脚を投げだして立ちあがった。

「それとこれとは話が別だ」ブリッグスも体を起こして立ちあがり、ベアトリスとはベッドを挟んで反対側に立った。

「フィリップ、お父様があなたを理解しなかったからといって……」

「ヒューが僕の前妻のことを言いかけたとき、君はもっと知りたいと思わなかったかい？」

「詮索はしたくないわ。あなたが話したくないことを、わざわざ聞こうとは……」

「セレナは病死じゃなかった。風呂で手首を切ったんだ」

ベアトリスは一歩うしろに下がった。心臓が激しく鼓動していた。「フィリップ……」

「どうしてか君にわかるかい？　どうしてセレナは僕から逃げようとしたんだと思う？　僕が打ち明けたからだよ。セレナは僕を愛していなかった。だが僕はたとえ愛がなくても友情で結ばれていると思っていた……僕は若かった。そして本気で信じていた。セレナが僕の嗜好《しこう》に合わせたいと思ってくれるんじゃないかと。理解してくれるんじゃないかと。だが僕たちの間に友情は存在しなかった。セレナは僕を嫌悪した。僕から逃げるには命を絶つしかないと思い詰めたんだ」

「ブリッグス、私はあなたがどんな人か知っているわ。あなたは絶対に奥様を傷つけたりしなかった。自分の嗜好を無理強いしたりしなかった」

「そういう問題じゃないんだよ。僕が醜悪な怪物だと知ったセレナは、僕を忌み嫌った。僕を視界に入れまいとした。僕と同じ空気を吸うことさえいやがるようになった」

「信じられないわ。私は信じない。あなたの奥様がこの世を去った理由が、あなたのベッドでの嗜好だったなんて」

「それだけじゃないさ。嗜好はあくまで表面に現れた一要素に過ぎない。僕という人間そのものが異常なんだ。父は僕を恥さらしだと思っていた。学校にやれないほどの恥さらしだと。妻は僕に耐えられなかった。君はそんな僕を愛していると言うのかい？

人違いで僕と結婚した君が？」

「そうよ」ベアトリスは言った。「たぶん私はあなたの妻になるように生まれついたんだわ。ええ、そうよ、フィリップ。ありのままのあなたを愛している女性がひとり、ここにいるわ。あなたの蘭《らん》への情熱も、あなたの与えるお仕置きも、私に与えてくれるすべてのものを愛しているわ」ベアトリスは自分の体を見おろした。肌に残るあざや、指の跡を。それは彼女に与えられた証《あかし》だった。彼のものである証し、そして強さの証しだった。

「私の中に戦士を見いだしてくれたのはあなただけ。私を壊れもの扱いしなかったのはあなただけ。だから私の愛を拒まないで。私にあなたを受けいれる強さがないなんて言わないで」

「君はわかっていないんだ」

「わかってるわ。あなたがフィリップを否定するのは、彼があなたの中ではいまだに誰にも愛されない少年であり続けているからよ。だからあなたは誰にも後ろ指を指されないブリッグスになったのよね。ブリガム公爵に。でも私はあなたをまるごと愛しているの。陽気な放蕩《ほうとう》者としてのあなたも、温室にいるあなたも、息子と一緒にいるあなたも愛している。私たちの息子ウィリアムとね。私はウィリアムも愛しているわ、なぜならあの子はあなたの一部だから。愛らしい変わり者のウィリアム。あの子のどこにも恥じるようなところはないわ。それはあなたも同じよ」

「違うんだ……」

「何が違うの。あなたはウィリアムを見て、愛されるに値しない子だと思うの？　異常な子だと思うの……？」

「まさか。思うわけがないだろう」

「そうでしょう。だったらどうして自分のことはそう思うの？」

「それは僕が……」

「フィリップ。あなたは自分がそんなに嫌いなの？　死ぬまで自分を罰し続けるの？」

彼は一瞬うつむいてから、視線をそらした。「ベアトリス、僕は君を勘違いさせてしまったようだ。僕は君が望む男にはなれない。君が求める僕にはなれない。快楽なら与えられる、でもそれ以上はだめなんだ」

「私の愛を受けとることは？」

彼は身震いした。「できない」

「受けとれないのね。私は……悲しいわ。あなたには嘘《うそ》をつきたくないから正直にそう言うわ。私は閉じこめられて生きてきた」言葉にすると、ベアトリスの胸は鋭い痛みに貫かれた。「あらゆる痛みから守られて生きてきた。でもあなたも知っているとおり、今の私はみずから痛みを求めているの。ああ、ブリッグス、私、どうしていいかわからない。あなたに見放された気がするの。でもバイビー・ハウスに帰りたいとは思わない。こうしてここに立って、この瞬間を生きたいと思っている。あなたと、この痛みすべてを愛したいの。ウィリアムも愛しているわ。どんなに危険でもいい、私はあなたを愛し続けるわ」

「そのうち気が変わるさ」

ブリッグスは抑揚のない声でそう言うと、寝室を出ていった。ベアトリスはベッドのそばに崩れ落ち、すすり泣いた。ブリッグスを、自分を、そしてあり得たかもしれない未来を思うと、胸が張り裂けそうに痛んだ。

だが絶望のどん底で、ベアトリスは気づいた。

これは戦争なのだ。彼の心、彼の魂を手に入れるための。

〝あなたはずっと自分の強さを信じてきたんでしょう。だったらこんなところでくじけてはだめ〟

ブリッグスは娼館《しょうかん》で酒を飲んでいた。

自分を憎み、嫌悪しながら、ベアトリスの心が自分から離れそうな行動を取っていた。

〝ほかの女に触れたら、ベアトリスが悲しむぞ〟

そんなことはわかっている。

だからこうして、娼館の食堂で酒を飲んでいるのだ。寝室が並ぶ階上にはまだ上がっていない。だがこれから上がるつもりだった。必ずそうする。そうしなければ……。

そうしなければ、何なのだ？　彼女を傷つけられない？　自分の正しさが証明できない？

自分のどこがベアトリスの愛に値するのか、ブリッグスには見当もつかなかった。理解できなかった。その愛を維持する方法がわからなかった。

いずれ皆と同じように、ベアトリスも僕に失望するだろう。そして僕を嫌悪するだろう。汚らわしいと忌み嫌うようになるだろう。

僕自身が嫌っているように。

ブリッグスはふと、舞踏会の夜と同じように、誰かの視線を背中に感じた。案の定、そこにいたのはヒューだった。義兄がロンドンにいるというのに、娼館に来るような分別のない真似《まね》をすべきではなかったのだ。

「こんなところで何をしている？」

「お前の妹を放っておいてやっているのさ。それがお前の望みなんだろう？」

「ふざけるな。この人でなしめ。妹を裏切れと言った覚えはない」

「裏切りだって？　何がだ？　僕はただの後見人なんじゃないのか」

「お前は妹を抱いたのか？」

ブリッグスは答える代わりにウィスキーをあおった。

「やはり抱いたんだな。なんということを」

「僕が何をしようとお前には関係のないことだよ。僕の結婚生活に口を出すな。僕と絶縁したんじゃなかったのか」

「妹を心配しているだけだ」

「残酷な冗談を聞きたいか？　お前の妹は、僕を愛しているつもりでいるんだよ」

ヒューは一瞬言葉に詰まった。「本当に？」

「ああ。ついさっき熱弁を振るってくれたばかりだ」

「なのにお前はこんなところで酔ってくだを巻いている。どうしてだ？」

「彼女が僕を愛せるわけがないからだよ。だってそうだろう？　どうして僕を愛せる？　こんな汚れきった人間を。僕は壊れている。ずっと前からそうだった。お前が手伝ってくれたおかげで僕はかろうじて世間で通用する人間になった。少なくとも部屋に入っていって、当たり障りのない雑談を、蘭以外の会話をできる人間にな。お前が連れていってくれたパリの娼館で、僕は自分の悪癖を一緒に楽しめる女たちがいることを知った。それ以来、悲惨な勘違いから打ち明けてしまったセレナの場合を除いて、僕はその悪癖を娼館の中だけで満足させていた。ベアトリスと結婚するまでは。彼女は……その悪癖ゆえに僕を愛すると言っている。ありのままの僕を愛すると。あり得ないだろう？　かりにあり得たとしても、いつか終わってしまうだろう。終わるに決まっているさ。終わりは必ず来る」

親友の目に奇妙な光が浮かんだ。「お前と妹がどんな夜を過ごしているのか、想像したいとは思わない。だがベアトリスがお前を愛していると言ったのなら……」

「おい、どうした？　まさかそんなたわ言を信じたわけじゃないだろう？」

「お前にも妹がいたら、私がお前たち二人の仲睦《なかむつ》まじい姿を想像したがらない理由がわかるだろう。私はお前を知りすぎている。それが長い友情の悪いところさ。われわれは年を取って大人の分別というものを身につけてしまった。子供の頃は、もう少し奔放だったがな」

「そうだったな……」

「妹がお前を愛することがあり得ないとは思わない。ただ私には……お前の言うとおり、私にはベアトリスを子供扱いする癖がある。守ってやらねばならない相手として。父は自分の子供に目もくれない男だった。父にとってベアトリスは、家庭教師として若い女を屋敷に引っぱりこむための口実に過ぎなかった。だから医者に莫大《ばくだい》な金を払って、ベアトリスを生かしておいた。父は自分しか愛せない男だった」

「だからお前は全責任を背負おうとするようになったんだな」

「そのとおりだ」ヒューは認めた。「セレナのことを持ち出したのは、私が卑怯《ひきょう》だった」

「話すなら僕の口からと思っていた」

「もう帰れ。ここにいたいわけじゃないんだろう」

「ほかに行くあてがない」

「妹を裏切るつもりもないんだろう」

「ないさ。知っていたかい……お前と娼館に行ったとき、僕は目からうろこが落ちるような気がしたんだよ。あまりに簡単だったからだ。なんの危険もなしに欲望を探求できた。ただの売り買いだった。娼館では外の世界よりもずっと物事が簡単に運ぶ。だがそれは長続きしないんだ」

「娼館で得られるものは幻だからな。現実に持ち帰ることはできない。娼婦《しょうふ》たちは……本当のお前を知らない」

「それがどうした？　僕にとってはそのほうが気楽なんだ」

「ブリッグス、私が友人になりたいと思ったのは、もともとのお前だ。私ほど昔のお前を知っている者はいない。本当のお前を。このことは知っていたか？」

「それは……」

「私がお前たち夫婦の関係にひびを入れたのなら、すまなかった。私の対応が悪かった」

「エレノアとのことが関係しているのか？」

「私は父親とは似ても似つかない人間だ。それは私の人生最大の誇りでもある」

「答えになっていないぞ」

「答えられるのはそれくらいだ。ベアトリスはお前と結婚し、お前のあらゆる面を受けいれた。そして最初に愛を告白した。お前が妹の半分も勇敢になれないのなら……私はお前を買いかぶっていたことになる」

　そう言うと、ヒューは階上の寝室に続く階段をのぼっていった。自分の中の悪魔を追い払うつもりなのだろう。あとに残していったブリッグスにも、そうすることを期待して。

〝フィリップ〟

　今、彼をそう呼ぶのは妻だけだ。

　フィリップ。そう呼ばれていた頃の彼は、自分を軽蔑していた。だが父ではなく、ベアトリスにそう呼ばれるとき……呼び覚まされる感情は、当時とは違うものだった。

　彼は娼館を出て、馬車で家に戻った。

　階段をのぼっている途中で、金切り声が聞こえた。誰かが泣いている。

　ウィリアムだ。

　子供部屋に入ると、息子は床に横たわっていた。周囲にカードが散らばっている。息子は怒りの発作を起こしたのだ。深い絶望の中で。ブリッグスはそれが自分のせいだとすぐに察した。

心が折れそうだった。

ブリッグスは床に腰を下ろした。みじめさが心に重くのしかかる。自分を地上につなぎ留めているものがすべて失われていく気がした。

「ウィリアム。どうしたんだ、ウィリアム？」

返事はなかった。息子はただ泣き続けているだけだった。

「すまなかった」ブリッグスは床に這《は》いつくばってはカードを拾い集め、一枚一枚箱に戻しはじめた。花を扱うときと同じように敬意と愛情をこめた、慎重な手つきで。

「お前にこんなに悲しい思いをさせたのは父さんだ。父さんはお前が心配だったんだよ。よその子供にいじめられるんじゃないかとね。だが、そんな連中は気にしなくていい。お前はいつかきっと、いい友人に出会えるさ」ブリッグスはヒューの顔を思い浮かべた。「そしてすばらしい結婚相手にも。それまで、お前には父さんがついているよ。ベアトリスもだ。父さんもベアトリスもお前の味方だ。二人とも……お前を誇りに思っている。お前のすばらしい知識を、お前という人間を誇りに思っている。父さんが心配したのは……お前と同じような子供時代を過ごしたからなんだ。子供の頃、父さんは温室で蘭を育てていて、蘭のことなら何でも知っていたし、もっと知りたくてたまらなかった。だが、たいていの人は蘭には興味がない。そこで父さんは自分を変えて、人に馬鹿にされないような自分になろうと決めた。だがそれで幸せになれたわけじゃない。父さんが幸せを感じるのは、蘭の世話をしているときだ。人と違っているところが、父さんの幸せのもとなんだ」

ウィリアムは泣きやんでいた。そしてじっとこちらを見つめていた。自分の話が通じたのかどうか、ブリッグスにはわからなかった。

突然、ウィリアムが彼の背中に手を回してきた。

そしてぎゅっと彼を抱きしめた。「父さん、愛してる」

ブリッグスは全身の力が抜けていくのを感じた。二人の人間が自分を愛している。そして自分にそう伝えてくれた。たった数時間のうちに。ブリッグスは息さえつけなくなった。

何をすればいいのかが、はっきりと見えた。戦士のように戦うのだ。ベアトリスのように。

「父さんもお前を愛しているとも」

18

ベアトリスは決心していた。フィリップには何も求めないし、押しつけない。彼の言葉をよくよく考えた結果、達した結論だった。かつて彼は自分を変えなければいけないと思うほど追いこまれていた。私が同じことをくり返してはいけない。

彼を受けいれよう。ありのままの彼を。重荷ではなく、贈り物と思われるような自分であろう。

ベアトリスのいる昼用の居間《モーニング・ルーム》に、彼が入ってきた。

「ベアトリス」彼は昨夜の服装のままだった。襟元が開き、無精ひげが生えている。疲れた顔だった。

「一緒に来てくれないか？」

「もちろん行くわ」

差し出された手を、ベアトリスは握った。彼は庭に出たが、そこが目的地というわけではなさそうだった。

彼が向かっているのは、温室だった。

「君に見せたいんだ」

そして彼はそのとおりにした。あらゆる蘭《らん》を見せ、学名と英名を教えた。世話の仕方を話し、その種が発見されたときの逸話を語った。頭の中にあるすべてを見せた。

「あなたが一番好きなのはどの蘭？」

「一番というのはないな。どれも同じくらい魅力的だ」

「あなたは蘭の天才だわ」

「蘭の知識なんて何の役にも立たないけどね」

「でもあなたは蘭を愛している。だから魅力を感じるのよ。一番すばらしいのは、あなたが蘭に向けるまなざしだわ」

「ベアトリス……」

「フィリップ、見せてくれてありがとう」

「うまく言葉にできないんだが……これだけは言わせてくれ……愛している。君を愛している。君が言ってくれたときにそう言えなかったことを後悔しているよ。君は僕よりも強い人間だ」

ベアトリスの胸に炎が燃えあがった。歓喜と、幸福と、愛の炎が。

「だったら私があなたのために戦う戦士になるわ」

「僕にそんな価値はない」

「私、病弱な体に生まれついたからこそわかったことがあるの。人生は贈り物だということ。価値があるかどうかじゃないわ。人生には不幸もあれば、幸福もある。もしもあの夜暖炉の前で、私があなたの胸に飛びこまなかったら、今頃私たちはどうしていたかしらね？　あの出来事は贈り物だったのよ」

「僕らは二人とも、自分ではないものになろうと戦

「フィリップ」

っていたんだ」

「そうかしら」

「そうだとも。君はジェームスの妻になろうとしていた。僕はブリッグスに。ほかの人には、これからもその名で呼ばれておこう。だが、君の前では……僕はフィリップだ。君だけのフィリップだ」

「私はベアトリスでいるわ。それが幸せなの」

「君は僕のものだよ」フィリップがささやいた。

「僕は自分のものは大事に世話をするたちでね」

「知ってるわ」

「お菓子をあげようか」

「誘惑されているような気がするのはなぜかしら？」

「それは、君が実際に誘惑されているからさ。さあ、僕のいとしい妻よ……僕への愛を示してもらおうか」

「もちろんよ、公爵閣下」二人は目を合わせた。

エピローグ

　ブリガム公爵ほど妻の出産に気をもんだ男性はいなかっただろう。とはいえ彼の義兄も、負けず劣らずやきもきしていたのだが。ついに長女がこの世に誕生し、健康な肺に酸素をいっぱい吸いこんで元気な産声をあげたとき、ブリガム公爵は妻の肺が出産に耐えられる健康さを取り戻していたことにひたすら感謝した。

　妊娠生活も順調だったので、医者はこのお産はまちがいなく安産の部類に入ると言った。

　それ以降も公爵夫人のお産は常に安産だった。ブリガム公爵が驚いたのは、わが子たちの気質がそれぞれにまったく異なっていることだった。どの子も他のきょうだいとはまるで違っていた。そしてどの子も等しくいとしいのだった。

　ウィリアムはといえば、やさしいお兄さんぶりをぞんぶんに発揮したが、弟妹たちが彼の持ち物、特にカードをおもちゃにしたときには、かんしゃくを爆発させることもあった。

　公爵夫妻の末の子が生まれたのは、ウィリアムが十七歳のときだった。

「この子が泣いたときの世話は担当したくないな」ウィリアムは言った。

　彼はオックスフォードを首席で卒業したばかり。世に言う天才だった。学校一の人気者とは言えなかったが、深い友情で結ばれた本物の友人に恵まれていた。

「大丈夫よ、ウィリアム。これは練習だと思っておけばいいわ」ベアトリスは彼の頭を撫《な》でた。「あなたもいつかは父親になるでしょうから」

「その前にもっと旅をしておきたい。諸国をめぐる計画を立ててあるんだ」

ベアトリスはほほ笑んだが、ふとさみしげな顔をした。「もちろん行っていらっしゃいよ。でも私はあなたの帰宅を首を長くして待つことになりそうね」

「心配いらないよ、母上」ウィリアムは言った。「僕はどこに行こうと必ずここに帰ってくるから」

公爵夫妻の家庭はいつもにぎやかで、堅苦しさとは無縁だった。蘭があり、家族の誰かが訪れたいと思っている場所のカードがあった。床にはおもちゃが散らばり、夫妻の寝室には乗馬鞭が備えてあった。ブリッグスの暮らしは、かつて彼の父がブリガム公爵にふさわしいと考えていた暮らしとはかけ離れていたが、ブリッグス自身はそのことに日々感謝していた。

なぜなら彼は父が望むようなブリガム公爵でありたいとは思っていなかったからだ。彼はただフリップでありたかった。ベアトリスの愛する男性でありたかった。

それが彼の至福の喜びだった。

かつて自分自身の破滅を計画していたベアトリスは、結局、自分と夫の二人を救ったのだった。

著者あとがき

　この物語には、舞台となった時代にはほとんど認知されていなかった要素を多く取りいれました。もしもベアトリスの小児ぜんそくが広く知られ、治療法が確立された病気であったなら、彼女は〝治療〟の名のもとに行われた試みに苦しめられることはなかったでしょう。もしもブリッグスとウィリアム親子が軽度のＡＳＤ（自閉スペクトラム症）という診断を受けており、彼らがふるまいを矯正されるのではなく、社会のほうが彼らの特性を受けいれていたら、彼らの人生はまったく違うものになっていたでしょう――ブリッグスならきっとベアトリスと協力し、ウィリアムがあるがままの自分でいられる居場所作りに取り組んだのではないでしょうか。

　セレナの心の病や、ジェームスのセクシュアリティ、そしてブリッグスのセクシュアリティについても同じことが言えます。私たちの社会は理解できないものを恐れ、排斥しようとします。現代ではあらゆる特性にラベルが用意されていますが、社会を進歩させるのはラベルではありません（それはそれで有用なものではありますが）。社会を進歩させるもの、それは共感と、人と人とのつながりです。ベアトリスはラベルの助けを借りなくても人々をあるがままに受けいれることができましたが、それは彼女自身が社会の少しばかり外側にいたからでしょう。ベアトリスが人々をあるがままに受けいれようとし、あたたかなまなざしを向けようと望んだからこそ、ラベルのない時代においても彼らの居場所を作ることができたのです。彼女のあり方は、著者が思い描く理想の未来です。違いに目を向けるのではなく、同じ場所に立とうとすること。相手に思いやりをもち、偏見なく接すること。本当の進歩はそこから始まるのではないでしょうか。

ハーレクイン®

公爵の無垢な花嫁はまだ愛を知らない

2023年2月5日発行

著　　者　ミリー・アダムズ
訳　　者　深山ちひろ（みやま　ちひろ）

発 行 人　鈴木幸辰
発 行 所　株式会社ハーパーコリンズ・ジャパン
東京都千代田区大手町 1-5-1
電話 03-6269-2883（営業）
0570-008091（読者ｻｰﾋﾞｽ係）

印刷・製本　大日本印刷株式会社
東京都新宿区市谷加賀町 1-1-1

装 丁 者　AO DESIGN

ISBN978-4-596-75835-4 C0297

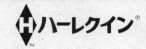

◆◆◆◆ ハーレクイン・シリーズ 2月5日刊 発売中

ハーレクイン・ロマンス

愛の激しさを知る

愛を禁じられた灰かぶり	ジュリア・ジェイムズ／深山　咲 訳	R-3749
アマルフィの幻の花嫁 《純潔のシンデレラ》	アニー・ウエスト／平江まゆみ 訳	R-3750
海運王と十七歳の幼妻 《伝説の名作選》	サラ・クレイヴン／大沢　晶 訳	R-3751
公爵の跡継ぎを宿した乙女 《伝説の名作選》	シャンテル・ショー／柿原日出子 訳	R-3752

ハーレクイン・イマージュ

ピュアな思いに満たされる

遅れてきた二つの奇跡	キャロライン・アンダーソン／大田朋子 訳	I-2741
ふたりをつなぐ天使 《至福の名作選》	スカーレット・ウィルソン／瀬野莉子 訳	I-2742

ハーレクイン・マスターピース

世界に愛された作家たち
～永久不滅の銘作コレクション～

キスのレッスン 《特選ペニー・ジョーダン》	ペニー・ジョーダン／大沢　晶 訳	MP-63

ハーレクイン・ヒストリカル・スペシャル

華やかなりし時代へ誘う

公爵の無垢な花嫁はまだ愛を知らない	ミリー・アダムズ／深山ちひろ 訳	PHS-296
寂しき婚礼	ニコラ・コーニック／井上　碧 訳	PHS-297

ハーレクイン・プレゼンツ作家シリーズ別冊

魅惑のテーマが光る
極上セレクション

永遠を誓うギリシア ～ボスのプロポーズ～	リン・グレアム／藤村華奈美 訳	PB-352

※予告なく発売日・刊行タイトルが変更になる場合がございます。ご了承ください。

2月10日発売 ハーレクイン・シリーズ 2月20日刊

ハーレクイン・ロマンス

愛の激しさを知る

妹は秘密の花嫁	ジャッキー・アシェンデン／藤村華奈美 訳	R-3753
富豪は愛も魔法も信じない	ジョス・ウッド／岬　一花 訳	R-3754
天使が生まれた日 《伝説の名作選》	ビバリー・バートン／速水えり 訳	R-3755
結婚の罠 《伝説の名作選》	リン・グレアム／山ノ内文枝 訳	R-3756

ハーレクイン・イマージュ

ピュアな思いに満たされる

隠された十六年愛	レイチェル・スチュアート／琴葉かいら 訳	I-2743
悲しきロック 《至福の名作選》	ダイアナ・パーマー／三谷ゆか 訳	I-2744

ハーレクイン・マスターピース

世界に愛された作家たち
～永久不滅の銘作コレクション～

湖の秘密 《ベティ・ニールズ・コレクション》	ベティ・ニールズ／塚田由美子 訳	MP-64

ハーレクイン・プレゼンツ作家シリーズ別冊

魅惑のテーマが光る
極上セレクション

永遠を誓うギリシア ～愛する人の記憶～	リン・グレアム／藤村華奈美 訳	PB-353

ハーレクイン・スペシャル・アンソロジー

小さな愛のドラマを花束にして…

突然のキスと誘惑 《スター作家傑作選》	ベティ・ニールズ 他／和香ちか子 他 訳	HPA-43

ハーレクイン・ディザイア

ゴージャスでスペシャルな恋!

国王陛下の花嫁選び	ジェニファー・ルイス／庭植奈穂子 訳	D-1910

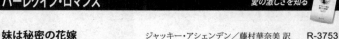

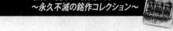